Pedra no Céu

ALEPH

Isaac Asimov

Pedra no Céu

TRADUÇÃO
Aline Storto Pereira

PEDRA NO CÉU

TÍTULO ORIGINAL:
Pebble in the Sky

COPIDESQUE:
Opus Editorial

REVISÃO:
Ana Luiza Candido
Raquel Nakasone
Entrelinhas Editorial

PROJETO GRÁFICO E DIAGRAMAÇÃO:
Desenho Editorial

CAPA:
Pedro Inoue

ILUSTRAÇÃO:
Peter Elson

DIREÇÃO EXECUTIVA:
Betty Fromer

DIREÇÃO EDITORIAL:
Adriano Fromer Piazzi

EDITORIAL:
Daniel Lameira
Tiago Lyra
Andréa Bergamaschi
Débora Dutra Vieira
Luiza Araujo
Juliana Brandt
Bárbara Prince*
Katharina Cotrim*
Mateus Duque Erthal*
Júlia Mendonça*

*Equipe original à época do lançamento.

FINANCEIRO:
Roberta Martins
Sandro Hannes

COMERCIAL:
Giovani das Graças
Lidiana Pessoa
Roberta Saraiva
Gustavo Mendonça

COMUNICAÇÃO:
Thiago Rodrigues Alves
Fernando Barone
Maria Clara Villas
Júlia Forbes

EDITORA ALEPH

Rua Tabapuã, 81 - cj. 134
04533-010 – São Paulo – SP – Brasil
Tel.: [55 11] 3743-3202
www.editoraaleph.com.br

DADOS INTERNACIONAIS DE CATALOGAÇÃO NA PUBLICAÇÃO (CIP
VAGNER RODOLFO (CRB 8/9410)

A832p
Asimov, Isaac, 1920-1992
Pedra no céu/ Isaac Asimov ; traduzido por Aline Storto Pereira. - São Paulo: Aleph, 2016.
312 p.; il; 14 x21 cm.

Tradução de: Pebble in the Sky.
ISBN 978-85-7657-321-0

1. Literatura norte-americana. 2. Ficção Científica
I. Pereira, Aline Storto II. Título

CDD-813.0876 CDU-821.111(73)-3

ÍNDICES PARA CATÁLOGO SISTEMÁTICO:

1. Literatura: Ficção norte-americana 813.0876
2. Literatura: Ficção 821.111(73)-3

PARA MEU PAI,

QUE ME APRESENTOU À FICÇÃO CIENTÍFICA

NOTA DOS EDITORES

Originalmente escrito como um conto, *Pedra no céu* foi ampliado pelo autor para se tornar seu primeiro romance publicado, em 1950. A história se desenrola no mesmo universo da influente série *Fundação* (cujo primeiro volume seria lançado no ano seguinte), no qual a Terra se tornou um planeta marginal, menosprezado pelos milhares de outros mundos habitados, para os quais ele não passa de uma pedra no céu.

Além de *Fundação*, este livro também se conecta com a Série dos Robôs, em uma cronologia cujos detalhes nem sempre são muito exatos – depois de publicar esses livros, Asimov os reeditou para fazer ajustes de continuidade, adaptando detalhes cronológicos para unificar suas histórias.

Em 1951 e 1952, *Pedra no céu* ganhou duas prequelas: *Poeira de estrelas* e *As correntes do espaço*, formando o que seria chamado de Série Império Galáctico. Mas não há uma ordem específica para conhecer as diferentes sagas que compõem o futuro imaginado por Isaac Asimov, nem os três livros dessa série, que a Aleph optou por editar na ordem dos lançamentos originais.

Para os leitores que ainda não se aventuraram pela obra do Bom Doutor, que é um dos mais renomados e importantes escritores de ficção científica, este livro introduz algumas temáticas muito trabalhadas pelo autor. Experimentos em laboratório, poderes psíquicos, viagem no tempo, conflitos políticos e estudos de física e biologia emolduram esta aventura que apresenta o tipo de trama inteligente e ágil tão característica deste autor.

EDITORA ALEPH

ENTRE UM PASSO E OUTRO

Dois minutos antes de desaparecer para sempre da face da Terra que ele conhecia, Joseph Schwartz caminhava pelas agradáveis ruas dos subúrbios de Chicago, citando Browning para si mesmo.

De certa forma, isso era estranho, uma vez que Schwartz não teria passado a nenhum transeunte casual a impressão de ser o tipo de pessoa que citava Browning. Ele parecia ser exatamente o que era: um alfaiate aposentado, que não tinha nem um pouco daquilo que os sofisticados dos dias atuais chamam de "educação formal". No entanto, ele empregara muito de sua natureza curiosa em leituras aleatórias. Pela pura força de uma voracidade indiscriminada, reunira noções de praticamente tudo e, por meio de um truque de memória, conseguia manter tudo em ordem.

Por exemplo, ele lera "Rabbi Ben Ezra", de Robert Browning, duas vezes quando era jovem, de modo que o sabia de cor, é claro. A maior parte do poema era confusa para ele, mas aqueles três primeiros versos haviam se fundido com a batida de seu coração nestes últimos anos. Ele os entoava para si mesmo, nos recônditos da fortaleza silenciosa que era sua mente, naquele dia muito ensolarado e claro no princípio do verão de 1949:

Envelheçamos agora
O melhor não demora
Para o fim da vida se fez o início...*

Schwartz sentia isso em sua totalidade. Após as batalhas da juventude na Europa e aqueles anos iniciais da vida adulta nos Estados Unidos, a serenidade de uma velhice confortável era aprazível. Tinha uma casa própria e seu próprio dinheiro, pôde se aposentar, e assim o fez. Com uma esposa gozando de boa saúde, duas filhas seguramente casadas, um neto para trazer conforto a esses últimos melhores anos, com o que ele se preocuparia?

Havia a bomba atômica, claro, e essa conversa lasciva sobre a Terceira Guerra Mundial, mas Schwartz acreditava na bondade da natureza humana. Ele não achava que haveria outra guerra. Ele não achava que a Terra veria de novo o inferno em forma de sol, causado por um átomo detonado pela ira. Então ele sorria pacientemente para as crianças pelas quais passava e em silêncio desejava-lhes uma jornada rápida e não muito difícil pela juventude, em direção à paz do melhor que não demoraria.

Ele ergueu o pé para passar por cima de uma boneca de pano que sorria em seu estado de abandono no meio da calçada, uma enjeitada cuja falta ainda não fora sentida. Ele não havia colocado de todo o pé no chão outra vez...

---

* No original: "Grow old with me!/The best is yet to be,/The last of life, for which the first was made...". Trata-se de um fragmento do poema "Rabbi Ben Ezra", do poeta britânico Robert Browning, sobre o também poeta e matemático Abraham ibn Ezra. [N. de T.]

* * *

Em outra parte de Chicago ficava o Instituto de Pesquisa Nuclear, onde homens talvez tivessem teorias sobre o valor essencial da natureza humana, embora sentissem um pouco de vergonha delas, uma vez que nenhum instrumento quantitativo havia sido projetado para medi-lo. Quando pensavam nisso, em geral, era para desejar que alguma proeza dos céus impedisse a natureza humana (e a maldita inventividade humana) de transformar cada descoberta inocente e interessante em uma arma mortal.

No entanto, em uma emergência, o mesmo homem que não conseguia conter sua curiosidade quanto aos estudos nucleares, os quais poderiam um dia matar metade da Terra, arriscaria a vida para salvar a de um homem sem importância.

Foi o brilho azul nas costas do químico que chamou a atenção do dr. Smith em primeiro lugar.

Ele o observou de perto conforme o rapaz passava pela porta entreaberta. O químico, um jovem alegre, assoviava enquanto despejava o conteúdo de um balão volumétrico, no qual havia uma solução previamente preparada, em outro recipiente. Um pó branco mergulhava preguiçosamente em meio ao líquido, dissolvendo-se no tempo apropriado. Por um instante só aconteceu isso, e então o instinto do dr. Smith, que antes o fizera parar, colocou-o em ação.

Ele entrou depressa, pegou uma régua graduada e varreu o conteúdo de cima da bancada, jogando-o ao chão. Ouviu-se o mortal chiado de metal derretido. O dr. Smith sentiu uma gota de suor escorrer até a ponta do nariz.

O jovem olhou surpreso para o chão de concreto, ao longo do qual o metal prateado já havia se solidificado em forma de finos respingos. Eles ainda irradiavam forte calor.

– O que aconteceu? – perguntou ele de modo vago.

O dr. Smith deu de ombros. Tampouco ele estava no seu estado normal.

– Não sei. Por que você não me diz? O que estava acontecendo aqui?

– Não estava acontecendo nada aqui – respondeu ele com um tom alto de voz. – Era só uma amostra de urânio bruto. Estou realizando uma determinação eletrolítica de cobre. Não sei o que pode ter acontecido.

– O que quer que tenha acontecido, meu jovem, eu posso lhe dizer o que vi. Aquele recipiente de platina apresentava uma coroa. Estava ocorrendo uma forte radiação. Você disse urânio?

– Sim, mas urânio bruto, e isso não é perigoso. Quero dizer, pureza extrema é uma das qualificações mais importantes para a fissão, certo? – Ele passou a língua nos lábios rapidamente. – O senhor acha que foi uma fissão? Não é plutônio e não estava sendo bombardeado.

– E estava abaixo da massa crítica – disse o dr. Smith, pensativo. – Ou pelo menos abaixo da massa crítica que pensamos conhecer. – Ele olhou para a bancada de pedra-sabão, para a tinta queimada e cheia de bolhas dos armários e para as marcas prateadas pelo chão de concreto. – Todavia, o urânio derrete mais ou menos à temperatura de 1.800 °C, e os fenômenos nucleares não são tão bem conhecidos a ponto de podermos falar com tamanha segurança. Afinal, este lugar deve estar bem saturado de radiação dispersa. Quando o metal resfriar, meu jovem, seria melhor que ele fosse raspado, recolhido e minuciosamente analisado.

Ele lançou um olhar pensativo ao redor, depois andou até a parede oposta e tateou com preocupação um ponto à altura do ombro.

– O que é isto? – perguntou ele ao químico. – Sempre esteve aqui?

– O quê, senhor? – O químico se aproximou com nervosismo e olhou para o ponto que o homem mais velho indicava. Era um buraco minúsculo, que poderia ter sido feito por um prego fino introduzido na parede e dela retirado... mas o suficiente para atravessar gesso e tijolos, por toda a largura da parede do edifício, uma vez que se podia ver a luz do dia através dele.

O químico chacoalhou a cabeça.

– Nunca vi isso antes. Mas também nunca procurei por isso, senhor.

O dr. Smith não disse nada. Ele se afastou devagar e passou pelo termostato, uma caixa retangular feita de uma fina chapa de ferro. A água dentro do aparelho girou em um turbilhão conforme o agitador revolvia semelhante ao de um motor em um estado de monomania, enquanto as lâmpadas submersas na água, servindo de aquecedores, piscavam de forma distraída, em sincronia com o estalo do relé de mercúrio.

– Pois bem, e isto estava aqui? – E o dr. Smith raspou de leve com a unha um ponto próximo ao topo do lado amplo do termostato. Era um minúsculo e nítido círculo que transpassava o metal. A água não o alcançava.

O químico arregalou os olhos.

– Não, senhor, isso *não estava* aí antes. Eu garanto.

– Hmm. Há um furo do outro lado?

– Ora, que diabos. Quero dizer, sim, senhor!

– Tudo bem, dê a volta e venha aqui, e fique olhando pelos buracos... Desligue o termostato, por favor. Agora fique ali. – Ele colocou o dedo sobre o buraco da parede. – O que você está vendo? – gritou ele.

– Vejo seu dedo, senhor. É nesse ponto onde está o buraco?

O dr. Smith não respondeu.

– Olhe na outra direção... O que você está vendo? – disse ele com uma calma que estava longe de sentir.

– Agora, nada.

– Mas esse é o lugar onde estava o crisol com urânio. Você está olhando para o lugar exato, não está?

– Acho que sim, senhor – ele respondeu, relutante.

– Isso é absolutamente confidencial... sr. Jennings – disse o dr. Smith com frieza, dando uma rápida olhadela na placa de identificação da porta ainda aberta. – Não quero que fale sobre isso com ninguém. Entendeu?

– Com certeza, senhor.

– Então vamos sair logo daqui. Mandaremos o pessoal da radiação para verificar o lugar, e você e eu passaremos um período prolongado na enfermaria.

– Queimaduras de radiação, o senhor quer dizer? – O químico empalideceu.

– Vamos descobrir.

Mas não havia nenhum sinal grave de queimaduras de radiação em nenhum dos dois. Os hemogramas estavam normais e a análise da raiz dos cabelos não revelou nada. A náusea que apresentaram acabou sendo classificada como psicossomática e nenhum outro sintoma apareceu.

Nem se encontrou, em todo o Instituto, alguém, naquela época ou no futuro, que pudesse explicar por que um recipiente de urânio bruto, bem abaixo do tamanho crítico, que não era alvo de bombardeio neutrônico, derreteu de repente e irradiou aquela mortal e significativa coroa.

A única conclusão era a de que ainda restavam estranhas e perigosas lacunas na física nuclear.

No entanto, o dr. Smith nunca chegou a dizer toda a verdade no relatório que, por fim, preparou. Ele não fez nenhuma menção aos buracos no laboratório, nenhuma menção ao fato de que mal se podia ver o ponto mais próximo de onde o recipiente estava, de que o buraco do outro lado do termostato era um pouquinho maior, enquanto, pelo buraco na parede, a uma distância três vezes maior daquele ponto fatídico, era possível passar um prego.

Um raio se expandindo em linha reta poderia viajar vários quilômetros antes que a curvatura da Terra fizesse a superfície se afastar dele o suficiente para evitar maiores danos, e então teria pouco mais de 3 metros de diâmetro. Depois disso, viajaria inutilmente pelo espaço, expandindo-se e enfraquecendo-se, uma tensão estranha na trama do cosmos.

Ele nunca contou a ninguém sobre aquele devaneio.

Nunca contou a ninguém que, no dia seguinte, pediu os jornais da manhã, enquanto ainda estava na enfermaria, e examinou suas colunas com um propósito definido em mente.

Mas muitas pessoas desaparecem em uma gigantesca metrópole todos os dias. E ninguém fora à polícia contando aos gritos histórias vagas sobre como um homem (ou seria metade de um homem?) havia desaparecido diante de seus olhos. Pelo menos nenhum caso desses havia sido relatado.

O dr. Smith, por fim, forçou-se a esquecer.

Para Joseph Schwartz, acontecera entre um passo e o próximo. Ele ergueu o pé direito para passar por cima da boneca de pano e, por um instante, sentiu tontura... como se, por um brevíssimo período, um furacão o houvesse arrebatado e virado do avesso. Quando colocou o pé direito no chão de novo, expirou todo o ar com um arquejo e sentiu-se curvar aos poucos até cair na grama.

Ele esperou por muito tempo com os olhos fechados... e depois os abriu.

Era verdade! Ele estava sentado na grama, embora antes estivesse andando sobre o concreto.

As casas haviam sumido! As casas brancas, cada uma com seu jardim, acocoradas ali, enfileiradas, todas elas haviam sumido!

E não era em um jardim que ele estava sentado, pois a grama crescia vicejante, sem cuidados, e havia árvores ao redor, muitas delas, e mais árvores no horizonte.

Foi então que levou o pior choque de todos, porque as folhas de algumas daquelas árvores estavam avermelhadas, e na curva de sua mão ele sentiu a natureza quebradiça de uma folha seca. Ele era um homem da cidade, mas o outono era algo que sabia reconhecer.

Outono! Entretanto, quando ele levantara o pé direito, era um dia de verão em junho, com tudo viçoso e verdejante.

Ele olhou para os pés automaticamente ao pensar nisso e, com um grito agudo, esticou a mão até eles... A bonequinha de pano por cima da qual ele passara, um pequeno sopro de realidade, um...

Bem, não exatamente. Ele a virou com as mãos trêmulas, e ela não estava inteira. No entanto, não estava dilacerada; havia sido cortada. Ora, isso não era estranho? Cortada no sentido longitudinal com perfeição, de modo que nem um fio do enchimento de sobras de lã saiu do lugar. O enchimento ficou ali, com seus fios interrompidos, encerrados de modo abrupto.

O brilho no sapato esquerdo chamou a atenção de Schwartz. Ainda segurando a boneca, fez força para colocar o pé sobre o joelho erguido. A extremidade da sola, a parte que se estendia para as bordas do sapato, fora suavemente cortada. Cortada de uma forma que nenhuma faca da Terra na mão de um sapateiro terráqueo poderia ter feito. A nova superfície brilhava de um modo quase líquido devido a sua inacreditável lisura.

O estado de confusão de Schwartz havia subido pela espinha dorsal até chegar ao cérebro, onde enfim o paralisou, aterrorizado.

Então, uma vez que até o som de sua voz era um elemento consolador em um mundo que era, em todo o resto, completamente louco, ele falou. A voz que ouviu era baixa, tensa e ofegante.

– Em primeiro lugar, não estou louco – ele disse. – Por dentro, sinto-me do mesmo jeito que sempre me senti... Claro que, se estivesse louco, eu não saberia, ou saberia? Não... – Dentro de si, ele sentia a histeria aumentando e forçou-se a se acalmar. – Deve haver alguma outra possibilidade. Um sonho, talvez? – ele refletiu. – Como posso saber se é um sonho ou não? – Ele se beliscou e sentiu o beliscão, mas chacoalhou a cabeça. – Sempre é possível sonhar que sinto um beliscão. Isso não prova nada.

Em desespero, olhou ao redor. Será que os sonhos podiam ser tão claros, tão detalhados, tão duradouros? Ele havia lido uma vez que a maioria dos sonhos não dura mais do que cinco segundos, que são induzidos por insignificantes perturbações à pessoa que dorme, que sua aparente duração é uma ilusão.

Nada reconfortante! Ele puxou a manga da camisa e olhou para o relógio de pulso. O ponteiro dos segundos girava e girava e girava. Se fosse um sonho, os cinco segundos estavam se estendendo loucamente.

Ele desviou o olhar e em vão limpou o suor frio da testa.

– E se for amnésia?

Ele não respondeu à própria pergunta, mas abaixou a cabeça devagar, escondendo o rosto nas mãos.

E se ele tivesse erguido o pé e, conforme o fazia, sua mente tivesse escorregado pelos bem gastos e bem lubrificados trilhos que seguira com tanta fidelidade por tanto tempo... E se, três meses depois, no outono, ou um ano e três meses depois, ou dez anos e três meses depois, ele tivesse colocado o pé no chão nesse lugar estranho no exato instante em que sua memória estivesse voltando? Bem, pareceria um simples passo, e tudo isso... Então onde ele estivera e o que havia feito nesse ínterim?

– Não! – A palavra foi pronunciada em forma de grito. Isso era impossível! Schwartz olhou para a camisa. Era aquela que ele vestira naquela manhã, ou no que deveria ter sido aquela manhã, e era uma camisa limpa. Ele refletiu, enfiou a mão no bolso do paletó e de lá tirou uma maçã.

Ele a mordeu com violência. Estava fresca e ainda mantinha aquele vestígio da baixa temperatura da geladeira que a abrigara duas horas antes... ou o que deveriam ter sido duas horas.

E quanto à bonequinha de pano?

Ele sentiu que estava começando a delirar. Tinha de ser um sonho, ou ele estava louco de fato.

Ocorreu-lhe que o período do dia havia mudado. Era final de tarde... ou pelo menos as sombras estavam se alongando mais. A silenciosa desolação do lugar desabou sobre ele de maneira súbita e enregelante.

Ele se levantou, hesitante. Era óbvio que teria de encontrar pessoas, quaisquer pessoas. E, de modo igualmente óbvio, precisaria encontrar uma casa, e a melhor forma de fazer isso seria encontrando uma estrada.

Automaticamente, virou-se na direção onde as árvores pareciam mais escassas e caminhou.

O leve frio do início da noite entrava em seu paletó de modo sorrateiro e as copas das árvores estavam ficando turvas e ameaçadoras quando ele topou com uma faixa reta e impessoal de macadame. Avançou em direção a ela com gratidão soluçante, e adorou a sensação da superfície dura sob os pés.

Mas de ambos os lados havia um vazio absoluto e, por um instante, ele sentiu o frio apertar de novo. Esperava encontrar carros. Teria sido a coisa mais fácil do mundo fazer sinal para o carro parar e perguntar (em sua ansiedade, ele disse em voz alta):

– Por acaso você está indo para os lados de Chicago?

E se ele não estivesse perto de Chicago? Bem, qualquer cidade grande, qualquer lugar onde pudesse usar um telefone. Ele só tinha 4,27 dólares no bolso, mas sempre havia a polícia...

Ele caminhava ao longo da estrada, seguindo pelo meio, observando as duas direções. O pôr do sol não o impressionara, nem o fato de que estavam surgindo as primeiras estrelas.

Nenhum carro. Nada! E estava ficando bem escuro.

Ele pensou que aquela tontura inicial poderia estar voltando, porque o horizonte à sua esquerda tremeluziu. Nos vãos entre as árvores havia um brilho azul e frio. Não era o vermelho faiscante que ele imaginava ser a cor do fogo em uma floresta, mas sim um brilho fraco e vagaroso. E o macadame sob seus pés também parecia reluzir de forma indistinta. Ele se agachou para tocá-lo e o pavimento pareceu-lhe normal. Mas havia aquela mínima luminosidade que se via de relance e chamava a atenção.

Ele se viu correndo em desvario pela estrada, os sapatos produzindo sons em um ritmo brusco e irregular. Tomou consciência da boneca danificada que levava na mão e a jogou com violência para trás.

Resto mal-intencionado e zombeteiro de vida.

E então, em pânico, ele parou. Não importava o que fosse, a boneca era uma prova de sua sanidade. E ele precisava dela! Tateou na escuridão, engatinhando até encontrá-la, uma faixa escura em meio àquele brilho ultrafraco. O enchimento estava saindo e ele distraidamente o empurrou para dentro de novo.

Estava andando outra vez... triste demais para correr, disse a si mesmo.

Estava ficando com fome e com muito medo quando viu aquele brilho à direita.

Era uma casa, claro!

Gritou como um louco e ninguém respondeu, mas era uma casa, uma centelha de realidade piscando para ele por entre aquela horrível e inominável região erma que vira nas últimas horas. Ele saiu da estrada e foi avançando pelo campo, atravessando valas, contornando árvores, passando pela vegetação rasteira e cruzando um riacho.

Que coisa esquisita! Até o riacho tinha um brilho fosforescente! Mas apenas uma ínfima parte de sua mente notou isso.

Então lá estava ele, estendendo a mão para tocar na estrutura dura e branca. Não era tijolo, pedra, nem madeira, mas ele não prestou nem um pouco de atenção nisso. Parecia uma porcelana forte e baça, mas ele não ligava a mínima. Estava apenas procurando uma porta e, quando a achou e não viu campainha, chutou-a e gritou como um demônio.

Ele ouviu uma movimentação lá dentro e o abençoado e adorável som de uma voz humana que não a sua própria. Então gritou de novo.

– Ei, vocês aí!

Ouviu-se um ligeiro zumbido oleado, e a porta se abriu. De lá surgiu uma mulher, transparecendo inquietação nos olhos. Ela era alta e delgada, e atrás dela havia a figura abatida de um homem de feições duras vestindo um uniforme de trabalho... Não, não era uniforme. Na verdade, não se parecia com nada que Schwartz já tivesse visto, mas, de algum modo indefinível, parecia o tipo de roupa que os homens usavam para trabalhar.

Mas Schwartz não estava sendo analítico. Para ele, aquelas pessoas e suas roupas eram lindas: lindas como pode ser o mero fato de um homem solitário avistar amigos.

A mulher falou e sua voz era clara, mas autoritária, e Schwartz estendeu o braço em direção à porta para manter-se em pé. Seus lábios se mexeram inutilmente e, em um instante, todos os medos mais pegajosos que ele conhecia voltaram para comprimir sua traqueia e sufocar seu coração.

Pois a mulher falava em uma língua que Schwartz nunca ouvira.

A TRANSFERÊNCIA DE UM ESTRANHO

Loa Maren e seu marido apático, Arbin, jogavam cartas naquela mesma noite fresca, quando o homem mais velho na cadeira de rodas motorizada a um canto chacoalhou ruidosa e irritadamente o jornal e gritou:

– Arbin!

Arbin Maren não respondeu de imediato. Ele alisou os finos e lisos retângulos com cuidado enquanto refletia sobre a próxima jogada. Depois, conforme foi aos poucos se decidindo, respondeu com um vago:

– O que você quer, Grew?

O grisalho Grew lançou ao genro um olhar furioso por cima do jornal e o balançou novamente. Ele achava que esse tipo de som dava um grande alívio aos seus sentimentos. Quando um homem está cheio de energia e se encontra preso a uma cadeira de rodas, suas pernas como duas varetas mortas, deve haver algo, pelo Espaço, que ele possa fazer para se expressar. Grew usava o jornal. Ele o chacoalhava, gesticulava com ele; quando necessário, batia nas coisas com ele.

Em algum outro lugar que não a Terra, Grew sabia, eles tinham máquinas de telenotícias que emitiam rolos de microfilme com trechos das notícias atuais. Livrovisualizadores comuns eram usados para isso. Mas Grew dava um sorriso de escárnio quando pensava em tais aparelhos. Um costume afetado e depravado!

– Você leu sobre a expedição arqueológica que vão mandar para a Terra? – perguntou Grew.

– Não, não li – respondeu Arbin em um tom calmo.

Grew sabia disso, pois ninguém a não ser ele havia visto o jornal, e a família renunciara ao vídeo no ano anterior. Em todo caso, seu comentário fora apenas uma estratégia inicial.

– Bem, há uma expedição a caminho – disse ele. – E também é financiada pelo Império, o que você acha disso? – Ele começou a recitar naquele estranho tom irregular que a maioria das pessoas de certa forma adota automaticamente quando lê em voz alta: – "Bel Arvardan, Pesquisador Associado Sênior no Instituto Arqueológico Imperial, em entrevista dada à Imprensa Galáctica, falou de maneira esperançosa sobre os valiosos resultados dos estudos arqueológicos que planejam realizar no planeta Terra, localizado nos arredores do Setor de Sirius (veja o mapa). 'A Terra', ele declara, 'com sua civilização arcaica e seu meio ambiente singular, oferece uma cultura excêntrica que tem sido negligenciada por muito tempo pelos nossos cientistas sociais, e que só tem recebido atenção como um difícil exercício em termos de governo local. Tenho grandes expectativas de que o próximo ano, ou os próximos dois, causará mudanças revolucionárias em alguns de nossos supostos conceitos fundamentais sobre a evolução social e a história humana'." E assim por diante – terminou ele com um floreio.

Arbin Maren estava ouvindo sem prestar muita atenção.

– O que ele quer dizer com "cultura excêntrica"? – murmurou ele.

Loa Maren não havia prestado nem um pouco de atenção. Ela simplesmente falou:

– É a sua vez de jogar, Arbin.

– Bem, vocês não vão me perguntar por que a *Tribuna* publicou isso? – continuou Grew. – Vocês sabem que eles não publicariam um artigo da Imprensa Galáctica nem por um milhão de Créditos Imperiais sem um bom motivo.

Ele esperou inutilmente por uma resposta e depois disse:

– Porque escreveram um editorial sobre isso. Um editorial de uma página inteira que detona esse tal de Arvardan. Aí está um cara que quer vir aqui por razões científicas e eles estão se matando para mantê-lo afastado. Vejam esse artigo demagógico. Vejam isso! – Grew chacoalhou o jornal, apontando para eles. – Por que não leem?

Loa Maren colocou as cartas na mesa e apertou os lábios com firmeza.

– Pai, nós tivemos um dia difícil, então não vamos falar de política agora. Mais tarde talvez, hein? Por favor, pai.

– "Por favor, pai! Por favor, pai!" – disse Grew com uma carranca, imitando-a. – Parece que vocês estão se cansando do seu velho pai quando se ressentem de algumas palavras discretas sobre os acontecimentos atuais. Suponho que estou atrapalhando, sentado aqui no canto, deixando vocês dois trabalharem por três... De quem é a culpa? Eu sou forte. Tenho vontade de trabalhar. E vocês sabem que minhas pernas poderiam ser tratadas e ficar boas como nunca. – Ele batia nelas enquanto falava: eram tapas fortes, violentos e ruidosos, que ele ouvia, porém não sentia. – O único motivo pelo qual não posso é porque estou ficando muito velho para que valha a pena me curar. Não se pode chamar isso de "cultura excêntrica"? De que outro modo se poderia chamar um mundo onde um homem pode trabalhar, mas não o deixam fazê-lo? Pelo Espaço, acho que já é hora de pararmos com essa besteira sobre as nossas assim chamadas "instituições peculiares". Elas não são só peculiares; elas estão *falidas*! Eu acho...

Ele agitava os braços e um tom de sangue bravio lhe tingia a face.

Mas Arbin havia se levantado da cadeira e apertava com força o ombro do mais velho.

– Pra que ficar irritado, Grew? – perguntou ele. – Quando você tiver terminado de ler o jornal, vou ler o editorial.

– Claro, mas vai concordar com eles, então de que adianta? Vocês jovens são um bando de molengas; são apenas brinquedos nas mãos dos Anciãos.

– Silêncio, pai – disse Loa de forma brusca.– Não comece com *isso*. – Ela se sentou, prestando atenção em algo por um instante. Ela não sabia dizer exatamente em que, mas...

Arbin sentiu aquela pontada fria que sempre surgia quando se mencionava a Sociedade dos Anciãos. Não era seguro falar do modo como Grew falava, zombar da cultura ancestral da Terra...

Bem, aquilo era puro Assimilacionismo. Com um ar sério, ele engoliu em seco; a palavra era feia, mesmo quando confinada ao pensamento.

Claro que, quando Grew era jovem, havia muito dessa conversa tola de abandonar os velhos costumes, mas estes eram outros tempos. Grew deveria saber disso... e provavelmente sabia, mas não era fácil ser racional e sensato quando se estava aprisionado em uma cadeira de rodas, apenas esperando os dias até o próximo Censo.

Talvez Grew fosse o menos afetado, mas não falou mais nada. E conforme os minutos se passavam, foi ficando mais calado e era cada vez mais difícil se concentrar no texto impresso. Ele não teve tempo de folhear o caderno de esportes de forma detalhada e crítica pois sua cabeça reclinada pousou devagar sobre o peito. Ele roncou um pouco, e o jornal escorregou de seus dedos com um último e involuntário farfalhar.

– Talvez a gente não esteja sendo gentil com ele, Arbin – Loa falou, então, em um murmúrio preocupado. – É uma vida difícil para um homem como o pai. É como estar morto, se compararmos com a vida que ele costumava levar.

– Não é nada igual a estar morto, Loa. Ele tem os jornais e os livros dele. Deixe-o em paz! Um pouco desse tipo de agitação lhe dá ânimo. Agora ele ficará feliz e quieto por dias.

Arbin estava voltando a pensar em suas cartas e, quando esticou o braço para pegar uma delas, bateram à porta dando gritos roucos que não chegavam a formar palavras.

A mão de Arbin vacilou e parou. Os olhos de Loa assumiram uma expressão temerosa; ela olhou para o marido, o lábio inferior trêmulo.

– Tire Grew daqui – Arbin ordenou. – Rápido!

Loa foi até a cadeira de rodas enquanto ele falava. Ela entoou um ritmo tranquilizador.

Mas o vulto adormecido arfou e acordou, assustado, ao primeiro movimento da cadeira. Ele se endireitou e automaticamente tateou em busca do jornal.

– Qual é o problema? – perguntou ele irritado, em um tom longe de ser um sussurro.

– Shh. Está *tudo* bem – murmurou Loa de maneira vaga, e empurrou a cadeira para o cômodo ao lado. Ela fechou a porta e encostou-se contra ela, o peito esguio ofegando enquanto seus olhos procuravam os do marido. Ouviram bater outra vez.

Eles ficaram perto um do outro conforme a porta se abria, uma proximidade quase defensiva, deixando transparecer sua hostilidade enquanto encaravam o homem baixo e rechonchudo que lhes dava um leve sorriso.

– Podemos ajudar em algo? – perguntou Loa com uma cortesia cerimoniosa, e depois se afastou quando o homem arfou e estendeu a mão para não cair.

– Ele está doente? – perguntou Arbin, perplexo. – Venha, ajude-me a trazê-lo para dentro.

As horas seguintes se passaram e, no silêncio do quarto, Loa e Arbin aos poucos se preparavam para dormir.

– Arbin? – disse Loa.

– O que é?

– Isso é seguro?

– Seguro? – Ele parecia evitar, de propósito, o que ela queria falar.

– Digo, trazer esse homem para dentro de casa. Quem é ele?

– Como vou saber? – respondeu o marido, irritado. – Mas, no final das contas, não podemos recusar abrigo a um homem doente. Amanhã, se ele não tiver uma identificação, informaremos o Conselho Regional de Segurança, e fim de papo. – Ele se virou em uma clara tentativa de interromper a conversa.

Mas sua esposa quebrou o silêncio que recebera de volta, sua voz fina com um tom de maior urgência.

– Você não acha que ele pode ser um agente da Sociedade dos Anciãos, acha? Tem o Grew, você sabe.

– Você quer dizer por conta do que ele disse hoje à noite? Isso não faz nenhum sentido. Não vou nem discutir essa ideia.

– Não estou falando sobre aquilo, e você sabe. Quero dizer que já faz dois anos que mantemos Grew ilegalmente, e você sabe que estamos rompendo com o mais sério dos Costumes.

– Não estamos prejudicando ninguém – murmurou Arbin. – Estamos preenchendo nossa cota, não estamos? Mesmo sendo uma cota estabelecida para três pessoas... três *trabalhadores*! E, já que estamos, por que suspeitariam de algo? Nós sequer o deixamos sair de casa.

– Eles podem ter rastreado a cadeira de rodas. Você teve de comprar o motor e os acessórios lá fora.

– Não comece com isso de novo, Loa. Eu expliquei muitas vezes que não comprei nada além de equipamentos comuns de cozinha para aquela cadeira. Além do mais, não faz sentido algum considerá-lo um agente da Irmandade. Você acha que eles usariam um artifício tão elaborado por conta de um pobre velho em uma cadeira de rodas? Eles não poderiam entrar durante o dia e com mandatos de busca? Por favor, pense bem.

– Pois bem, Arbin – os olhos dela ficaram de repente brilhantes e ansiosos –, se você acha mesmo, e eu esperava que achasse, então ele deve ser um forasteiro. Ele *não pode* ser um terráqueo.

– O que quer dizer com isso de que ele não pode ser terráqueo? Essa ideia é ainda mais ridícula. Por que um homem do Império viria, de todos os lugares, justo à Terra?

– Não sei por quê! Sei, sim; talvez ele tenha cometido um crime lá fora. – Ela se embrenhou instantaneamente na própria fantasia. – Por que não? Faz sentido. Seria natural vir para a Terra. Quem pensaria em procurá-lo aqui?

– *Se* ele for um forasteiro, que provas você tem disso?

– Ele não fala a nossa língua, fala? Você terá de concordar comigo nesse ponto. Você conseguiu entender alguma palavra? Então ele *deve* ter vindo de algum canto distante da Galáxia onde o dialeto é estranho. Dizem que os homens de Formalhaut têm praticamente de aprender um novo idioma para serem compreendidos na corte em Trantor... Você não vê o que tudo isso pode significar? Se ele for um estranho na Terra, não terá nenhum registro no Conselho do Censo, e ficará feliz em não ter de se apresentar a eles. Nós poderíamos usá-lo na fazenda, no lugar do meu pai, e serão três pessoas outra vez, não duas, que terão de cumprir a cota para três na próxima estação... Ele poderia até ajudar com a colheita agora.

Ela olhou com ansiedade para o rosto de ar duvidoso do marido, que refletiu por bastante tempo e disse:

– Bem, vá dormir, Loa. Conversaremos mais com o bom senso que o dia traz.

Os murmúrios cessaram, a luz se apagou, e por fim o sono preencheu o quarto e a casa.

Na manhã seguinte, foi a vez de Grew refletir sobre o problema. Arbin lhe fez a pergunta, esperançoso. Ele sentia uma confiança no sogro que ele mesmo não conseguia reunir.

– É óbvio que seus problemas, Arbin, se originam do fato de que eu sou registrado como trabalhador, de modo que a cota de produção é fixada para três pessoas – disse Grew. – Estou cansado de criar complicações. Este é o segundo ano que vivi além da conta. É o bastante.

Arbin ficou constrangido.

– Bem, essa não era a questão. Não estou sugerindo que você é um problema para nós.

– Bem, afinal de contas, que diferença faz? Em dois anos haverá o Censo, e eu partirei de qualquer modo.

– Pelo menos você teria mais dois anos de livros e descanso. Por que deveria ser privado disso?

– Porque os outros são. E quanto a você e Loa? Quando vierem me levar, vão levar vocês dois também. Que tipo de homem eu seria para viver alguns anos desprezíveis às custas...

– Pare com isso, Grew. Não quero drama. Nós lhe dissemos muitas vezes o que vamos fazer. Vamos apresentá-lo uma semana antes do Censo.

– E vão enganar o médico, suponho?

– Nós subornaremos o médico.

– Hum. E este novo homem... ele vai duplicar o delito. Você o estará escondendo também.

– Vamos soltá-lo por aí. Pelo Espaço, por que se preocupar com isso agora? Nós temos dois anos. O que faremos com ele?

– Um estranho... – Grew considerou. – Ele bate à porta. Não veio de lugar algum. Fala de forma ininteligível... Não sei o que aconselhar.

– Ele é pacífico; parece estar morrendo de medo. Não pode nos causar nenhum mal – disse o fazendeiro.

– Com medo, hein? E se ele for débil mental? E se essa tagarelice não for nenhum dialeto estrangeiro, e sim apenas sons sem sentido?

– Parece improvável. – Mas Arbin se remexeu, inquieto.

– Você diz isso a si mesmo porque quer usá-lo... Tudo bem, vou lhe dizer o que fazer. Leve-o para a cidade.

– Para Chica? – Arbin estava horrorizado. – Isso seria a nossa ruína.

– Pelo contrário – retrucou Grew em um tom calmo. – O problema com você é que não lê os jornais. Felizmente para esta família, eu leio. Acontece que o Instituto de Pesquisa Nuclear desenvolveu um instrumento que dizem facilitar o aprendizado. Escreveram uma página inteira no suplemento de fim de semana. E eles querem voluntários. Leve este homem. Deixe que ele seja um voluntário.

Arbin chacoalhou a cabeça firmemente.

– Você está louco. Não posso fazer algo assim, Grew. A primeira coisa que vão fazer é pedir o número do registro dele. É o mesmo que pedir que façam uma investigação para colocar as coisas nos eixos, e então eles vão descobrir sobre você.

– Eles não vão, não. Acontece que você está totalmente errado, Arbin. O motivo pelo qual o Instituto quer voluntários é porque a máquina ainda é experimental. Ela provavelmente já matou algumas pessoas, então tenho certeza de que não farão perguntas. E, se o estranho morrer, é provável que não fique pior do que está agora... Bem, Arbin, me dê o projetor de livros e ajuste o indicador na bobina 6. E, por favor, me traga o jornal assim que ele chegar.

Quando Schwartz abriu os olhos, já passava do meio-dia. Ele sentiu aquela dor de cortar o coração, do tipo que alimenta a si própria, a dor de não ter mais a esposa ao lado ao acordar, de ter perdido um mundo familiar...

Uma vez ele sentira essa dor, e aquele lampejo de memória voltou-lhe à mente, iluminando uma cena esquecida com agudo esplendor. Lá estava ele, um jovem na neve de uma cidadezinha gelada, com o trenó esperando; ao final dessa viagem haveria o trem e, depois disso, o grande navio...

O temor nostálgico e frustrante pelo mundo que lhe era familiar o uniu por um instante àquele rapaz de 20 anos que emigrara para os Estados Unidos.

A frustração era demasiado real. Isso não podia ser um sonho.

Ele se levantou quando a luz acima da porta piscou e o tom barítono desprovido de sentido de seu anfitrião ressoou. Depois a porta se abriu e tomaram café da manhã: um mingau esbranquiçado que ele não reconheceu, mas que tinha um ligeiro gosto de mingau de milho (com uma diferença apetitosa de sabor) e leite.

Ele disse "obrigado", e então acenou vigorosamente com a cabeça.

O fazendeiro disse algo em resposta e pegou a camisa de Schwartz, que estava pendurada no encosto da cadeira. Ele a examinou com cautela por todos os lados, prestando atenção especial aos botões. Depois a devolveu, abriu a porta corrediça de um armário e, pela primeira vez, Schwartz notou o aspecto leitoso e cálido das paredes.

– Plástico – murmurou ele para si mesmo, usando de modo categórico aquela palavra abrangente, como os leigos sempre a empregam. Ele notou ainda que não havia cantos nem ângulos na sala, todos os planos desvanecendo uns nos outros em curvas suaves.

Mas o homem estava estendendo objetos em sua direção e fazia gestos que não podiam ser confundidos. Era óbvio que Schwartz deveria tomar banho e se vestir.

Com ajuda e instruções, ele obedeceu. Mas não encontrou nada com que se barbear, nem conseguiu, fazendo gestos e apontando o queixo, extrair nada do outro homem a não ser um som incompreensível acompanhado de um olhar de nítida repulsa. Schwartz coçou a barba grisalha por fazer e deu um longo suspiro.

E então foi levado a um pequeno e alongado carro de duas rodas, no qual, com gestos, o mandaram entrar. O chão passava acelerado sob o veículo e a imagem da estrada vazia ia correndo dos dois lados, até que edifícios brancos, baixos e brilhantes surgiram diante dele, e lá, bem distante, havia água.

– Chicago? – apontou ele com ansiedade.

Era o último fio de esperança dentro dele, pois certamente nada do que já houvesse visto se parecia com aquela cidade.

O fazendeiro não deu resposta alguma.

E sua última esperança morreu.

UM MUNDO... OU MUITOS?

Bel Arvardan, que acabara de conceder uma entrevista à imprensa, por ocasião de sua iminente expedição à Terra, sentia-se em suprema paz com todos os 100 milhões de sistemas estelares que compunham o abrangente Império Galáctico. Já não era mais uma questão de ser conhecido neste ou naquele setor. Uma vez que suas teorias relativas à Terra fossem provadas, sua reputação estaria assegurada em cada planeta habitado da Via Láctea, em cada planeta onde o homem houvesse posto os pés no decorrer de centenas de milhares de anos de expansão pelo espaço.

Esses potenciais níveis de renome, esses puros e rarefeitos auges intelectuais da ciência vieram cedo ao seu encontro, porém não de forma fácil. Ele tinha apenas 35 anos, mas sua carreira já acumulava controvérsias. Começara com uma explosão que abalara os salões da Universidade de Arcturus quando ele obteve o título de arqueólogo sênior aos 23 anos, um fato sem precedentes. A explosão – não menos eficaz por ser imaterial – consistiu na rejeição para publicação, por parte da *Revista da Sociedade de Arqueologia Galáctica*, de sua dissertação de conclusão de curso. Fora a primeira vez na história da universidade que uma dissertação havia sido recusada. Fora igualmente a primeira vez na história daquela séria revista que uma rejeição tinha sido expressa em termos tão ásperos.

Para alguém que não fosse arqueólogo, o motivo para tal raiva contra um pequeno ensaio obscuro e insosso intitulado *Sobre a antiguidade dos artefatos no Setor de Sirius com considerações de sua aplicação à hipótese de radiação da origem humana* poderia parecer um mistério. O que estava envolvido, no entanto, era que, desde o princípio, Arvardan adotou como sendo suas as hipóteses elaboradas anteriormente por certos grupos de místicos que estavam mais preocupados com metafísica do que com arqueologia, isto é, que a humanidade se originara em um único planeta e havia se propagado aos poucos pela Galáxia. Essa era a teoria predileta dos escritores de fantasia da época e repudiada por todos os arqueólogos conceituados do Império.

Mas Arvardan se tornou uma potência a se levar em conta mesmo por parte dos mais respeitáveis, pois dentro de uma década ele se transformara em uma reconhecida autoridade em relíquias das culturas pré-imperiais que ainda restavam nos turbilhões e nos calmos rincões da Galáxia.

Por exemplo, ele escrevera uma monografia sobre a civilização mecanicista do Setor Rigel, onde o desenvolvimento de robôs criou uma cultura isolada que persistiu por séculos, até que a perfeição dos escravos de metal reduziu a iniciativa humana a ponto de as vigorosas frotas do Senhor da Guerra, Moray, tomarem com facilidade o controle. A arqueologia ortodoxa insistia na evolução dos tipos humanos de maneira independente em diversos planetas e usava culturas tão atípicas, como a de Rigel, como exemplos de diferenças raciais que ainda não haviam sido corrigidas por meio de cruzamentos com raças diferentes. Arvardan destruiu efetivamente esses conceitos ao mostrar que a cultura robótica de Rigel fora uma consequência natural das forças econômicas e sociais da época e da região.

Também havia os mundos bárbaros de Ofiúco, os quais os ortodoxos havia muito defendiam tratar-se de amostras de humanidade primitiva que ainda não progredira ao estágio da viagem interestelar. Todos os livros didáticos usavam aqueles mundos como a melhor evidência da Teoria da Fusão, isto é, de que a humanidade era o clímax natural da evolução em qualquer mundo em que a química se baseava em água e oxigênio, com as intensidades apropriadas de temperatura e gravitação; de que cada linhagem da humanidade podia se acasalar com outra diferente; de que, com a descoberta da viagem interestelar, esse cruzamento entre as raças aconteceu.

Arvardan, entretanto, descobriu traços de uma civilização mais antiga, que precedera o barbarismo de mil anos de Ofiúco, e provou que os registros mais antigos do planeta mostravam vestígios de comércio interestelar. O toque final veio quando ele demonstrou, de modo a não deixar dúvidas, que o homem já se encontrava em estado civilizado quando havia emigrado para a região.

Foi depois disso que a *Rev. Soc. Arq. Gal.* (para dar à publicação sua abreviação profissional) decidiu publicar a dissertação de conclusão de curso de Arvardan, mais de dez anos após sua apresentação.

E agora a pesquisa de sua teoria de estimação levaria Arvardan ao planeta que, muito provavelmente, era o menos significativo do Império: um planeta chamado Terra.

Arvardan aterrissou no único território do Império em toda a Terra, aquele trecho nas alturas desoladas dos planaltos ao norte dos Himalaias. Lá, onde não havia, e nunca houvera, radioatividade, brilhava um palácio que não era de arquitetura terrestre. Em essência, era uma cópia dos palácios dos vice-reis que existiam em mundos mais afortunados. A suave opulência dos jardins fora construída visando o conforto. As proibitivas rochas foram cobertas com húmus, irrigadas, imersas em atmosfera e clima artificiais e convertidas em pouco mais de 8 quilômetros quadrados de gramados e jardins floridos.

O gasto de energia envolvido nesse desempenho era enorme pelos cálculos terrestres, mas por trás disso havia os recursos totalmente inacreditáveis de dezenas de milhões de planetas, aumentando numericamente de forma contínua. (Estimaram que, no ano da Era Galáctica de 827, uma média de 50 novos planetas por dia alcançavam o digno status de província, condição que requeria que se alcançasse a população de 500 milhões.)

Nesse trecho que nem chegava a ser a Terra vivia o procurador do planeta e, às vezes, em seu luxo artificial, ele conseguia se esquecer de que ocupava o posto de procurador de um planeta que mais parecia um ninho de ratos e lembrar-se de que era um aristocrata de uma árida família antiga muitíssimo honrada.

Sua mulher talvez se iludisse com menos frequência, em especial nos momentos em que, subindo em um outeiro coberto de grama, ela conseguia ver, a distância, a brusca e decisiva linha que separava os jardins e a ameaçadora vastidão da Terra. Nessas ocasiões, nem todas as fontes coloridas (luminescentes à noite, com um efeito de frio fogo líquido), trilhas floridas ou bosques idílicos podiam compensar o fato de saberem do próprio exílio.

Então, talvez Arvardan fosse mais bem-vindo do que o protocolo pudesse exigir. Afinal, para o procurador, Arvardan era um resquício do Império, de sua amplidão, de sua imensidão.

E Arvardan, por sua vez, achou muito que admirar.

– Isto está muito bem-feito... e com bom gosto – ele comentou. – É inacreditável como há um toque da cultura central permeando os mais afastados distritos do nosso Império, lorde Ennius.

Ennius deu um sorriso.

– Temo que a corte do procurador aqui na Terra seja mais agradável para se visitar do que para se viver. Não passa de uma concha que ressoa ocamente quando a tocam. Depois que tiver observado a mim e à minha família, os funcionários, as tropas imperiais, tanto aqui como nos importantes centros planetários, acompanhado de um ocasional visitante como o senhor, terá esgotado todo o toque de cultura central que existe. Não me parece suficiente.

Eles se sentaram na colunata ao cair da tarde, com o sol cintilando ao baixar em direção às saliências do horizonte formadas pela névoa de tom arroxeado, e o ar estava tão carregado com o cheiro das coisas que cresciam que seus movimentos não passavam de meros suspiros de esforço físico.

Claro que não era adequado, nem mesmo para um procurador, mostrar demasiada curiosidade sobre as atividades de um convidado, mas essa regra não levava em conta a desumanidade do isolamento diário com relação a todo o Império.

– O senhor planeja ficar por algum tempo, dr. Arvardan? – perguntou Ennius.

– Quanto a isso, lorde Ennius, não sei dizer ao certo. Vim antes do resto de minha expedição a fim de me familiarizar com a cultura da Terra e para cumprir os requisitos legais necessários. Por exemplo, devo obter do senhor a permissão oficial costumeira para montar acampamentos nos locais necessários, e coisas assim.

– Oh, permissão dada, permissão dada! Mas quando o senhor começa a escavar? E o que o senhor espera encontrar neste miserável amontoado de cascalho?

– Se tudo correr bem, espero montar um acampamento dentro de alguns meses. E quanto a este mundo... bem, ele é qualquer coisa, menos um amontoado miserável. Ele é absolutamente singular em toda a Galáxia.

– Singular? – retrucou o procurador. – De maneira alguma! É um mundo muito comum. É uma espécie de chiqueiro em forma de planeta, um buraco horrível, é uma fossa, ou quase qualquer outro adjetivo particularmente aviltante que se queira usar. E, no entanto, com todo esse requinte de causar náusea, ele sequer consegue ser singular em termos de perversidade, mas sim permanecer como um mundo comum, bruto e rural.

– Mas – contrapôs Arvardan um tanto surpreso pelo vigor das declarações inconsistentes que foram enunciadas daquele modo – este mundo é radioativo.

– Bem, e daí? Alguns milhares de planetas na Galáxia são radioativos, e alguns são consideravelmente mais radioativos do que a Terra.

Foi nesse instante que o suave deslizar do armário móvel atraiu a atenção deles. O objeto parou ali perto, ao alcance da mão.

Ennius fez um gesto apontando o armário e disse ao visitante:

– O que o senhor prefere?

– Nada em particular. Um drinque com uma rodela de limão, talvez.

– Isso pode ser arranjado. O armário possui os ingredientes... Com ou sem Chensey?

– Só um pouco para dar um gostinho – respondeu Arvardan, e aproximou o indicador e o polegar, quase tocando-os.

– O senhor terá seu drinque em um minuto.

Em algum lugar nas entranhas do armário (talvez a criação mecânica mais universalmente popular da inventividade humana), um barman entrou em ação... um barman não humano cuja alma eletrônica misturava as coisas não por medidas, mas por contagem de átomos; as proporções eram sempre perfeitas e ele não poderia ser comparado a ninguém de carne e osso, por maiores que fossem suas habilidades artísticas.

Pareceu que os copos grandes surgiram do nada nas reentrâncias apropriadas enquanto eles esperavam.

Arvardan pegou o drinque verde e, por um instante, sentiu um toque gelado contra sua bochecha. Depois colocou a borda do copo nos lábios e experimentou.

– Perfeito – disse ele. O visitante colocou o copo no suporte bem ajustado de sua cadeira e acrescentou: – Milhares de planetas radioativos, como o senhor diz, mas apenas um deles é habitado. *Este* aqui, procurador.

– Bem – Ennius estalou os lábios após um gole do próprio drinque e pareceu perder um pouco de sua aspereza após o contato com o toque aveludado da bebida –, talvez ele *seja* singular nesse sentido. Não é uma distinção a ser invejada.

– Mas não é só uma questão de singularidade estatística – Arvardan falava de propósito entre um gole e outro. – É mais do que isso; as potencialidades são enormes. Os biólogos mostraram, ou alegam ter mostrado, que, em planetas onde a intensidade da radioatividade na atmosfera e nos mares está acima de certo ponto, a vida não se desenvolve... A radioatividade da Terra ultrapassa consideravelmente esse ponto.

– Interessante. Eu não sabia disso. Imagino que esse fato constituiria uma prova definitiva de que a vida na Terra é fundamentalmente diferente da vida no resto da Galáxia... Isso deve agradar ao senhor, uma vez que é de Sirius. – Ele tinha um ar de divertimento irônico a essa altura e acrescentou em um aparte confidencial: – O senhor sabe que a maior dificuldade relacionada a governar este planeta é ter de lidar com o intenso antiterrestrialismo que existe em todo o Setor de Sirius? E o sentimento é retribuído com juros por parte dos terráqueos. Claro que não estou dizendo que o antiterrestrialismo não exista de um modo mais ou menos diluído em muitos lugares na Galáxia, mas nada que se compare a Sirius.

A resposta de Arvardan foi impaciente e veemente.

– Lorde Ennius, rejeito a insinuação. Tenho tão pouca intolerância dentro de mim quanto qualquer homem vivo. Acredito na unicidade da raça humana com toda a força do meu conhecimento científico, e isso inclui até mesmo a Terra. E toda forma de vida *é*, fundamentalmente, única, por se basear em cadeias de moléculas de ácido nucleico e complexos de proteína em dispersão coloidal. O efeito da radioatividade que acabo de mencionar não se aplica apenas a algumas formas de vida humana, ou a algumas formas de qualquer tipo de vida. Aplica-se a *toda* forma de vida, já que se baseia na mecânica quântica dessas macromoléculas. Isso se aplica ao senhor, a mim, aos terráqueos, às aranhas e aos germes. Veja bem, as proteínas e os ácidos nucleicos, é provável que eu não tenha de dizer-lhe, são agrupamentos extremamente complicados de aminoácidos, nucleotídeos e outros compostos especializados, dispostos em intricados padrões tridimensionais tão instáveis como raios de sol em um dia nublado. Essa instabilidade é a vida, uma vez que está sempre mudando de posição em um esforço para manter sua identidade... assim como um longo bastão equilibrado no nariz de um acrobata. Mas esses maravilhosos elementos químicos precisam ser construídos a partir de matéria inorgânica antes que a vida possa existir. Então, bem no princípio, pela influência da energia radiante do sol sobre essas enormes soluções a que chamamos de oceanos, as moléculas orgânicas aos poucos se tornaram mais complexas, de metanos a formaldeídos e por fim a açúcares e amidos, de um lado, e de ureia a nucleotídeos e ácidos nucleicos de outro, ou de ureia a aminoácidos e proteínas de outro ainda. Essas combinações e desintegrações de átomos são uma questão de acaso, claro, e o processo em determinado mundo pode levar milhões de anos, enquanto em outro pode levar somente centenas. É evidente que é muito mais provável que dure milhões de anos. Na verdade, é muito provável que acabe nunca acontecendo. Os físico-químicos orgânicos analisaram, com grande exatidão, toda a cadeia de reações envolvida, em especial a energética dessas reações, isto é, as relações de energia envolvidas em cada mudança atômica. Agora se sabe, sem sombra de dúvida, que vários dos passos cruciais para a construção da vida requerem a ausência de energia radiante. Se isso lhe parece estranho, procurador, só posso dizer que a fotoquímica, a química das reações induzidas por energia radiante, é um ramo bem desenvolvido da ciência, e há inúmeros casos de reações muito simples que seguirão um entre dois caminhos dependendo da presença ou ausência de *quanta* de energia luminosa. Em mundos comuns, o sol é a única fonte de energia radiante ou, pelo menos, é de longe a maior fonte. Abrigados pelas nuvens, ou à noite, os compostos de carbono e nitrogênio se combinam e recombinam a partir das formas possibilitadas pela ausência daquelas pequenas porções de energia lançadas a elas pelo sol... como bolas de boliche lançadas em meio a um número infinito de pinos infinitesimais. Mas, em mundos radioativos, com a presença ou não de um sol, cada gota de água, mesmo na noite mais intensa, mesmo a 8 quilômetros de profundidade, brilha e explode ao contato com raios gama, levantando os átomos de carbono, ativando-os, dizem os químicos, e forçando certas reações-chave a proceder apenas de determinadas maneiras, nunca resultando em vida.

A bebida de Arvardan havia terminado. Ele colocou o copo vazio no armário, que estava à espera. O copo foi recolhido instantaneamente a um compartimento especial onde foi limpo e esterilizado para o próximo drinque.

– Mais um? – perguntou Ennius.

– Faça essa pergunta depois do jantar – respondeu Arvardan. – Por ora, já bebi o bastante.

Ennius bateu uma unha afilada no braço da cadeira e disse:

– O senhor faz o processo parecer fascinante, mas, se for como diz, então como se explica a vida na Terra? Como ela se desenvolveu?

– Ah, percebe, até o senhor está começando a se perguntar. Mas a resposta, creio *eu*, é simples. A radioatividade, quando ultrapassa o mínimo exigido para impedir a vida, ainda não é necessariamente suficiente para destruir a vida já formada. Pode modificá-la, mas, a não ser em quantidades comparativamente enormes, não a destruirá... O senhor compreende, a química envolvida é diferente. No primeiro caso, simples moléculas são impedidas de se desenvolverem, enquanto, no segundo, moléculas complexas já formadas devem ser decompostas. Não é a mesma coisa em absoluto.

– Não entendi a aplicação de tudo isso – Ennius confessou.

– Não é óbvio? A vida na Terra se originou *antes* de o planeta se tornar radioativo. Meu caro procurador, é a única explicação possível que não envolve negar nem o fato de que existe vida na Terra, nem uma quantidade de teoria química suficiente para invalidar metade dessa ciência.

Ennius olhou para o outro com um ar de descrença perplexa.

– O senhor não pode estar falando sério.

– Por que não?

– Como pode um mundo *se tornar* radioativo? A vida dos elementos radioativos na crosta do planeta tem milhões e bilhões de anos. Pelo menos foi o que aprendi durante o meu curso universitário, e até no curso preparatório para Direito. Eles devem ter existido por um tempo indefinido no passado.

– Mas existe aquilo que chamamos de radioatividade artificial, lorde Ennius... mesmo em grande escala. Há milhares de reações nucleares com energia suficiente para criar todo tipo de isótopos radioativos. Ora, se supormos que os seres humanos usavam algumas reações nucleares aplicadas na indústria, sem o controle apropriado, ou até em uma guerra, se conseguirmos imaginar algo que se assemelhe a uma guerra acontecendo em um único planeta, a maior parte da superfície do solo poderia ser transformada em materiais artificialmente radioativos. O que me diz disso?

O sol havia se extinguido em tons sangrentos nas montanhas, e o rosto fino de Ennius estava corado, espelhando esse processo. A brisa suave da noite e o sonolento murmúrio das variedades cuidadosamente selecionadas de insetos nos jardins do palácio estavam mais reconfortantes do que nunca.

– Parece-me muito artificial. Por um lado, não consigo conceber o uso de reações nucleares em uma guerra ou a perda de controle sobre elas a esse ponto de maneira alguma... – Ennius contrapôs.

– Naturalmente, o senhor tende a subestimar as reações nucleares porque vive no presente, quando são controladas com tamanha facilidade. Mas e se alguém, ou algum exército, usou essas armas antes que houvessem elaborado uma defesa apropriada? Por exemplo, é como usar bombas de fogo antes de saber que a água ou a areia o apagariam.

– Hmm – disse Ennius –, o senhor soa exatamente como Shekt.

– Quem é Shekt? – Arvardan ergueu os olhos de súbito.

– Um terráqueo. Um dos poucos decentes... quero dizer, um daqueles com quem um cavalheiro pode conversar. Ele é físico. Contou-me uma vez que era possível que a Terra não tivesse sido sempre radioativa.

– Ah... Bem, isso não é estranho, uma vez que essa teoria, de fato, não é originalmente minha. Faz parte d'*O livro dos Anciãos*, que contém a história tradicional ou mítica da Terra pré-histórica. De certo modo, digo o que ele relata, mas transformando sua fraseologia um tanto elíptica em declarações científicas equivalentes.

– *O livro dos Anciãos*? – Ennius pareceu surpreso e um pouco contrariado. – Onde o senhor conseguiu isso?

– Aqui e ali. Não foi fácil, e só consegui partes dele. Claro que toda essa informação tradicional sobre a não radioatividade, mesmo sendo completamente não científica, é importante para o meu projeto... Por que pergunta?

– Porque o livro é reverenciado por uma seita radical de terráqueos. Os forasteiros estão proibidos de lê-lo. Se eu fosse o senhor, enquanto está aqui, não espalharia que o leu. "Não terráqueos", ou forasteiros, como eles os chamam, foram linchados por menos.

– O senhor faz parecer que a força policial imperial aqui é deficiente.

– Ela é, em casos de sacrilégio. Um conselho de amigo, dr. Arvardan!

Um melodioso toque de sino produziu uma nota que vibrava parecendo harmonizar com o farfalhante sussurro das árvores. O som desapareceu aos poucos, demorando-se como se estivesse apaixonado pelos arredores.

Ennius levantou-se.

– Creio que é hora do jantar. Queira me acompanhar e apreciar a hospitalidade que este simulacro de Império na Terra pode proporcionar.

A oportunidade para um jantar requintado acontecia com muito pouca frequência. Não se devia perder uma desculpa para realizar um, mesmo que fosse pequena. Então os pratos foram variados, o ambiente, luxuoso, os homens, refinados e as mulheres, encantadoras. E, deve-se acrescentar, o dr. B. Arvardan, de Baronn, Sirius, foi tratado como uma celebridade de forma intoxicante.

Arvardan se aproveitou de sua plateia durante a última parte do banquete para repetir muito do que dissera a Ennius, mas aqui sua exposição foi marcadamente menos bem-sucedida.

Um cavalheiro corado vestindo um uniforme de coronel se inclinou em sua direção com aquela marcada condescendência de um militar para um acadêmico e disse:

– Se interpretei corretamente as suas declarações, dr. Arvardan, o senhor está tentando nos dizer que esses desprezíveis homens da Terra representam uma raça antiga que pode ter sido, um dia, a ancestral de toda a humanidade?

– Eu hesito em afirmar absolutamente, coronel, mas creio que existe uma chance interessante de que isso seja verdade. Dentro de um ano, espero, de maneira confiante, ser capaz de dar uma opinião definitiva.

– Se descobrir que são, doutor, coisa de que duvido muito – retorquiu o coronel –, o senhor me surpreenderá além da conta. Já faz quatro anos que estou na Terra, e minha experiência não é das menores. Acho que esses terráqueos são patifes e cafajestes, todos eles. Definitivamente são nossos inferiores intelectuais. Eles não têm aquela faísca que espalhou a humanidade por toda a Galáxia. São preguiçosos, supersticiosos, avarentos e não demonstram qualquer sinal de nobreza de alma. Eu desafio o senhor, ou qualquer um, a me mostrar um terráqueo que possa ser equiparado, em qualquer sentido, a qualquer homem de verdade, ao senhor ou a mim, por exemplo, e só então reconhecerei que ele pode representar uma raça que um dia foi nossa ancestral. Mas, até lá, por favor, me isente de fazer uma suposição dessas.

Um homem corpulento ao pé da mesa disse de repente:

– Dizem que terráqueo bom é terráqueo morto e que, mesmo nesse caso, eles costumam feder – então riu de maneira descontrolada.

Arvardan franziu as sobrancelhas para o prato diante de si e comentou sem levantar os olhos:

– Não tenho vontade de discutir diferenças raciais, em especial porque é irrelevante neste caso. É do terráqueo da pré-história que estou falando. Seus descendentes de hoje foram isolados há muito tempo e sujeitos a um ambiente muito incomum... Ainda assim, eu não os rejeitaria tão levianamente.

Então virou-se para Ennius e disse:

– Milorde, creio que o senhor mencionou um terráqueo antes do jantar.

– Mencionei? Não me lembro.

– Um físico. Shekt.

– Ah, sim. Sim.

– Poderia ser Affret Shekt?

– Ora, é sim. O senhor ouviu falar dele?

– Penso que sim. Isso esteve me incomodando durante todo o jantar, desde que o senhor o mencionou, mas acho que o identifiquei. Ele não estaria no Instituto de Pesquisas Nucleares em... ah, qual é o nome daquele maldito lugar? – Ele bateu na testa com a parte inferior da palma da mão uma ou duas vezes. – Em Chica.

– O senhor identificou a pessoa certa. O que tem ele?

– Só isto: havia um artigo escrito por ele na edição de agosto da *Revista de Física*. Eu percebi porque estava procurando qualquer coisa relacionada à Terra, e artigos escritos por terráqueos em revistas de circulação galáctica são muito raros. Em todo caso, o que quero frisar é que esse homem alega ter desenvolvido algo que ele chama de Sinapsificador, que supostamente melhora a capacidade de aprendizado do sistema nervoso dos mamíferos.

– Verdade? – retorquiu Ennius de forma um pouco brusca demais. – Não ouvi falar nada sobre isso.

– Posso lhe passar a referência. É um artigo muito interessante, embora eu não possa fingir que entendo a matemática envolvida, claro. O que ele fez, no entanto, foi aplicar um tratamento a alguma forma animal nativa da Terra, ratos, acho que é assim que a chamam, com o Sinapsificador e colocá-los para resolver o problema de um labirinto. Sabe o que quero dizer: aprender o caminho apropriado por entre um minúsculo labirinto até chegar a alguma recompensa. Ele usou ratos não tratados como controle e descobriu que, em todos os casos, os ratos tratados pelo Sinapsificador encontraram o caminho pelo labirinto em menos de um terço do tempo... Entende o significado disso, coronel?

O militar que havia iniciado aquela discussão disse com indiferença:

– Não, doutor, não entendo.

– Vou explicar, então, que acredito firmemente que qualquer cientista capaz de fazer um trabalho desses, mesmo um terráqueo, é com certeza intelectualmente igual a mim, pelo menos, e, perdoe-me o atrevimento, é igual ao senhor também.

Ennius interrompeu-os.

– Desculpe-me, dr. Arvardan. Eu gostaria de voltar ao Sinapsificador. Shekt experimentou-o em humanos?

Arvardan deu uma risada.

– Duvido, lorde Ennius. Nove décimos dos ratos que passaram pelo Sinapsificador morreram durante o tratamento. Ele não ousaria usar cobaias humanas até conseguir fazer um progresso mais significativo.

Então Ennius se recostou na cadeira franzindo um pouco a testa e, depois disso, não falou nem comeu durante o resto do jantar.

Antes da meia-noite, o procurador havia deixado discretamente a reunião e, com uma única palavra apenas para a esposa, partiu em seu cruzador particular em uma viagem de duas horas à cidade de Chica, ainda com a testa um pouco franzida e uma ansiedade atroz no coração.

Assim, na mesma tarde em que Arbin Maren levou Joseph Schwartz até Chica para o tratamento com o Sinapsificador de Shekt, o próprio cientista ficara fechado com ninguém menos do que o procurador da Terra por mais de uma hora.

A MAJESTOSA ESTRADA

Arbin se sentia desconfortável em Chica. Sentia-se cercado. Em algum lugar em Chica, uma das maiores cidades da Terra (diziam que era habitada por 50 mil seres humanos), havia oficiais do grande Império exterior.

É verdade que ele nunca vira um homem da Galáxia; entretanto, aqui em Chica, ficava torcendo o pescoço continuamente, cheio de medo de que pudesse ver. Se fosse obrigado a definir com precisão, ele não conseguiria explicar como distinguir um forasteiro de um terráqueo mesmo que visse um, mas no fundo sentia que havia, de algum modo, uma diferença.

Ele olhou para trás enquanto entrava no Instituto. Seu duogiro estava estacionado em uma área aberta, com um cartão de seis horas reservando uma vaga para ele. Será que essa extravagância em si levantava suspeitas? Tudo o assustava agora. O ar estava cheio de olhos e ouvidos.

Se pelo menos o estranho se lembrasse de ficar escondido no fundo do compartimento traseiro. Ele acenara com violência... mas será que o outro entendera? De repente, ele ficou impaciente consigo mesmo. Por que deixara Grew convencê-lo a fazer uma loucura dessas?

E então, de alguma maneira, a porta se abriu diante dele e uma voz interrompeu seus pensamentos.

– O que você quer? – perguntava a voz.

A recepcionista soava impaciente; talvez já lhe tivesse feito aquela mesma pergunta várias vezes.

– Aqui é o lugar onde alguém pode se candidatar a passar pelo Sinapsificador? – respondeu ele com uma voz rouca, as palavras saindo engasgadas de sua garganta, como um pó seco.

A recepcionista ergueu os olhos abruptamente e disse:

– Assine aqui.

Arbin colocou as mãos atrás das costas e repetiu com a voz rouca:

– Onde eu consigo informações sobre o Sinapsificador? – Grew havia lhe dito o nome, mas a palavra saiu de maneira estranha, como se fosse uma baboseira qualquer.

– Não posso fazer nada pelo senhor a menos que assine o registro como visitante. São as regras – retrucou a recepcionista, com firmeza na voz.

Sem dizer uma palavra, Arbin se virou para ir embora. A jovem atrás do balcão apertou os lábios e chutou com violência o sinalizador ao lado de sua cadeira.

Arbin estava fazendo um esforço desesperado para não chamar a atenção e, segundo sua própria opinião, fracassava de forma terrível. A moça o olhava fixamente. Ela se lembraria dele mesmo depois de mil anos. Ele sentia um desejo incontrolável de correr, correr de volta para o carro, de volta para a fazenda...

Uma pessoa com um jaleco de laboratório estava saindo rapidamente de outra sala, e a recepcionista estava apontando para Arbin.

– Voluntário para o Sinapsificador, srta. Shekt – dizia ela. – Ele não quis fornecer o nome.

Arbin levantou os olhos. Era outra moça jovem. Ele parecia perturbado.

– *A senhorita* é responsável pela máquina?

– Não, de modo algum. – Ela sorriu de uma maneira muito amigável e Arbin sentiu a ansiedade diminuir levemente. – Mas posso levá-lo ao responsável – continuou ela. Depois acrescentou, ansiosa: – O senhor quer mesmo se voluntariar para se submeter ao Sinapsificador?

– Só quero ver o responsável – disse Arbin de modo grosseiro.

– Tudo bem. – Ela não parecia nem um pouco perturbada com a recusa. Ela passou de novo pela porta por onde viera. Houve uma pequena espera. Depois, por fim, houve um chamado com o dedo...

Com o coração batendo, ele a seguiu a uma pequena antessala.

– Se puder esperar mais ou menos meia hora, o dr. Shekt virá vê-lo – disse ela em um tom delicado. – Ele está muito ocupado neste exato momento... Se o senhor quiser alguns livro-filmes e um visualizador para passar o tempo, eu os trarei.

Mas Arbin balançou a cabeça. As quatro paredes da salinha se fechavam ao seu redor e pareciam mantê-lo rígido. Será que ele estava preso? Será que os Anciãos estavam vindo buscá-lo?

Foi a espera mais demorada da vida de Arbin.

Lorde Ennius, procurador da Terra, não havia passado por semelhante dificuldade para ver o dr. Shekt, embora tivesse vivenciado uma agitação quase similar. Em seu quarto ano como procurador, uma visita a Chica ainda era um grande acontecimento. Como representante direto do remoto Imperador, sua condição social era, por direito, igual à dos vice-reis de enormes setores galácticos que espalharam seus volumes brilhantes por centenas de parsecs cúbicos de espaço; mas, na verdade, seu posto era quase um exílio.

Preso como ele estava no vazio estéril dos Himalaias, entre discussões igualmente estéreis de uma população que o odiava e odiava o que o Império representava, até uma viagem a Chica era uma fuga.

Sem dúvida, suas fugas eram curtas. Tinham de ser, uma vez que em Chica era preciso vestir roupas impregnadas de chumbo o tempo todo, mesmo durante o sono, e, o que era pior, medicar-se continuamente com metabolina.

Ele se queixou disso para Shekt.

– A metabolina talvez seja o verdadeiro símbolo de tudo o que o seu planeta significa para mim, meu amigo – disse ele levantando a pílula vermelha para examiná-la. – Sua função é aumentar todos os processos metabólicos enquanto eu fico aqui, imerso em uma nuvem radioativa que me rodeia e a qual vocês sequer notam.

Ele a engoliu.

– Pronto! Agora meu coração vai bater mais rápido, minha respiração vai disputar uma corrida só dela, e meu fígado vai ferver nessa síntese química que, dizem os médicos, fazem dele a fábrica mais importante do corpo. E eu pago por isso sendo tomado por dores de cabeça e lassidão mais tarde.

O dr. Shekt ouviu, achando um pouco de graça. Shekt dava uma forte impressão de ser míope, não porque usasse óculos ou parecesse ter algum problema, mas apenas porque um hábito de longa data havia lhe dado o tique inconsciente de olhar as coisas de perto, de pesar todos os fatos com ansiedade antes de dizer qualquer coisa. Ele era alto e já estava passando da meia-idade, seu corpo magro ligeiramente curvado.

Mas era bem versado sobre grande parte da cultura galáctica, e não tinha a hostilidade e a desconfiança universais que tornavam o terráqueo comum tão repugnante até mesmo para um homem cosmopolita do Império como Ennius.

– Estou certo de que não precisa dessa pílula – disse Shekt. – Metabolina é apenas uma de suas superstições, e o senhor sabe disso. Se eu as substituísse por pílulas de açúcar sem que o senhor soubesse, não ficaria em piores condições. Além disso, teria dores de cabeça psicossomáticas semelhantes depois.

– Você diz isso no conforto do seu próprio ambiente. Você nega que seu metabolismo basal é mais acelerado que o meu?

– Claro que não, mas e o que isso tem a ver? Sei que é uma superstição do Império, Ennius, que nós, homens da Terra, somos diferentes dos outros seres humanos, mas, em seus aspectos essenciais, isso não é verdade. Ou o senhor veio aqui como missionário dos antiterrestrialistas?

Ennius resmungou.

– Pela vida do Imperador, seus companheiros da Terra são os melhores desse tipo de missionários. Viver aqui, como fazem, confinados em seu planeta mortífero, envenenando-se na própria raiva, eles não são nada além de uma úlcera na Galáxia. Estou falando sério, Shekt. Que planeta tem tantos rituais em sua vida cotidiana e os segue com uma fúria tão masoquista? Não passa um dia em que eu não receba delegações de um ou outro de seus órgãos reguladores, pedindo a pena de morte de um pobre-diabo cujo único crime foi invadir uma área proibida, escapar do Sexagésimo, ou talvez apenas comer mais do que a sua cota de comida.

– Ah, mas você sempre concede a pena de morte. Sua repugnância idealista parece não ser capaz de resistir aos costumes.

– As Estrelas são minhas testemunhas de que luto para negar a morte. Mas o que se pode fazer? O Imperador *insiste* que todas as subdivisões do Império não devem ser perturbadas em seus costumes locais... e isso é correto e sábio, pois conquista o apoio popular de tolos que, de outra forma, instigariam uma rebelião toda semana. Além do mais, se eu permanecesse inflexível quando os seus Conselhos, Senados e Câmaras insistem na morte, isso causaria tal alarido, e tal clamor descontrolado, e tal denúncia do Império e de seu trabalho que eu preferiria dormir em meio a uma legião de demônios por vinte anos a encarar a Terra nessas circunstâncias durante dez minutos.

Shekt deu um suspiro e alisou para trás seu cabelo ralo.

– Para o resto da Galáxia, se é que notam a nossa existência, a Terra é apenas uma pedra no céu. Para nós é o nosso lar, e o único lar que conhecemos. No entanto, não somos diferentes de vocês dos mundos siderais; somos apenas mais desafortunados. Estamos apinhados em um mundo morto, imersos entre paredes de radiação que nos prendem, cercados por uma imensa Galáxia que nos rejeita. O que podemos fazer contra o sentimento de frustração que nos consome? Procurador, o senhor estaria disposto a permitir que mandássemos nossa população excedente para outro planeta?

Ennius deu de ombros.

– Se eu me importaria? São as próprias populações de fora que se importariam. Elas não querem ser vítimas das doenças terrestres.

– Doenças terrestres! – disse Shekt, fazendo uma carranca. – É uma ideia absurda que deveria ser erradicada. Não somos portadores da morte. O senhor morreu por estar entre nós?

– Certamente – sorriu Ennius –, faço tudo para evitar contato indevido.

– É porque o senhor teme a propaganda criada, afinal de contas, apenas pela estupidez dos seus próprios fanáticos.

– Ora, Shekt, não existe uma base científica para a teoria de que os próprios terráqueos são radioativos?

– Sim, com certeza são. Como poderiam deixar de ser? O senhor também é. Assim como todas as pessoas de cada um dos centenas de milhões de planetas do Império. Nós somos mais radioativos, admito, mas não o bastante para prejudicar alguém.

– Mas o homem comum da Galáxia acredita no contrário, creio eu, e não deseja descobrir por experiência própria. Além disso...

– Além disso, o senhor vai dizer que somos diferentes. Não somos seres humanos porque sofremos mutação mais rapidamente devido à radiação atômica e, portanto, mudamos em muitos sentidos... Isso tampouco foi provado.

– Mas acredita-se nisso.

– Enquanto se acreditar nisso, procurador, e enquanto nós da Terra formos tratados como párias, vocês encontrarão em nós as características às quais se opõem. Se nos pressionam além do que é tolerável, não é de estranhar que pressionemos de volta? Odiando-nos como nos odeiam, será que vocês podem reclamar que nós, a nosso turno, os odiemos também? Não, não, nós somos os ofendidos, e não os ofensores.

Ennius estava mortificado pela raiva que causara. Até os melhores desses terráqueos, pensou ele, têm o mesmo ponto cego, o mesmo sentimento de que é a Terra contra todo o universo.

– Shekt, peço perdão pela minha grosseria – disse ele diplomaticamente. – Tome minha juventude e meu tédio como desculpas. Você vê diante de si um pobre homem, um sujeito de 40 anos (e esta é a idade de um bebê no serviço civil profissional), passando por seu aprendizado aqui na Terra. Pode demorar anos para os tolos do Comitê das Províncias Siderais se lembrarem de mim por tempo suficiente para me promoverem a algo menos mortal. Então ambos somos prisioneiros da Terra e cidadãos do grande mundo das ideias no qual não há distinção nem de planeta nem de características físicas. Então, dê-me a sua mão e sejamos amigos.

As linhas no rosto de Shekt ficaram mais suaves, ou, mais exatamente, foram substituídas por outras mais indicativas de bom humor. Ele riu sem reservas.

– As palavras são de um suplicante, mas o tom ainda é o de um diplomata de carreira imperial. O senhor é um péssimo ator, procurador.

– Então faça o contrário, sendo um bom professor e me contando sobre esse seu Sinapsificador.

Shekt sobressaltou-se visivelmente e franziu as sobrancelhas.

– O quê? O senhor ouviu falar sobre o instrumento? Então deve ser físico, além de administrador.

– Todo conhecimento é meu território. Mas falando sério, Shekt, eu gostaria mesmo de saber.

O físico perscrutou o outro de perto, aparentando ter dúvidas. Ele se levantou e levou a mão nodosa ao lábio, apertando-o pensativamente.

– Não sei por onde começar.

– Bem, pelas Estrelas, se está pensando em que ponto da teoria matemática deve começar, vou simplificar o seu problema. Esqueça todos os detalhes matemáticos. Não tenho conhecimento algum de suas funções e tensores e afins.

Os olhos de Shekt cintilaram.

– Pois bem, para me ater apenas à questão descritiva, trata-se simplesmente de um dispositivo que pretende aumentar a capacidade de aprendizado de um ser humano.

– De um ser humano? Sério? E funciona?

– Gostaria de saber. É necessário muito mais trabalho. Vou lhe dar as informações essenciais, procurador, e o senhor pode julgar por si mesmo. O sistema nervoso nos homens e nos animais é composto de material neuroproteico. Esse material consiste em enormes moléculas em um estado de equilíbrio elétrico muito precário. O mais ínfimo dos estímulos agitará uma delas, que vai se reestabelecer por mexer outra, a qual vai repetir o processo até que se chegue ao cérebro. O próprio cérebro é um imenso agrupamento de moléculas semelhantes, conectadas umas às outras de todas as maneiras possíveis. Já que no cérebro existe algo por volta de um elevado a décima ou a vigésima potência (ou seja, o número um seguido de vinte zeros) dessas neuroproteínas, o número possível de combinações é de uma ordem entre a décima e a vigésima potência fatorial. Trata-se de um número tão grande que, se todos os elétrons e prótons do universo fossem transformados em universos, e todos os elétrons e prótons de todos esses novos universos fossem de novo transformados em universos, então todos os elétrons e prótons de todos os universos criados assim ainda não seriam nada em comparação... Está me entendendo?

– Não entendi nenhuma palavra, graças às Estrelas. Se eu tentasse, a absoluta dor que isso causaria ao meu intelecto me faria latir como um cão.

– Hmm. Bem, de qualquer forma, o que nós chamamos de impulsos nervosos são apenas o desequilíbrio eletrônico progressivo que avança ao longo dos nervos até o cérebro, e depois de volta pelos nervos. Entendeu isso?

– Sim.

– Bem, então abençoado seja por sua genialidade. Enquanto esse impulso prossegue ao longo de uma célula nervosa, ele avança em ritmo acelerado, já que as neuroproteínas estão praticamente em contato. Entretanto, as células nervosas têm uma extensão limitada, e entre cada célula nervosa e a próxima existe uma fina divisória de tecido não nervoso. Em outras palavras, duas células nervosas contíguas na verdade não estão conectadas entre si.

– Ah – disse Ennius –, e o impulso nervoso deve saltar a barreira.

– Exatamente! A divisória diminui a força do impulso e a velocidade de sua transmissão em uma proporção da espessura dessa repartição elevada ao quadrado. Isso vale para o cérebro também. Mas imagine se fosse possível encontrar algum meio de diminuir a constante dielétrica dessa divisória entre as células.

– A constante o quê?

– A força isolante da repartição. É só isso que quero dizer. Se fosse possível diminuí-la, o impulso pularia essa brecha com mais facilidade. A pessoa pensaria mais rápido e aprenderia mais rápido.

– Bem, então volto a fazer a minha pergunta inicial. Isso funciona?

– Testei o instrumento em animais.

– E com que resultados?

– Bem, a maioria morre muito rápido de desnaturação de proteínas do cérebro... em outras palavras, coagulação. É como cozinhar um ovo.

Ennius estremeceu.

– Existe algo de inefavelmente cruel na natureza calculista da ciência. E aqueles que não morreram?

– Os resultados não são conclusivos, uma vez que eles não são seres humanos. Para eles, o fardo da evidência parece ser favorável... mas preciso de seres humanos. O senhor deve perceber, é uma questão referente às propriedades eletrônicas naturais de um cérebro individual. Cada cérebro ocasiona microcorrentes de certo tipo. Nenhuma é exatamente uma cópia de outra. São como digitais, ou como os padrões dos vasos sanguíneos da retina. Na verdade, são até mais particulares. O tratamento, creio, deve levar isso em consideração e, se eu estiver certo, não haverá mais desnaturação... Mas não tenho seres humanos em quem testá-lo. Estou pedindo voluntários, mas... – Ele fez um gesto largo, abrindo os braços.

– Sem dúvida, eu não os culpo, meu velho – disse Ennius. – Mas, falando sério, se o instrumento for aperfeiçoado, o que pretende fazer com ele?

O físico encolheu os ombros.

– Isso não sou eu quem vai dizer. Dependeria do Grande Conselho, claro.

– Você não consideraria tornar a invenção disponível ao Império?

– Eu? Não apresento objeção alguma. Mas apenas o Grande Conselho tem jurisdição sobre...

– Ah – disse Ennius com impaciência –, para o diabo com o Grande Conselho. Já negociei com eles antes. Você estaria disposto a falar com eles quando chegar o momento apropriado?

– Bem, que influência eu poderia ter?

– Poderia dizer-lhes que, se a Terra fosse capaz de produzir um Sinapsificador que pudesse ser aplicado nos seres humanos de forma completamente segura, e se o aparelho se tornasse disponível para toda a Galáxia, então algumas restrições quanto à imigração para outros planetas poderiam ser derrubadas.

– O quê? – retrucou Shekt com sarcasmo. – E arriscar as epidemias, e a nossa condição de seres diferentes, e a nossa desumanidade?

– Vocês poderiam até ser levados em massa para outro planeta. Pense nisso.

A porta se abriu nesse momento e uma jovem entrou rapidamente, passando pela estante dos livro-filmes. Ela destruiu a atmosfera mofada do estúdio enclausurado com um sopro automático de primavera. Ao ver um estranho, enrubesceu de leve e virou-se.

– Entre, Pola – Shekt chamou-a apressadamente. – Milorde – disse ele a Ennius –, acredito que já tenha conhecido minha filha. Pola, este é lorde Ennius, procurador da Terra.

O procurador se levantou com um cavalheirismo fácil que ofuscara a primeira e precipitada tentativa de cortesia por parte dela.

– Minha cara srta. Shekt – disse ele –, a senhorita é um ornamento que não imaginei que a Terra fosse capaz de produzir. Na verdade, a senhorita seria um ornamento em qualquer mundo de que consigo me recordar.

Ele pegou a mão de Pola, que foi ágil e a estendeu timidamente para ir ao encontro do gesto dele. Por um instante, pareceu que Ennius ia beijar-lhe a mão, do modo cortês usado pela geração anterior, mas a intenção, se é que havia alguma, nunca se concretizou. Meio erguida, a mão foi solta... um pouco rápido demais, talvez.

– Estou impressionada, milorde, com a sua gentileza para com uma simples garota da Terra – disse Pola, franzindo a testa muito de leve. – O senhor é corajoso e audaz por se arriscar a pegar uma infecção do modo como faz.

Shekt pigarreou e interrompeu-a.

– Minha filha, procurador, está terminando seus estudos na Universidade de Chica e obtém alguns créditos de campo de que necessita passando dois dias por semana em meu laboratório como técnica. Uma garota competente e, embora eu diga isso com o orgulho de um pai, pode ser que algum dia ela ocupe meu lugar.

– Pai – Pola acrescentou com delicadeza –, tenho uma informação importante para o senhor. – Ela hesitou.

– Devo sair? – perguntou Ennius em voz baixa.

– Não, não – disse Shekt. – O que é, Pola?

– Temos um voluntário, pai – disse a moça.

Shekt olhava, embasbacado.

– Para o Sinapsificador?

– É o que ele diz.

– Bem – disse Ennius –, vejo que lhe trago sorte.

– É o que parece. – Shekt se virou para a filha. – Diga a ele que espere. Leve-o para a Sala C, e logo irei vê-lo.

Ele se virou para Ennius depois que Pola saiu.

– O senhor me dá licença, procurador?

– Sem dúvida. Quanto tempo demora o procedimento?

– Temo que seja uma questão de horas. O senhor gostaria de ver?

– Não consigo imaginar nada mais abominável, meu caro Shekt. Estarei na Residência de Estado até amanhã. Você pode me informar sobre o resultado?

Shekt parecia aliviado.

– Sim, com certeza.

– Bom... E pense no que falei sobre o seu Sinapsificador. Sua nova e majestosa estrada para o conhecimento.

Ennius partiu, menos à vontade do que quando chegara; seu conhecimento continuava o mesmo, seus temores, muito maiores.

O VOLUNTÁRIO INVOLUNTÁRIO

Uma vez sozinho, o dr. Shekt discreta e cautelosamente tocou o solicitador de presença, e um jovem técnico entrou depressa, com um jaleco branco reluzente e longos cabelos castanhos cuidadosamente presos.

– Por acaso Pola lhe disse... – começou o dr. Shekt.

– Sim, dr. Shekt. Eu o observei pela visitela e ele deve ser, sem dúvida, um voluntário legítimo. Com certeza não é um indivíduo enviado do modo habitual.

– Você acha que eu devo consultar o Conselho?

– Não sei o que sugerir. O Conselho não aprovaria nenhum contato comum. O senhor sabe que todo feixe de comunicação pode ser grampeado. – Depois acrescentou, ansioso: – E se eu me livrar dele? Posso dizer-lhe que precisamos de homens com menos de 30 anos. O indivíduo certamente deve estar na casa dos 35.

– Não, não. É melhor eu vê-lo. – A mente de Shekt girava em um redemoinho gélido. Até agora, as coisas haviam sido tratadas de maneira muito sensata. Apenas informação suficiente para empregar uma franqueza espúria, mas não mais do que isso. E agora um verdadeiro voluntário... e logo após a visita de Ennius. Haveria alguma ligação? O próprio Shekt não tinha a menor ideia das gigantescas forças que começavam agora a travar uma luta na arruinada face da Terra. Mas, de certo modo, ele sabia o bastante. O bastante para se sentir à mercê delas, e com certeza mais do que qualquer um dos Anciãos suspeitava que ele soubesse.

No entanto, o que ele podia fazer, já que sua vida estava duplamente em perigo?

Dez minutos mais tarde o dr. Shekt observava, desamparado, o lavrador de postura curvada parado à sua frente, com o chapéu na mão e a cabeça meio virada para o lado, como se estivesse evitando um exame mais detalhado. Certamente, pensou Shekt, ele tinha menos de 40 anos, mas a vida dura do campo não favorecia as pessoas. As bochechas do sujeito apresentavam um tom avermelhado sob a tez queimada de seu rosto, e havia nítidos sinais de transpiração na linha do cabelo e nas têmporas, embora a sala estivesse gelada. Ele remexia as mãos desajeitadamente.

– Bem, meu caro – disse Shekt em um tom gentil –, fiquei sabendo que o senhor se recusa a nos fornecer seu nome.

Mas Arbin era obstinado em sua teimosia.

– Disseram-me que não fariam perguntas se tivessem um voluntário.

– Hmm. Bem, há algo que o senhor *gostaria* de dizer? Ou o senhor quer apenas passar pelo tratamento agora mesmo?

– *Eu*? Aqui, agora? – disse ele em um repentino estado de pânico. – Não sou eu o voluntário. Eu não falei nada para dar essa impressão.

– Não? Quer dizer que o voluntário é outra pessoa?

– Obviamente. O que *eu* gostaria...

– Eu entendo. Esse indivíduo, o outro homem, está com o senhor?

– De certa forma – Arbin respondeu com cautela.

– Tudo bem. Olhe, apenas nos conte o que quiser. Tudo o que for dito será mantido em absoluto sigilo, e nós o ajudaremos da maneira que pudermos. De acordo?

O lavrador abaixou a cabeça, como em uma espécie de gesto rudimentar de respeito.

– Obrigado. É o seguinte, senhor: temos esse homem lá no sítio, um... ahn... parente distante. Ele ajuda, entende...

Arbin engoliu em seco com dificuldade, e Shekt fez um aceno grave com a cabeça.

– Ele é muito disposto e muito *bom* trabalhador... – continuou Arbin. – Nós tivemos um filho, sabe, mas ele morreu... e minha boa esposa e eu, sabe, precisamos dessa ajuda... Ela não está bem... a gente não conseguiria dar conta sem ele. – O lavrador sentia, de algum modo, que a história era uma confusão absoluta.

Mas o cientista aquiesceu.

– E esse seu parente é quem o senhor quer que seja tratado?

– Bem, sim, achei que eu tivesse dito... mas me desculpe se isso está demorando um pouco. Sabe, o pobre homem não é... exatamente... bom da cabeça. – E depois continuou a toda velocidade: – Ele não está doente, o senhor entende? Ele não está mal a ponto de ter de ser levado. Ele só é *lerdo*. Ele não fala, entende?

– Ele não consegue falar? – Shekt aparentou ficar perplexo.

– Ah, consegue. Ele só não gosta de falar. Ele não fala *bem*.

O físico parecia ter dúvidas.

– E o senhor quer que o Sinapsificador melhore a mentalidade dele, hein?

Arbin aquiesceu lentamente.

– Se soubesse um pouco mais, senhor, bem, ele poderia fazer um pouco do trabalho que minha mulher não consegue fazer, sabe.

– Ele pode morrer. O senhor entende isso?

Arbin olhou para ele, impotente; seus dedos se contorciam com violência.

– Preciso do consentimento dele – declarou Shekt.

O lavrador chacoalhou a cabeça devagar e com teimosia.

– Ele não vai entender. – E depois, em voz baixa, acrescentou de imediato: – Bem, veja, senhor, tenho certeza de que vai me entender. O senhor não parece o tipo de pessoa que não sabe o que é uma vida difícil. Este homem está ficando velho. Não é um caso para o Sexagésimo, entende, mas e se, no próximo Censo, eles acharem que ele é débil mental e... e o levarem? A gente não quer perdê-lo, e é por isso que a gente o trouxe aqui. O motivo de eu tentar manter segredo é que talvez... talvez... – Arbin passou os olhos de forma involuntária pelas paredes, como que para penetrá-las com sua absoluta determinação e detectar alguém que pudesse estar ouvindo por trás delas. – Bem, talvez os Anciãos não vão gostar do que eu estou fazendo. Talvez tentar salvar um homem atormentado possa ser julgado como sendo contra os Costumes, mas a vida é dura... E isso seria útil para o senhor. O senhor *pediu* voluntários.

– Eu sei. Onde está o seu parente?

Arbin aproveitou a oportunidade.

– Lá fora no meu duogiro, se ninguém o encontrou. Ele não seria capaz de cuidar de si mesmo se alguém...

– Bem, esperemos que ele esteja em segurança. O senhor e eu vamos lá fora agora mesmo e traremos o automóvel para a garagem no subsolo. Providenciarei que ninguém saiba de sua presença além de nós dois e dos meus ajudantes. E eu lhe asseguro que o senhor não terá problemas com a Irmandade.

Amigavelmente, o cientista colocou o braço ao redor do ombro do lavrador, que abriu um sorriso de modo espasmódico. Para Arbin, aquilo era como uma corda afrouxando ao redor do pescoço.

Shekt olhou para a figura rechonchuda e careca no assento. O paciente estava inconsciente, respirando de modo profundo e com regularidade. Ele havia falado de maneira ininteligível e não havia entendido nada. No entanto, não tinha nenhum dos estigmas da condição de debilidade mental. Os reflexos estavam em ordem, para um idoso.

Idoso! Hmm.

Ele se virou para Arbin, que observava tudo com um olhar apertado.

– O senhor gostaria que fizéssemos uma análise óssea?

– Não – gritou Arbin. Depois, em um tom mais baixo, acrescentou: – Não quero nada que possa servir de identificação.

– Isso pode nos ajudar... Seria mais seguro, sabe... se nós soubéssemos a idade dele – explicou Shekt.

– Ele tem 50 – redarguiu Arbin com poucas palavras.

O físico deu de ombros. Não importava. Outra vez, ele se voltou para o homem que dormia. Quando o indivíduo fora levado para dentro, ele estava, pelo menos era o que aparentava, desanimado, retraído, indiferente. Nem as hipnopílulas haviam levantado qualquer suspeita. Elas foram oferecidas a ele, que esboçara um rápido sorriso espasmódico em resposta e as engolira.

O técnico já estava trazendo a última das desajeitadas unidades que juntas formavam o Sinapsificador. Ao toque de um botão, o vidro polarizado das janelas do centro cirúrgico passou por uma reorganização molecular e se tornou opaco. A única iluminação era a luz branca que emitia seu brilho gélido sobre o paciente, suspenso no campo diamagnético de várias centenas de quilowatts a cerca de 5 centímetros acima da mesa de cirurgia para a qual ele havia sido transferido.

Arbin estava ali, sentado no escuro, sem entender nada, mas fortemente determinado a impedir, de algum modo, com sua presença, os artifícios nocivos que ele sabia que não tinha conhecimento para impedir.

O físico não prestava atenção nele. Os eletrodos estavam ajustados à cabeça do paciente. Era um trabalho demorado. Primeiro havia o exame detalhado da formação do crânio com a técnica de Ullster, que revelava as sinuosas e estreitas suturas. Shekt sorriu sombriamente para si mesmo. As suturas cranianas não eram uma medida quantitativa inalterável de idade, mas eram suficientes nesse caso. O homem tinha mais do que os supostos 50 anos de idade.

E então, depois de um tempo, ele parou de sorrir. Ele franziu as sobrancelhas. Havia algo de errado com as suturas. Elas pareciam estranhas... não pareciam exatamente...

Por um instante, ele esteve pronto para jurar que a formação do crânio era uma formação primitiva, um retrocesso, mas então... Bem, o homem tinha uma mentalidade subnormal. Por que não?

E então ele exclamou de súbito, chocado:

– Ora, eu não havia notado! Este homem tem pelos no rosto! – Ele se virou para Arbin. – Ele sempre teve barba?

– Barba?

– Pelos no rosto! Venha aqui! Não está vendo?

– Sim, senhor. – Arbin pensou rápido. Ele *havia* percebido isso naquela manhã e depois esquecera. – Ele nasceu assim – disse ele, e então suavizou a declaração acrescentando –, eu acho.

– Bem, então vamos nos livrar desse pelo. O senhor não quer que ele ande por aí como uma fera brutal, quer?

– Não, senhor.

Os pelos foram removidos sem dificuldades com um bálsamo depilatório aplicado pelo técnico, cujas mãos estavam cuidadosamente cobertas por luvas.

– Ele também tem pelos no peito, dr. Shekt – informou o técnico.

– Pela Galáxia – Shekt exclamou –, deixe-me ver! Puxa, o homem é uma bola de pelos! Bem, deixe assim. Não vai aparecer enquanto ele estiver de camisa, e eu quero continuar com os eletrodos. Vamos colocar alguns aqui, e aqui, e aqui. – Minúsculas picadas e a inserção de filetes de platina. – Aqui e aqui.

Doze conexões aprofundaram-se pela pele até chegar às suturas, e por meio de sua tensão podia-se sentir os delicados ecos vestigiais das microcorrentes que passavam de célula a célula no cérebro.

Com cuidado, eles observavam as agulhas dos frágeis amperímetros se mexendo e saltando conforme as conexões eram feitas e desfeitas. As minúsculas agulhas registradoras desenhavam delicadas teias de aranha ao longo do papel traceјado em picos e depressões irregulares.

Então os gráficos foram retirados e colocados no vidro opalino iluminado. A equipe se inclinou sobre eles, sussurrando.

Arbin captava alguns comentários desconexos:

– ... extraordinariamente regular...

– Veja a altura do pico quintenário...

– Acho que deve ser analisado...

– ... claro o bastante aos olhos...

E depois, durante o que pareceu um longo tempo, ocorreu um tedioso ajuste do Sinapsificador. Giraram botões de controle, prestaram atenção nos ajustes do nônio, que depois foi travado, e registraram suas leituras. Diversos eletrômetros eram verificados repetidas vezes e novos ajustes se faziam necessários.

Depois, Shekt sorriu para Arbin e disse:

– Já vai terminar.

O imenso mecanismo avançou sobre o homem adormecido como um faminto monstro de movimentos lentos. Quatro fios compridos pendiam das extremidades de seus membros, e um acolchoado preto sem graça feito de algo que parecia uma borracha dura foi cuidadosamente colocado na nuca do paciente e firmemente mantido no lugar por braçadeiras que se ajustavam aos ombros. Por fim, como duas mandíbulas gigantes, os eletrodos opostos se desprenderam e, deslizando sobre a cabeça pálida e rechonchuda, foram posicionados de forma que cada um apontava uma das têmporas.

Shekt mantinha os olhos fixos no cronômetro; na outra mão estava o interruptor. O polegar dele se mexeu; nada visível aconteceu... nem mesmo aos sentidos do vigilante Arbin, que estavam aguçados pelo medo. Depois do que pareceu ter sido horas, mas que na verdade foram menos de três minutos, o polegar de Shekt se mexeu de novo.

Sua assistente se inclinou depressa sobre Schwartz, que ainda dormia, depois levantou o olhar, triunfante:

– Ele está vivo.

Restaram várias horas, durante as quais eles compilaram uma biblioteca inteira de registros, a um meio-tom de exaltação quase descontrolada. Já passava havia muito da meia-noite quando a medicação hipodérmica foi aplicada e os olhos do paciente adormecido tremularam.

Shekt se afastou, lívido, porém feliz. Tocou a testa de leve com as costas da mão.

– Está tudo bem.

– Ele deve ficar conosco por alguns dias, senhor – disse ele com firmeza, voltando-se para Arbin.

Uma expressão de pânico tomou conta do rosto de Arbin.

– Mas... mas...

– Não, não, o senhor deve confiar em mim – disse o físico de pronto. – Ele ficará em segurança, aposto a minha vida como ficará. *Estou* apostando minha vida nisso. Deixe-o aos nossos cuidados; ninguém além de nós o verá. Se o senhor levá-lo agora, talvez ele não sobreviva. Que serventia isso teria para o senhor? E, se ele de fato morrer, talvez o senhor tenha de explicar sobre o cadáver para os Anciãos.

Foi este último argumento que deu resultado.

– Mas, escute, como vou saber quando devo voltar e levá-lo? Não vou lhe dar o meu nome! – Arbin retrucou, engolindo em seco.

Mas isso era submissão.

– Não estou pedindo o seu nome – disse Shekt. – Volte em uma semana, às 10h00. Estarei esperando o senhor à porta da garagem, aquela para onde levamos o seu duogiro. Deve acreditar em mim, companheiro; o senhor não tem nada a temer.

Era noite quando Arbin saiu em disparada de Chica. Vinte e quatro horas haviam se passado desde que o estranho batera à sua porta e, nesse meio-tempo, ele havia dobrado o número de crimes cometidos contra os Costumes. Será que algum dia ele estaria seguro de novo?

Ele não conseguia deixar de olhar para trás enquanto seu duogiro corria pela estrada vazia. Haveria alguém o seguindo? Alguém para rastreá-lo até sua casa? Ou seu rosto já estava gravado? Será que estavam calmamente fazendo identificações nos distantes arquivos da Irmandade, em Washenn? Lá estavam listados todos os terráqueos vivos, junto com seus dados vitais e estatísticos, para efeito do Sexagésimo.

O Sexagésimo, que um dia chegaria para todos os terráqueos. Ele ainda tinha 25 anos antes que chegasse a sua vez; no entanto, ele convivia com aquilo todos os dias em razão de Grew e, agora, por conta do estranho.

E se ele nunca voltasse a Chica?

Não! Ele e Loa não podiam continuar produzindo por três e, quando não conseguissem, seu primeiro crime, o de esconder Grew, seria descoberto. E então os crimes contra os Costumes, uma vez iniciados, *seriam* agravados.

Arbin sabia que voltaria, a despeito de qualquer risco.

Já passava da meia-noite quando Shekt pensou em se recolher, e só porque a preocupada Pola insistiu. Mesmo então ele não dormiu. Seu travesseiro era um sutil elemento sufocante, seus lençóis eram emaranhados enlouquecedores. Levantou-se e sentou-se à janela. Agora a cidade estava escura, mas ali, no horizonte, do lado oposto do lago, havia o leve vestígio daquele brilho azul de morte que imperava em quase todas as partes da Terra.

As atividades do dia agitado que acabara de encerrar dançavam loucamente em seu pensamento. Sua primeira atitude depois de haver persuadido o assustado lavrador a ir embora fora telecontatar a Residência de Estado. Ennius devia estar à espera, pois ele mesmo atendera. Ele ainda estava recoberto pela pesada roupagem impregnada de chumbo.

– Ah, Shekt, boa noite. O seu experimento chegou ao fim?

– E quase que meu voluntário também, pobre homem.

Ennius parecia indisposto.

– Pensei certo quando achei que seria melhor não ficar. Parece-me que vocês cientistas não diferem muito dos assassinos.

– Ele ainda não morreu, procurador, e pode ser que o salvemos, mas... – Ele deu de ombros.

– Eu me ateria exclusivamente aos ratos de agora em diante, Shekt... Mas você não parece estar no seu normal, amigo. Com certeza você, pelo menos, deve ser insensível a isso, mesmo que eu não seja.

– Estou ficando velho, milorde – disse Shekt simplesmente.

– Um passatempo perigoso na Terra – foi a seca resposta. – Vá dormir, Shekt.

E então Shekt ficou ali sentado, olhando para a escura cidade de um mundo moribundo.

Fazia dois anos que o Sinapsificador estava sendo testado e, durante esse tempo, Shekt fora escravo e passatempo da Sociedade dos Anciãos, ou a Irmandade, como eles se autodenominavam.

Ele tinha sete ou oito artigos que poderiam ter sido publicados na *Revista sirianense de neuropsicologia*, capazes de ter lhe dado a tão almejada fama, reconhecida por toda a Galáxia. Esses artigos estavam mofando em sua escrivaninha. Em vez disso, havia aquele obscuro e propositalmente enganoso na *Revista de Física*. Esse era o jeito da Irmandade. Melhor uma meia verdade do que uma mentira.

E ainda havia Ennius fazendo perguntas. Por quê?

Será que isso se encaixava com outras coisas que ele descobrira? Será que o Império suspeitava do que ele mesmo suspeitava?

Três vezes em duzentos anos a Terra se revoltara. Três vezes, sob a bandeira de uma alegada grandeza ancestral, a Terra se rebelara contra as tropas imperiais. Três vezes haviam fracassado, claro, e se o Império não houvesse sido, essencialmente, esclarecido, e os Conselhos Galácticos, em geral, diplomáticos, a Terra teria sido apagada de maneira sangrenta do rol de planetas habitados.

Mas agora as coisas talvez pudessem ser diferentes... Ou será que *podiam* ser diferentes? Até que ponto ele podia confiar nas palavras de um louco moribundo, palavras em grande parte incoerentes?

De que serviam? Em todo caso, ele não ousava fazer nada. A única coisa que podia fazer era esperar. Ele estava ficando velho e, como Ennius dissera, esse era um passatempo perigoso na Terra. Seu Sexagésimo estava chegando, e havia poucas exceções ao seu inevitável cerco.

E até nessa miserável bola de lama ardente que era a Terra, ele queria viver.

Ele foi se deitar mais uma vez e, pouco antes de cair no sono, perguntou-se debilmente se sua ligação para Ennius poderia ter sido grampeada pelos Anciãos. Ele não sabia, naquela época, que os Anciãos tinham outras fontes de informação.

A manhã já havia chegado antes de o jovem técnico de Shekt ter se decidido de vez.

Ele admirava Shekt, mas sabia muito bem que o tratamento secreto de um voluntário não autorizado era contra a ordem direta da Irmandade. E essa ordem recebera o status de um Costume, o que tornava sua desobediência uma ofensa capital.

Ele chegara a uma conclusão. Afinal, quem era esse homem que passara pelo tratamento? A campanha por voluntários fora cuidadosamente elaborada. Havia sido planejada para dar informações suficientes sobre o Sinapsificador a fim de retirar suspeitas da parte dos espiões imperiais sem dar nenhum incentivo real a voluntários. A Sociedade dos Anciãos enviara seus próprios homens para o tratamento, e isso fora o bastante.

Quem enviara esse homem, então? A Sociedade dos Anciãos, em segredo? A fim de testar a confiabilidade de Shekt?

Ou seria Shekt um traidor? Ele se fechara com alguém mais cedo naquele dia... Alguém usando roupas volumosas, como os forasteiros usavam por medo de contaminação radioativa.

De qualquer forma, Shekt poderia acabar em desgraça, e por que ele mesmo deveria ser arrastado no processo? Ele era um jovem com quase 40 anos de vida por vir. Por que deveria antecipar o Sexagésimo?

Além do mais, isso significaria uma promoção para ele... E Shekt era tão velho que o Censo seguinte provavelmente o levaria de qualquer forma, então envolveria muito pouco dano para si mesmo. Quase nenhum dano.

O técnico se decidira. Estendeu a mão em direção ao comunicador e digitou a combinação que dava direto para a sala particular do grão-ministro de toda a Terra, que, depois do Imperador e do procurador, tinha poder de vida e morte sobre cada homem no planeta.

Era noite outra vez antes que as indistintas impressões dentro do crânio de Schwartz se aguçassem em meio à dor violenta que sentia. Ele se lembrou da viagem até as estruturas baixas e amontoadas junto ao lago, a longa espera agachado na parte de trás do carro.

E depois... o quê? O quê? Sua mente tirava à força lembranças dos pensamentos vagarosos... Sim, tinham vindo buscá-lo. Havia uma sala com instrumentos e mostradores, e duas pílulas... E isso era tudo. Tinham lhe dado pílulas, e ele as havia tomado com alegria. O que ele tinha a perder? Um envenenamento teria sido um favor.

E depois... nada.

Espere! Houvera lampejos de consciência... Pessoas se inclinando sobre ele... De repente ele se lembrou do movimento gelado de um estetoscópio sobre o seu peito... Uma moça o esteve alimentando.

Ocorreu-lhe que havia sido operado e, em estado de pânico, arrancou os lençóis que o cobriam e sentou-se.

Uma moça estava diante dele, com as mãos em seus ombros, forçando-o a voltar aos travesseiros. Ela falava de forma tranquilizadora, mas ele não a entendia. Ele fez pressão contra aqueles braços magros, mas em vão. Não tinha força.

Ele ergueu as mãos diante do rosto. Elas pareciam normais. Mexeu as pernas e ouviu-as roçar nos lençóis. Elas não poderiam ter sido amputadas.

– Você consegue me entender? – perguntou ele sem muita esperança, virando-se para a moça. – Sabe onde estou? – Ele quase não reconheceu a própria voz.

A moça sorriu e, de repente, emitiu um rápido palavreado de som claro. Schwartz se lamuriou. Então entrou um homem mais velho, aquele que lhe dera as pílulas. O homem e a moça conversaram, a moça virando-se para ele depois de um tempo, apontando para os seus lábios e fazendo-lhe pequenos gestos convidativos.

– O quê? – indagou ele.

Ela assentiu com entusiasmo, seu belo rosto radiante de satisfação até que, apesar de si mesmo, Schwartz sentiu-se feliz de olhar para ele.

– Quer que eu fale? – perguntou ele.

O homem sentou-se em sua cama e fez um gesto para que ele abrisse a boca. Depois disse "ahhh" e Schwartz repetiu "ahhh" enquanto os dedos dele massageavam seu pomo de Adão.

– Qual é o problema? – perguntou Schwartz, em um tom impertinente, quando o outro parou de pressionar. – Está surpreso com o fato de que posso falar? O que acha que sou?

Os dias se passaram, e Schwartz aprendeu algumas coisas. O homem era o dr. Shekt... o primeiro humano que ele conhecera por nome desde que passara por cima daquela boneca de pano. A moça era a filha dele, Pola. Schwartz descobriu que não precisava mais fazer a barba. Os pelos do rosto não cresciam mais. Isso o assustava. Será que algum dia haviam crescido?

Sua força voltou em pouco tempo. Eles deixavam que ele vestisse roupas e andasse um pouco, e estavam alimentando-o com algo além de mingau.

Então seu problema era amnésia? Eles o estavam tratando em virtude disso? Esse mundo todo era normal e natural, enquanto o mundo que ele pensava lembrar era apenas a quimera de um cérebro amnésico?

E eles nunca o deixavam sair do quarto, nem mesmo ir até o corredor. Será que ele era um prisioneiro, então? Será que havia cometido um crime?

Jamais poderá haver um homem tão perdido como aquele que está perdido nos vastos e intricados corredores de sua própria mente solitária, onde ninguém pode alcançá-lo e ninguém pode salvá-lo. Nunca houve um homem tão desamparado quanto aquele que não consegue lembrar.

Pola se divertia ensinando-lhe palavras. Ele não se surpreendeu nem um pouco com a facilidade com que as aprendia e com que se lembrava delas. Ele recordava que, no passado, usava um truque de memorização; aquela memória, pelo menos, parecia exata. Em dois dias ele conseguia entender frases simples. Em três, conseguia se fazer entender.

No terceiro dia, no entanto, ficou impressionado. Shekt ensinou-lhe números e propôs-lhe problemas. Schwartz respondia, e o físico olhava para um dispositivo que cronometrava o tempo e registrava as informações com rápidas pontadas de sua agulha. Mas então Shekt explicou-lhe o termo "logaritmo" e perguntou o logaritmo de dois.

Schwartz escolheu as palavras com cuidado. Seu vocabulário ainda era mínimo e ele as reforçou com gestos.

– Eu... não... dizer. Resposta... não... número.

Shekt acenou com a cabeça, animado, e disse:

– Não número. Não isto, não aquilo; parte isto, parte aquilo.

Schwartz entendeu muito bem que Shekt confirmara sua afirmação de que o número não era um número inteiro, mas sim uma fração e, portanto, disse:

– Vírgula três zero um zero três... e... mais... números.

– Já chega!

Então veio o espanto. Como ele sabia a resposta àquela pergunta? Schwartz tinha certeza de que nunca ouvira falar em logaritmos antes e, no entanto, em sua mente, a resposta viera assim que lhe fizeram a pergunta. Ele não fazia ideia do processo pelo qual o resultado fora calculado. Era como se a mente dele fosse uma entidade independente, usando-o apenas como seu porta-voz.

Ou será que algum dia ele fora um matemático, na época anterior à amnésia?

Ele achava excessivamente difícil esperar os dias passarem. Cada vez mais sentia que deveria se arriscar pelo mundo lá fora e, de algum modo, forçá-lo a dar-lhe uma resposta. Nunca poderia saber na prisão de seu quarto, onde (a ideia lhe ocorreu de repente) ele não era nada além de um espécime médico.

A oportunidade surgiu no sexto dia. Estavam começando a confiar demais nele e, certa vez, Shekt saiu e não fechou a porta. Onde a porta se fechava com tanta perfeição que a própria fenda que marcava o encaixe com a parede era invisível, desta vez via-se uma abertura com pouco mais de 0,5 centímetro.

Ele esperou para se certificar de que Shekt não voltaria logo, e então lentamente colocou a mão sobre a luzinha brilhante, como os vira fazer com frequência. A porta se abriu de maneira suave e silenciosa... O corredor estava vazio.

E assim Schwartz "fugiu".

Como ele poderia saber que, durante os seis dias de sua estadia ali, a Sociedade dos Anciãos mandara seus agentes observarem o hospital, o quarto dele, ele próprio?

APREENSÃO DURANTE A NOITE

Durante a noite, o palácio do procurador mantinha sua semelhança a um reino encantado. As flores noturnas (nenhuma delas nativa da Terra) abriam suas grandes pétalas brancas em festões, espalhando sua delicada fragrância até as paredes do palácio. Sob a polarizada luz da lua, os cordões artificiais de silicato, entrelaçados com destreza na liga de alumínio inoxidável da estrutura do palácio, cintilavam um leve tom de violeta contra o brilho metálico de seus arredores.

Ennius olhava para as estrelas. Para o procurador, elas eram a verdadeira beleza, já que eram o Império.

O céu da Terra era de um tipo intermediário. Não tinha o esplendor insuportável dos céus dos Mundos Centrais, onde as estrelas se acotovelavam em uma competição tão ofuscante que o preto da noite quase se perdia em uma explosão coruscante de luz. Nem tinha a grandeza solitária dos céus da Periferia, onde a escuridão sem trégua era interrompida em grandes intervalos pela fraca luz de uma estrela órfã... com a Galáxia em seu formato de lente leitosa se espalhando pelo céu, suas estrelas individuais se perdiam em uma poeira de diamantes.

Na Terra, podiam-se ver duas mil estrelas ao mesmo tempo. Ennius podia ver Sirius, ao redor da qual girava um dos dez mais populosos planetas do Império. Havia Arcturus, capital do setor onde ele próprio havia nascido. O sol de Trantor, o mundo capital do Império, estava perdido em algum lugar da Via Láctea. Mesmo com um telescópio, ele apenas fazia parte de um clarão generalizado.

O procurador sentiu uma delicada mão sobre o ombro, e ergueu sua mão ao encontro da outra.

– Flora? – sussurrou ele.

– É melhor que seja – foi a resposta da esposa em um tom de ligeiro divertimento. – Você sabe que não dormiu desde que voltou de Chica? E sabe também que já está quase amanhecendo? Devo pedir que tragam o café da manhã aqui?

– Por que não? – Ele deu um sorriso afetuoso, levantando o olhar, e tateou a escuridão em busca do cacho de cabelo castanho que pairava próximo à bochecha dela. Ele o puxou de leve. – E você deve esperar comigo e obscurecer os mais belos olhos da Galáxia?

Ela soltou o cabelo e replicou em um tom suave:

–Você está tentando obscurecê-los com essa conversa fiada, mas eu já o vi assim antes e você não conseguiu me enganar nem um pouco. O que o preocupa esta noite, querido?

– Aquilo que sempre me preocupa. Que eu a enterrei aqui inutilmente, quando não há nenhuma sociedade de vice-reinado na Galáxia que você não pudesse embelezar.

– Há algo além disso! Ora, Ennius, não admito que me enrole.

Ennius chacoalhou a cabeça em meio às sombras e disse:

– Não sei. Acho que o acúmulo de algumas coisinhas confusas acabaram por me aborrecer. Há a questão de Shekt e seu Sinapsificador. E há esse arqueólogo, Arvardan, e suas teorias. E outras coisas, outras coisas. Ah, de que adianta, Flora... não estou fazendo nada de bom ficando aqui.

– Com certeza, essa hora da manhã não é exatamente o momento certo para colocar seu estado de espírito à prova.

Mas Ennius falava por entre dentes cerrados.

– Esses terráqueos! Por que tão poucas pessoas deveriam ser tamanho fardo para o Império? Você se lembra, Flora, dos alertas que recebi do velho Faroul, o último procurador, sobre as dificuldades desse cargo? Ele estava certo. Se é que se pode dizer isso, ele não se aprofundou muito em seus avisos. No entanto, eu ri dele na época e pensei comigo mesmo que ele era vítima de sua própria incapacidade senil. Eu era jovem, ativo, ousado. Teria sido melhor... – Ele fez uma pausa, perdido em si mesmo, depois continuou, aparentemente em um ponto desconexo. – Contudo, tantas evidências independentes parecem indicar que esses terráqueos estão outra vez se deixando levar por sonhos de revolta.

Ele levantou os olhos para a mulher.

– Você sabe que é doutrina da Sociedade dos Anciãos a ideia de que, um dia, a Terra foi o único lar da humanidade, que ela é o centro da raça, a verdadeira representação do homem?

– Bem, foi o que nos disse Arvardan há duas noites, não foi? – Nesses momentos, o melhor a fazer era mesmo deixar que ele falasse à exaustão.

– Sim, foi o que ele disse – concordou Ennius em um tom melancólico –, mas, mesmo assim, ele apenas falou sobre o passado. A Sociedade dos Anciãos fala do futuro também. Este planeta, dizem eles, será uma vez mais o centro da raça. Alegam inclusive que este mítico Segundo Reino da Terra está próximo; alertam que o Império será destruído em uma catástrofe geral que fará a Terra triunfar em seu antigo estado de glória – e sua voz estremeceu –, como um mundo retrógrado, bárbaro e de solo ruim. Essa mesma bobagem, em outros tempos, já originou rebeliões três vezes, e a destruição que recaiu sobre o planeta nunca serviu sequer para abalar sua estúpida fé.

– Esses homens da Terra não passam de pobres criaturas – disse Flora. – O que teriam eles a não ser sua fé? Sem dúvidas, eles são privados de todo o resto: de um mundo decente, de uma vida decente. São privados até da dignidade da aceitação com base na igualdade por parte do resto da Galáxia. Então se recolhem dentro dos próprios sonhos. Você pode culpá-los por isso?

– Sim, eu posso – gritou Ennius com vigor. – Eles que deixem seus sonhos de lado e lutem pela assimilação. Eles não negam que são diferentes. Simplesmente querem substituir "pior" por "melhor", e não se pode esperar que o resto da Galáxia deixe-os fazer isso. Eles que abandonem seu sectarismo, seus ultrapassados e ofensivos "Costumes". Se eles forem *pessoas*, assim serão considerados. Se forem terráqueos, serão considerados apenas como tal. Mas esqueça isso. Por exemplo, o que está acontecendo com o Sinapsificador? Bem, há uma coisinha que está me fazendo perder o sono. – Ennius franziu as sobrancelhas, pensando no aspecto tedioso que cobria a suave escuridão do céu do oriente.

– O Sinapsificador?... Bem, não é aquele instrumento do qual o dr. Arvardan falou durante o jantar? Você foi a Chica para verificar essa questão?

Ennius aquiesceu.

– E o que você descobriu por lá?

– Absolutamente nada – redarguiu Ennius. – Eu conheço Shekt. Conheço-o bem. Sei quando ele está despreocupado;

sei quando não está. Estou lhe dizendo, Flora, o homem estava morrendo de apreensão durante todo o tempo em que conversou comigo. E, quando eu fui embora, ele começou a transpirar e agradecer. Isso é um mistério agourento, Flora.

– Mas a máquina funciona?

– E eu lá sou um neurocientista? Shekt diz que não. Ele me ligou para me contar que ela quase matou o voluntário. Mas não acredito. Ele estava exaltado! Mais do que isso: ele estava triunfante! O voluntário havia sobrevivido e o experimento havia sido bem-sucedido, ou eu nunca vi um homem feliz em toda minha vida... Então por que você acha que ele mentiu para mim? Você acha que o Sinapsificador está em funcionamento? Acha que a máquina pode estar criando uma raça de gênios?

– Mas então por que manter isso em segredo?

– Ah! Por quê? Não lhe parece óbvio? Por que a Terra fracassou em umas rebeliões? As probabilidades de derrota de uma revolta são tremendas, não são? Aumente a inteligência média dos terráqueos. Duplique-a. Triplique-a. E como vão ficar as probabilidades nesse caso?

– Oh, Ennius.

– Podemos acabar como macacos atacando seres humanos. De que vale a superioridade numérica?

–Você está se assustando por nada. Eles não seriam capazes de esconder uma coisa dessas. E você pode solicitar ao Comitê das Províncias Exteriores que mande alguns psicólogos para testar amostras aleatórias de terráqueos. Com certeza, qualquer aumento anormal do Q.I. seria detectado instantaneamente.

– Sim, suponho que sim... Mas pode não ser isso. Não tenho certeza de nada, Flora, a não ser de que uma rebelião está por vir. Algo semelhante à última, mas provavelmente pior.

– Estamos preparados para isso? Quero dizer, se você tem tanta certeza...

– Preparados? – A risada de Ennius soou como um rosnado. – *Eu* estou. As tropas estão de prontidão e totalmente equipadas. Seja lá o que pudesse ser feito com o material à disposição, eu fiz. Mas, Flora, não quero uma rebelião. Não quero que meu mandato como procurador seja conhecido como o "mandato da rebelião". Não quero meu nome ligado à morte e ao massacre. Serei condecorado por isso, mas daqui a cem anos os livros de História me chamarão de tirano sanguinário. Lembra-se do vice-rei de Santanni no século 6? Poderia ele ter feito algo diferente do que fez, embora milhões de pessoas tenham morrido? Ele foi homenageado na época, mas quem o defende agora? *Eu* prefiro ser conhecido como o homem que impediu uma rebelião e salvou as imprestáveis vidas de 20 milhões de tolos. – Ele parecia bastante desesperançoso quanto a isso.

– Você está mesmo certo de que não pode impedi-la, Ennius... mesmo agora? – Ela se sentou ao lado do marido e passou os dedos com leveza pelo maxilar dele.

Ele pegou os dedos da mulher e apertou-os.

– Como? Tudo está trabalhando contra mim. O próprio Comitê se precipita para o lado dos fanáticos da Terra mandando esse tal de Arvardan para cá.

– Mas, querido, não vejo esse arqueólogo fazendo algo tão terrível. Admito que ele parece um indivíduo bisbilhoteiro, mas que mal ele pode fazer?

– Bem, não é óbvio? Ele quer permissão para provar que a Terra *é* o berço original da humanidade. Ele quer emprestar autoridade científica à subversão.

– Então impeça-o.

– Não posso. Essa é a questão, na verdade. Existe uma teoria de que os vice-reis podem tudo, mas não é assim. Aquele homem, Arvardan, tem uma permissão por escrito do Comitê das Províncias Exteriores. Foi aprovada pelo Imperador. Isso me põe totalmente de lado. Eu não poderia fazer nada sem apelar para o Conselho Central, e isso levaria meses... E que motivos eu poderia dar? Se eu tentasse impedi-lo à força, por outro lado, seria um ato de rebelião, e você sabe que, desde a Guerra Civil dos anos 80, o Conselho Central afasta qualquer executivo que eles pensem estar passando dos limites. E depois? Vou ser substituído por alguém que não estaria ciente da situação, e Arvardan seguiria adiante de qualquer modo. E isso *ainda* não é o pior, Flora. Você sabe como ele pretende provar a antiguidade da Terra? Tente adivinhar.

– Você está brincando comigo, Ennius – Flora disse, com uma risada suave. – Como eu poderia adivinhar? Não sou arqueóloga. Imagino que ele vá tentar desenterrar estátuas ou ossos e datá-los por meio de sua radioatividade ou algo assim.

– Bem que eu queria que fosse assim. O que Arvardan pretende fazer é entrar nas áreas radioativas da Terra, segundo me disse ontem. Ele pretende encontrar artefatos humanos ali, mostrar que eles existem de um tempo anterior àquele em que o solo da Terra se tornou radioativo, já que ele insiste que a radioatividade foi originada pelo homem, e datá-los da maneira como você descreveu.

– Mas isso é quase o mesmo que eu disse.

– Você sabe o que significa entrar nas áreas radioativas? Elas são proibidas. É um dos mais fortes Costumes que esses terráqueos têm. Ninguém pode entrar nas Áreas Proibidas, e todas as regiões radioativas são proibidas.

– Mas então isso é uma coisa boa. Arvardan será impedido pelos próprios homens da Terra.

– Ah, ótimo. Ele será impedido pelo grão-ministro! E aí como é que nós vamos convencê-lo de que tudo isso não foi um projeto patrocinado pelo governo, que o Império não é conivente com o sacrilégio deliberado?

– O grão-ministro não pode ser tão melindroso.

– Não pode? – Ele voltou para trás e olhou para a esposa. A noite havia clareado um pouco, adquirindo uma tonalidade azul-acinzentada, contra a qual o procurador podia vê-la. – Você tem uma ingenuidade enternecedora. Com certeza ele *pode* ser melindroso a esse ponto. Você sabe o que aconteceu... hmm, há uns cinquenta anos? Vou lhe contar, e então você poderá julgar por si mesma. A Terra, naquela época, não permitia nenhum indício de dominação imperial em seu mundo porque insistia que este planeta era o legítimo centro de poder da Galáxia. Mas o caso era que o jovem Stannell II, o imperador moço que era um tanto insano e que foi assassinado após um reinado de dois anos; você se lembra, ordenou que a insígnia do Imperador fosse erigida na Câmara do Conselho em Washenn. A ordem em si era razoável, uma vez que a insígnia está presente nas Câmaras do Conselho planetárias em toda a Galáxia, como símbolo da unidade imperial. Mas o que aconteceu nesse caso? No dia em que a insígnia foi erigida, a cidade foi varrida por tumultos. Os lunáticos de Washenn destruíram a insígnia e se prepararam para lutar contra as tropas. Stannell II era suficientemente louco para exigir que sua ordem fosse cumprida, nem que isso significasse o massacre de todos os terráqueos vivos, mas ele foi assassinado antes que tal ordem fosse colocada em prática, e Eldard, seu sucessor, cancelou a ordem original. Tudo ficou em paz outra vez.

– Quer dizer que a insígnia imperial não foi recolocada? – perguntou Flora, incrédula.

– Quero dizer exatamente isso. Pelas Estrelas, a Terra é o único dos milhões e milhões de planetas do Império que não tem insígnia em sua Câmara do Conselho. Este planeta miserável onde nós estamos agora. E mesmo se fôssemos tentar a mesma coisa hoje, eles lutariam até restar apenas um último homem para nos impedir. E você me pergunta se são melindrosos. Eu lhe digo que são todos loucos.

Seguiu-se um período de silêncio sob a luz da alvorada, que aos poucos assumia uma tonalidade cinzenta, até que a voz de Flora soou outra vez, baixinha e insegura de si mesma.

– Ennius?

– Sim?

– Você não está preocupado apenas com a rebelião que está esperando por conta de seus efeitos na sua reputação. Eu não seria a sua esposa se não pudesse, até certo ponto, ler seus pensamentos, e parece-me que você espera algo realmente perigoso para o Império... Você não deve esconder nada de mim, Ennius. Você teme que esses terráqueos *vençam*.

– Flora, não posso falar sobre isso. – Seus olhos tinham um ar torturado. – Não é sequer um palpite... Talvez quatro anos neste planeta sejam tempo demais para qualquer homem são. Mas por que esses terráqueos estão tão confiantes?

– Como sabe que estão?

– Ah, eles estão. Também tenho *minhas* fontes de informação. Afinal de contas, três vezes eles foram aniquilados. Não *poderia* haver restado ilusões. No entanto, os terráqueos enfrentam 200 milhões de mundos, cada um por si só mais forte do que eles, e estão confiantes. Será que podem ter tanta firmeza em sua fé em algum Destino ou em alguma Força sobrenatural... algo que só tem significado para eles? Talvez... talvez... talvez...

– Talvez o quê, Ennius?

– Talvez eles tenham suas armas.

– Armas que permitirão que um mundo derrote 200 milhões? Você *está* em pânico. Nenhuma arma poderia fazer isso.

– Eu já mencionei o Sinapsificador.

– E eu lhe disse como cuidar disso. Você tem conhecimento sobre qualquer outro tipo de arma que eles possam usar?

– Não – respondeu ele, relutante.

– Precisamente. Não é possível que exista uma arma dessas. Agora vou lhe dizer o que fazer, querido. Por que não entra em contato com o grão-ministro e, como garantia de sua boa-fé, não o alerta sobre os planos de Arvardan? Encoraje-o, extraoficialmente, a não conceder uma permissão. Isso eliminará qualquer suspeita, ou pelo menos deveria, de que o governo imperial tenha algo a ver com essa tola violação dos Costumes deles. Ao mesmo tempo, você terá impedido Arvardan sem aparecer nessa confusão. Depois peça ao Comitê que envie dois bons psicólogos... ou melhor, peça quatro, de modo que eles se certificarão de mandar pelo menos dois... e peça para que eles verifiquem o Sinapsificador... E os nossos soldados podem cuidar de todo o resto, enquanto permitimos que a posteridade cuide de si mesma. Por que você não dorme bem aqui? – continuou ela. – Podemos abaixar o encosto da cadeira, você pode usar meu casaco de peles como cobertor e pedirei que mandem uma bandeja de café da manhã quando acordar. As coisas parecerão diferentes à luz do sol.

E foi assim que Ennius, depois de passar a noite acordado, dormiu cinco minutos antes do nascer do sol.

Portanto, oito horas depois, o grão-ministro ficou sabendo pela primeira vez sobre Bel Arvardan e sua missão por meio do próprio procurador.

CONVERSA COM LOUCOS?

Quanto a Arvardan, ele estava preocupado apenas em relaxar. Sua nave, a *Ofiúco*, não estaria à sua disposição por pelo menos um mês; portanto, ele tinha esse período para gastar de maneira tão extravagante quanto quisesse.

Foi assim que, no sexto dia após sua chegada ao Everest, Bel Arvardan deixou seu anfitrião e fez uma viagem no *Estratosférico*, o maior jato da Companhia Terrestre de Transporte Aéreo, entre o Everest e a capital do planeta, Washenn.

Se ele usou uma companhia de linhas comerciais em vez do barco veloz que Ennius colocara à sua disposição, isso foi feito de propósito, com base na curiosidade razoável de um estranho e de um arqueólogo com relação à vida comum dos homens que habitavam um planeta como a Terra.

E também havia outro motivo.

Arvardan era do Setor de Sirius, notoriamente o setor da Galáxia onde o preconceito antiterrestre era forte, acima de todos os outros. Contudo, sempre gostara de pensar que ele próprio não sucumbira ao preconceito. Como cientista, como arqueólogo, ele não podia se dar ao luxo de fazê-lo. Claro que ele crescera em meio ao hábito de pensar nos terráqueos como certos tipos caricaturais estereotipados, e mesmo agora a palavra "terráqueo" parecia-lhe feia. Mas ele não era, de fato, preconceituoso.

Pelo menos pensava que não. Por exemplo, se um terráqueo alguma vez houvesse desejado se juntar a uma expedição sua ou trabalhar para ele em qualquer função, e tivesse preparo e habilidade, ele seria aceito. Isto é, se houvesse uma vaga para ele. E se os outros membros da expedição não se importassem muito. Esse *era* o problema. Em geral, os companheiros de trabalho se opunham e, nesse caso, o que podia ser feito?

Ele refletiu sobre o assunto. Bem, com certeza ele não teria nenhuma objeção quanto a comer na companhia de um terráqueo, ou mesmo dividir um beliche com um deles em caso de necessidade... supondo-se que o terráqueo fosse razoavelmente limpo e saudável. Na verdade, ele o trataria da mesma forma como trataria qualquer outra pessoa, pensou. Contudo, não dava para negar que sempre teria consciência do fato de que um terráqueo é um terráqueo. Ele não podia evitar. Esse era o resultado de uma infância imersa em uma atmosfera de intolerância tão completa que era quase invisível, tão absoluta que seus axiomas eram aceitos como uma segunda natureza. Então, deixa-se essa atmosfera e, olhando para trás, pode-se ver como ela realmente é.

Mas aqui estava sua chance de se testar. Ele estava em um avião só com terráqueos à sua volta, e ele se sentia quase que perfeitamente natural. Bem, só um pouco consciente da presença dos outros.

Arvardan olhou ao redor, observando os rostos indistintos e normais de seus companheiros de viagem. Eles deveriam ser diferentes, esses terráqueos, mas será que ele mesmo poderia tê-los distinguido dos homens comuns se os houvesse encontrado por casualidade em uma multidão? Ele acreditava que não. As mulheres não eram feias... Franziu as sobrancelhas, preocupado. O casamento inter-racial, por exemplo, era algo impensável.

O próprio avião era, a seu ver, um caso de construção imperfeita. Ele era movido a energia nuclear, claro, mas a aplicação do princípio estava longe de ser eficiente. Por um lado, a central de energia não estava bem blindada. Então ocorreu a Arvardan que a presença de raios gama dispersos e uma alta densidade de nêutrons na atmosfera poderiam muito bem parecer menos importantes para os terráqueos do que para os outros.

Nesse instante, o panorama chamou sua atenção. A partir do tom escuro de vinho da extrema estratosfera, a Terra tinha uma aparência fabulosa. Abaixo dele, vastas e embaciadas áreas de solo à vista (ocultas aqui e ali por faixas de nuvens iluminadas pela luz do sol) mostravam um ermo alaranjado. Atrás deles, lentamente se afastando da estratonave em movimento, estava a suave e indistinta linha da noite, onde, dentro de sua escuridão sombria, havia o brilho das áreas radioativas.

Sua atenção foi desviada da janela para a risada entre as outras pessoas. Parecia girar em torno de um casal de idosos, ambos confortavelmente corpulentos e sorridentes.

Arvardan cutucou o viajante ao lado.

– O que está acontecendo?

O viajante fez uma pausa para dizer:

– Eles estão casados há quarenta anos e estão fazendo a Grande Viagem.

– A Grande Viagem?

– Você sabe. Ao redor da Terra.

O senhor idoso, cheio de satisfação, recontava suas experiências e impressões de forma eloquente. Sua mulher dava contribuições de tempos em tempos, com meticulosas correções envolvendo questões completamente sem importância, as quais eram dadas e recebidas no melhor estado de humor. A plateia ouvia tudo isso com a maior atenção, de modo que, aos olhos de Arvardan, os terráqueos pareciam ser tão afetuosos e humanos como quaisquer pessoas na Galáxia.

E depois alguém perguntou:

– E quando está agendado o Sexagésimo de vocês?

– Daqui a um mês mais ou menos – foi a alegre e pronta resposta. – Dia 16 de novembro.

– Bem – disse o inquiridor –, espero que seja um bom dia. Meu pai chegou ao Sexagésimo em uma época de chuva intensa. Nunca mais vi um dia como aquele. Eu fui com ele... sabem como é, a pessoa gosta de ter companhia nesse dia... e ele reclamou da chuva a cada passo do caminho. Nós tínhamos um duogiro aberto, sabe, e ficamos ensopados. "Escute", eu disse, "do que *você* está reclamando, pai? Quem terá de voltar *sou eu*".

Ouviu-se uma gargalhada generalizada à qual o casal que comemorava o aniversário de casamento não demorou a se juntar. Arvardan, entretanto, sentiu-se horrorizado conforme uma nítida e desconfortável suspeita veio-lhe à mente.

– O Sexagésimo... o assunto da conversa aqui... suponho que estejam se referindo à eutanásia – disse ele para o homem com quem dividia o assento. – Quero dizer, tiram você do caminho quando faz 60 anos, não é isso?

A voz de Arvardan foi sumindo conforme seu vizinho abafou a última risadinha para virar-se no assento e lançar ao inquiridor um demorado olhar de suspeita. Por fim, ele disse:

– Bem, o que você acha que ele quis dizer?

Arvardan fez um gesto indefinido com a mão e deu um sorriso bobo. Ele conhecia o Costume, mas apenas no âmbito acadêmico. Como algo em um livro. Algo discutido em um artigo científico. Mas agora ele percebia que isso realmente se aplicava a seres vivos, que os homens e as mulheres ao seu redor só podiam, em virtude do Costume, viver até os 60 anos.

O homem ao seu lado ainda o estava olhando fixamente.

– Ei, colega, de onde você é? Vocês não sabem sobre o Sexagésimo na sua cidade natal?

– Nós o chamamos de "Hora" – respondeu Arvardan debilmente. – Eu sou de lá. – Ele fez um gesto firme com o polegar, apontando-o para trás e, depois de mais quinze segundos, o outro parou de lançar aquele olhar duro e questionador.

Arvardan torceu os lábios. Essas pessoas estavam desconfiadas. Essa faceta da caricatura, pelo menos, era autêntica.

O senhor idoso estava falando de novo.

– Ela vai comigo – disse ele, apontando com a cabeça para a afável esposa. – Seu prazo só vai chegar três meses depois, mas ela acha que não há razão para esperar, e nós podemos muito bem ir juntos. Não é mesmo, Fofinha?

– Ah, sim – concordou ela, e deu uma risadinha alegre. – Nossos filhos estão todos casados e têm suas próprias casas. Eu seria um incômodo para eles. Além do mais, eu não poderia desfrutar esse tempo sem o meu velho... Então, vamos partir juntos.

Depois disso, todo o rol de passageiros pareceu ocupar-se de um cálculo aritmético simultâneo de quanto tempo restava a cada um... um processo que envolvia fatores de conversão de meses em dias e que ocasionou várias controvérsias entre os casais envolvidos.

Um homem pequeno, vestindo roupas apertadas e com uma expressão determinada no rosto, falou com ímpeto:

– Ainda me restam exatamente doze anos, três meses e quatro dias. Doze anos, três meses e quatro dias. Nem um dia a mais, nem um dia a menos.

E alguém fez uma ressalva razoável a essa declaração:

– A menos que você morra antes, claro.

– Bobagem – foi a imediata resposta. – Não tenho intenção de morrer antes. Pareço o tipo de homem que morreria antes? Vou viver mais doze anos, três meses e quatro dias, e não há ninguém aqui que tenha a audácia de negar isso. – E ele parecia de fato muito impetuoso.

Um jovem magro tirou da boca um comprido e elegante cigarro para dizer em um tom sombrio:

– Menos mal para aqueles que conseguem calcular até o número de dias que lhes restam. Há muitos homens vivendo além da conta.

– Ah, com certeza – disse outro, e houve acenos generalizados com a cabeça concordando com a afirmação e um ar um tanto incipiente de indignação se espalhou entre todos.

– Não que eu veja algo de errado no fato de um homem, ou uma mulher, querer continuar vivendo depois do aniversário até o próximo dia de Conselho, em especial se eles têm algo pendente – continuou o jovem, intercalando as baforadas do cigarro com um floreio um tanto complicado cujo objetivo era remover a cinza. – São esses vagabundos e parasitas que tentam ficar para o próximo Censo, consumindo a comida da próxima geração... – Ele parecia guardar um rancor pessoal com relação a isso.

– Mas as idades de todos não estão registradas? Eles não conseguem viver muito além do aniversário, conseguem? – interpôs Arvardan em um tom suave.

Seguiu-se um silêncio geral, mesclado a uma dose não muito pequena de desdém pelo tolo idealismo expressado. Enfim, alguém disse, de um modo diplomático, como que tentando encerrar o assunto:

– Bem, não faz muito sentido viver além do Sexagésimo, imagino eu.

– Não se você for lavrador – respondeu outro de maneira veemente. – Depois de trabalhar no campo por cinquenta anos, você seria louco se não estivesse feliz em colocar um fim nisso. Mas e os administradores, e os homens de negócio?

Por fim, o senhor cujo aniversário de quarenta anos de casado havia iniciado a conversa arriscou-se a dar sua opinião, encorajado talvez pelo fato de que, como vítima atual do Sexagésimo, ele não tinha nada a perder.

– Quanto a isso, depende de quem você conhece – disse ele. E deu uma piscada com uma insinuação matreira. – Certa vez, conheci um homem que fez 60 um ano após o Censo 810 e viveu até o Censo 820 o pegar. Ele fez 69 anos antes de partir. Sessenta e nove! Pensem bem!

– Como ele conseguiu isso?

– Ele tinha um pouco de dinheiro, e o irmão dele fazia parte da Sociedade dos Anciãos. Não há nada que não se possa fazer com esses dois itens juntos.

Houve uma aprovação geral desse sentimento.

– Ouçam – disse enfaticamente o jovem com o cigarro. – Eu tive um tio que viveu um ano a mais... só um ano. Ele era um desses caras egoístas que não querem partir, sabe. Não se importava nem um pouco com o resto da família... E eu não sabia disso, entendem, caso contrário eu o teria delatado, acreditem, porque uma pessoa deveria ir quando é sua vez. É justo para a próxima geração. De qualquer forma, ele foi pego e, quando *eu* me dei conta, a Irmandade intimou a mim e ao meu irmão, querendo saber por que nós não o denunciamos. Eu disse, droga, eu não sabia de nada disso; ninguém na minha família sabia. Eu disse que não o víamos fazia dez anos. Meu velho pai me deu respaldo. Mesmo assim, fomos multados em 100 créditos. Isso é o que acontece quando não se tem nenhuma influência.

O ar de perturbação estampado no rosto de Arvardan estava aumentando. Será que esses terráqueos eram loucos por aceitar a morte dessa forma... por ficar ressentidos com seus amigos e familiares que tentaram escapar dela? Poderia ele estar, por acidente, em uma nave que levava um carregamento de lunáticos a um hospício... ou a caminho da eutanásia? Ou os terráqueos simplesmente eram assim?

O vizinho estava olhando para ele com cara feia de novo, e sua voz interrompeu os pensamentos de Arvardan.

– Ei, colega, onde é esse lá?

– Como?

– Perguntei de onde você é. Você disse "de lá". Onde é "lá"? Hein?

Arvardan percebeu que os olhos de todos se voltavam para ele agora, cada um com sua própria centelha de desconfiança. Será que pensavam que ele era membro dessa Sociedade dos Anciãos? Será que suas perguntas pareceram ser adulação de um *agent provocateur*?

Então ele enfrentou isso dizendo, em um acesso de franqueza:

– Não sou de nenhum lugar da Terra. Sou Bel Arvardan, de Baronn, no Setor de Sirius. Qual é o seu nome? – E estendeu a mão.

Teria sido o mesmo que soltar uma microbomba nuclear no meio do avião.

As primeiras manifestações de terror silencioso em cada face se transformaram rapidamente em uma furiosa e amarga onda de hostilidade que recaiu sobre ele. O homem com quem ele dividia o assento levantou-se, empertigado, e sentou-se em outro lugar onde o casal de ocupantes se espremeu para abrir espaço para ele.

Pessoas viraram o rosto. Arvardan estava cercado por ombros que o encurralavam. Por um instante, o arqueólogo foi tomado de indignação. Eram terráqueos *o* tratando dessa maneira! *Terráqueos*! Ele lhes estendera a mão em um gesto de amizade. Ele, um sirianense, fora tolerante a ponto de falar com aquelas pessoas e elas o rejeitaram.

E então, fazendo um esforço, ele relaxou. Ficou claro que a intolerância nunca era uma via de mão única, que ódio gerava ódio!

Arvardan notou que havia alguém atrás dele e, ressentido, virou-se na direção do indivíduo:

– Pois não?

Era o jovem com o cigarro. Estava acendendo outro enquanto falava.

– Olá – disse ele. – Meu nome é Creen... Não deixe que esses babacas o irritem.

– Ninguém está me irritando – retorquiu Arvardan em poucas palavras. Ele não estava muito satisfeito com a companhia, nem estava com vontade de aceitar um conselho condescendente de um terráqueo.

Mas Creen não fora treinado para notar nuances mais delicadas. Ele pitava o cigarro avivando a chama com tragos enormes e o batia no braço do assento, jogando as cinzas no corredor do meio.

– Provincianos! – sussurrou ele com desdém. – São apenas um bando de lavradores... Falta-lhes uma visão galáctica. Não se incomode com eles. Agora eu, por exemplo. Eu tenho uma filosofia diferente. Viva e deixe viver, é o que eu digo.

Não tenho nada contra forasteiros. Se quiserem me tratar de forma amigável, serei amigável com eles. Que se dane... Eles não podem deixar de ser forasteiros do mesmo modo que eu não posso deixar de ser terráqueo. Não acha que estou certo? – E bateu no pulso de Arvardan com familiaridade.

Arvardan consentiu e se arrepiou com o toque do outro em sua pele. O contato social com um homem que se ressentira de haver perdido a chance de causar a morte do tio não era agradável, independentemente da origem planetária.

Creen recostou-se no assento.

– Você está indo para Chica? Qual é o seu nome mesmo? Albadan?

– Arvardan. Sim, estou indo para Chica.

– É minha cidade natal. A melhor droga de cidade da Terra. Vai ficar aqui por muito tempo?

– Talvez. Não fiz planos.

– Hmm... Escute, espero que não se importe, mas eu estava observando sua camisa. Se incomoda se eu der uma olhada mais de perto? Fabricada em Sirius, hein?

– É sim.

– O material é muito bom. Não dá para comprar algo assim na Terra... Escute, camarada, você não teria outra dessas camisas aí na sua bagagem, teria? Eu compraria se você quisesse vender. É um item chique.

Arvardan chacoalhou a cabeça de forma enfática.

– Sinto muito, mas não trouxe muita roupa. Pretendo comprar aqui na Terra conforme eu for precisando.

– Eu pago 50 créditos – propôs Creen... Silêncio. Então ele acrescentou com um quê de ressentimento: – É um bom preço.

– É um preço muito bom – redarguiu Arvardan –, mas, como eu lhe disse, eu não tenho camisas para vender.

– Bem... – Creen encolheu os ombros. – Imagino que você espera ficar na Terra por algum tempo.

– Talvez.

– Com que você trabalha?

O arqueólogo permitiu-se demonstrar irritação.

– Olhe, sr. Creen, se não se importa, estou um pouco cansado e gostaria de tirar uma soneca. Pode ser?

Creen franziu as sobrancelhas.

– Qual é o problema com *você*? As pessoas da sua raça não acreditam em tratar os outros com civilidade? Só estou lhe fazendo uma pergunta educada; não precisa partir pra cima de mim.

A conversa, que até esse ponto fora conduzida em voz baixa, de repente aumentara de volume, quase aos berros. Expressões hostis viraram-se para Arvardan, e o arqueólogo apertou os lábios até parecerem uma linha fina no rosto.

Ele havia pedido isso, o sirianense decidiu com amargor. Ele não teria entrado nessa confusão se tivesse se mantido afastado desde o princípio, se não tivesse sentido a necessidade de se gabar de sua maldita tolerância e forçá-la a pessoas que não a queriam.

– Sr. Creen, não pedi que viesse se sentar ao meu lado e não fui grosseiro – disse ele em um tom calmo. – Eu repito: estou cansado e gostaria de descansar. Acho que não há nada de estranho nisso.

– Escute aqui – o rapaz se levantou do assento, jogou o cigarro fora com um gesto violento e apontou o dedo para o forasteiro –, não precisa me tratar como se eu fosse um cachorro ou algo assim. Vocês, forasteiros fedorentos, vêm aqui com sua conversa requintada e sua altivez e acham que isso lhes dá o direito de pisar em nós o quanto quiserem. Nós não temos que aceitar esse tipo de coisa, entende? Se você não gosta daqui, pode voltar para o lugar de onde veio, e não precisa dizer muito mais para eu cair em cima de você também. Pensa que tenho medo de você?

Arvardan virou a cabeça para o lado e passou a olhar friamente pela janela.

Creen não disse mais nada, mas voltou ao seu assento original. Ouvia-se, por toda parte no avião, um agitado zum-zum de conversas que Arvardan ignorou. Ele não viu, mas sentiu os olhares penetrantes e envenenados que lhe lançavam. Até que, aos poucos, aquilo passou, como todas as coisas.

Ele terminou a viagem, quieto e sozinho.

A aterrissagem no aeroporto de Chica foi bem-vinda. Arvardan sorriu para si mesmo quando, ainda no ar, avistou pela primeira vez a "melhor droga de cidade da Terra", mas ela pareceu-lhe, não obstante, uma melhora significativa em relação à atmosfera densa e hostil do avião.

Ele acompanhou a descarga de sua bagagem e fez com que a levassem a um giro-táxi. Pelo menos ali ele seria o único passageiro, de modo que, se tomasse o cuidado de não falar desnecessariamente com o motorista, não teria problemas.

– Residência de Estado – disse ele ao taxista, e eles partiram.

Dessa forma, Arvardan entrou em Chica pela primeira vez, e fez isso no dia em que Joseph Schwartz fugiu do quarto no Instituto de Pesquisas Nucleares.

Creen observou Arvardan ir embora com um meio sorriso amargo. Ele pegou um livrinho e examinou-o de perto entre uma baforada de cigarro e outra. Não havia conseguido tirar muita coisa dos passageiros, apesar de sua história sobre o tio (que ele usara com frequência em outras ocasiões, obtendo bons resultados). Com certeza, aquele idoso reclamara de um homem que vivera além do tempo e colocara a culpa na "influência" com os Anciãos. Isso seria classificado como calúnia contra a Irmandade. Mas, de qualquer forma, o velhote estava a um mês do Sexagésimo. Não serviria de nada anotar o nome dele.

Mas esse forasteiro, isso era diferente. Ele examinou o item com uma sensação de prazer: Bel Arvardan, Baronn, Setor de Sirius... curioso quanto ao Sexagésimo... sigiloso quanto às próprias atividades... entrou em Chica em um avião comercial às 11h00, horário local, em 12 de outubro... atitude antiterrestre muito acentuada.

Desta vez era possível que ele tivesse conseguido uma coisa importante. Pegar esses dedos-duros que faziam comentários descuidados era um trabalho chato, mas algo assim compensava.

A Irmandade receberia seu relatório em menos de meia hora. Ele saiu vagarosamente do campo de pouso.

CONVERGÊNCIA EM CHICA

Pela vigésima vez, o dr. Shekt deu uma folheada no seu último volume de anotações de pesquisa, depois levantou os olhos quando Pola entrou em sua sala. Ela franziu a testa enquanto colocava o jaleco.

– Pai, você ainda não comeu?

– Hein? Claro que comi... Ah, o que é isto?

– *Isto* é o almoço. Ou já foi, em algum momento. O que você comeu deve ter sido o café da manhã. Bem, não faz sentido eu comprar refeições e trazê-las para cá se você não for comer. Terei de fazê-lo ir para casa para se alimentar.

– Não se exalte. Vou comer. Não posso interromper um experimento vital toda vez que você acha que devo me alimentar, sabe.

Ele ficou animado de novo ao saborear a sobremesa.

– Você não faz ideia do tipo de homem que é Schwartz – disse ele. – Eu já lhe falei sobre as suturas do cérebro dele?

– São primitivas. Você me contou.

– Mas isso não é tudo. Ele tem 32 dentes: três molares em cima e embaixo, do lado esquerdo e do lado direito, contando com um dente falso que deve ser artesanal. Pelo menos eu nunca vi uma ponte dessas com coroas de metal para prendê-la nos dentes adjacentes em vez de enxertá-lo na mandíbula... Mas você já viu alguém com 32 dentes?

– Não saio por aí contando os dentes das pessoas, pai. Qual é a quantidade certa? 28?

– Com certeza é essa a quantidade... Mas ainda não acabou. Ontem fizemos uma análise interna. O que você supõe que encontramos? Tente adivinhar!

– Intestino?

– Pola, você está sendo irritante de propósito, mas eu não me importo. Não precisa adivinhar; vou lhe dizer. Schwartz tem um apêndice cecal de aproximadamente 9 centímetros e está aberto. Pela Galáxia, isso é algo completamente sem precedentes! Verifiquei com a Faculdade de Medicina, de forma cautelosa, claro, e os apêndices praticamente não passam de 1,25 centímetro e nunca são abertos.

– E o que exatamente isso significa?

– Bem, que ele é um retrocesso total, um fóssil vivo. – Ele havia se levantado da cadeira e agora caminhava até a parede e voltava a passos ligeiros. – Vou lhe dizer uma coisa, Pola: acho que não devemos entregar Schwartz. Ele é um espécime valioso demais.

– Não, não, pai – disse Pola de imediato –, você não pode fazer isso. Você prometeu àquele lavrador que devolveria Schwartz, e deve fazê-lo pelo próprio Schwartz. Ele está infeliz.

– Infeliz! Ora, estamos tratando-o como um forasteiro rico.

– Que diferença isso faz? O pobre homem está acostumado com o sítio e a família. Ele morou lá a vida inteira. E teve uma experiência assustadora... uma experiência dolorosa, até onde sei... e agora, sua mente funciona de um modo diferente.

Não se pode esperar que ele compreenda. Temos de considerar seus direitos humanos e devolvê-lo à família.

– Mas, Pola, a causa da ciência...

– Ah, baboseira! De que me vale a causa da ciência? O que você acha que a Irmandade dirá quando ficar sabendo dos seus experimentos não autorizados? Você acha que *eles* se importam com a causa da ciência? Quero dizer, leve em conta a si mesmo se não quiser considerar Schwartz. Quanto mais tempo ficar com ele, maior a chance de ser pego. Mande-o para casa amanhã à noite, como havia planejado desde o princípio, ouviu? Vou descer para ver se Schwartz quer alguma coisa antes do jantar.

Mas ela voltou em menos de cinco minutos, com o rosto suado e pálido.

– Pai, ele sumiu!

– Quem sumiu? – perguntou o físico, perplexo.

– Schwartz! – gritou ela, meio chorosa. – Você deve ter se esquecido de trancar a porta quando o deixou.

Shekt pôs-se de pé, estendendo um braço para se firmar.

– Há quanto tempo?

– Não sei. Mas não pode ser muito. Quando esteve lá pela última vez?

– Não faz quinze minutos. Eu estava aqui há um ou dois minutos quando você entrou.

– Pois bem – acrescentou ela, subitamente decidida. – Vou lá fora. Ele deve estar só perambulando pela vizinhança. *Você* fica aqui. Se outra pessoa o pegar, não devem ligá-lo a você. Entendeu?

Shekt conseguiu apenas concordar com a cabeça.

Joseph Schwartz não sentiu uma injeção de ânimo quando trocou os confins de sua prisão hospitalar pela amplitude da cidade ali fora. Ele não se iludiu quanto a ter um plano de ação. Ele sabia, e sabia muito bem, que estava apenas improvisando.

Se algum impulso racional o guiava (diferente de um mero desejo cego de trocar a inação por qualquer tipo de ação), era a esperança de acaso encontrar uma faceta da vida que devolvesse a ele sua memória errante. Agora, ele estava completamente convencido de que sofria de amnésia.

A primeira visão da cidade, no entanto, foi desanimadora. Era final de tarde e, à luz do sol, Chica era branca como o leite. Os edifícios deviam ser feitos de porcelana, como aquela primeira casa de fazenda com a qual ele topara.

Algo bem lá no fundo lhe dizia que as cidades deviam ter tons de marrom e vermelho. E que deveriam ser bem mais sujas. Estava certo disso.

Ele andava devagar. De algum modo, sentia que não haveria uma busca organizada por ele. Sabia disso sem saber como. Com certeza, nos últimos dias, percebeu que estava ficando cada vez mais sensível ao "ambiente", à "sensação" das coisas à sua volta. Fazia parte da estranheza de sua mente desde... desde...

Seu pensamento seguiu divagando.

Em todo caso, o "ambiente" na prisão hospitalar era segredo, um segredo temeroso, ao que parecia. De forma que não podiam persegui-lo com muito estardalhaço. Ele *sabia* disso. Mas por que ele sabia disso? Será que essa estranha atividade de seu cérebro fazia parte do que ocorria em casos de amnésia?

Ele atravessou outro cruzamento. Os veículos com rodas eram relativamente poucos. Os pedestres eram... bem, pedestres. As roupas deles eram cômicas: sem zíper, sem botões, coloridas. Mas as suas também eram. Ele se perguntou onde estavam suas antigas roupas, e depois se perguntou se algum dia tivera de fato as roupas de que se lembrava. É muito difícil ter certeza de qualquer coisa uma vez que se começa a duvidar da própria memória.

Mas ele se recordava com tanta clareza da mulher, das filhas. Elas *não podiam* ser invenção. Ele parou no meio da calçada para recobrar a compostura que havia perdido de súbito. Talvez fossem versões distorcidas de pessoas reais nessa vida real, embora parecessem tão irreais; pessoas que ele *precisava* encontrar.

Indivíduos passavam por ele e muitos murmuravam de maneira pouco amigável. Ele seguiu adiante. Ocorreu-lhe, repentina e forçosamente, que estava com fome, ou que logo estaria, e que não tinha dinheiro.

Olhou ao redor. Não havia nada semelhante a um restaurante à vista. Bem, como ele sabia? Não era capaz de ler as placas.

Olhou a entrada de cada loja pela qual passava... E então encontrou um interior que consistia, em parte, de pequenas mesas organizadas em alcovas, em uma das quais havia dois homens sentados e em outra, um homem só. E os homens estavam comendo.

Pelo menos isso não havia mudado. Os homens que comiam ainda mastigavam e engoliam.

Ele entrou e, por um instante, parou, consideravelmente espantado. Não havia balcão, ninguém estava cozinhando, nenhum sinal de existir uma cozinha. Sua ideia era a de se oferecer para lavar a louça em troca de uma refeição, mas... a quem ele poderia fazer essa oferta?

Acanhado, ele se aproximou dos dois comensais. Apontando com o dedo, disse com todo esmero:

– Comida! Onde? Por favor.

Eles olharam para Schwartz um tanto perplexos. Um dos homens falou de maneira fluente, mas bastante incompreensível, batendo em uma pequena estrutura na extremidade da mesa do lado da parede. O outro começou a falar junto com ele, impaciente.

Schwartz baixou os olhos. Ele se virou para sair, mas sentiu que alguém segurou a manga de sua camisa...

Granz avistara Schwartz quando ele ainda era apenas um rosto rechonchudo e melancólico na janela.

– O que *ele* quer? – indagou.

Messter, sentado do outro lado da mesa, de costas para a rua, virou-se, olhou, encolheu os ombros e não disse nada.

– Ele está entrando – disse Granz, e Messter retrucou:

– E daí?

– Nada. Só estou falando.

Mas alguns instantes mais tarde o recém-chegado, após olhar ao redor com ar de desamparo, aproximou-se e apontou para o prato de carne cozida, dizendo com um sotaque estranho:

– Comida! Onde? Por favor.

Granz ergueu os olhos.

– Tem comida bem aqui, camarada. Só precisa puxar uma cadeira em qualquer mesa que quiser e usar o alimentomático... alimentomático! Não sabe o que é um alimentomático? Veja esse pobre simplório, Messter. Está olhando para mim como se não entendesse uma palavra do que estou dizendo. Ei, companheiro... esta coisa aqui, entende? Coloque uma moeda e me deixe comer, por favor.

– Deixe-o para lá – resmungou Messter. – É só um vagabundo procurando uma esmola.

– Ei, espere. – Granz segurou a manga da camisa de Schwartz quando ele se virou para sair. E acrescentou à parte para Messter: – Pelo Espaço, deixe o cara comer. Seu Sexagésimo deve estar chegando. É o mínimo que posso fazer por ele... Ei, camarada, você tem dinheiro? Bem, que droga, ele ainda não me entende. Dinheiro, cara, dinheiro! Isto... – E tirou uma lustrosa moeda de meio crédito do bolso, jogando-a para cima de modo que ela reluziu enquanto estava no ar.

– Você tem? – perguntou ele.

Schwartz chacoalhou a cabeça lentamente.

– Pois bem, fique com isto! – Ele colocou a moeda de meio crédito de volta no bolso e jogou uma consideravelmente menor para o estranho.

Schwartz pegou o dinheiro, indeciso.

– Tudo bem. Não fique aí parado. Coloque no alimentomático. Esta coisa aqui.

Schwartz percebeu de repente que estava compreendendo. O dispositivo tinha uma série de ranhuras para moedas de diferentes tamanhos e uma série de botões que ficavam em frente a pequenos retângulos esbranquiçados com escritos sobre eles, os quais ele não conseguia ler. Schwartz apontou para a comida na mesa e percorreu os botões para cima e para baixo com o dedo, franzindo a testa com um ar de dúvida.

– Um sanduíche não é bom o suficiente para ele? – disse Messter, irritado. – Temos vagabundos de classe nessas redondezas hoje em dia. Não vale a pena fazer a vontade deles, Granz.

– Tudo bem, então vou perder 85 centavos de crédito. Em todo caso, amanhã é dia de pagamento... Pegue – disse ele a Schwartz. Ele colocou moedas do próprio bolso no alimentomático e puxou o largo recipiente de metal da reentrância da parede. – Agora leve para outra mesa... Não, fique com a moeda de dez centavos. Compre uma xícara de café com ela.

Schwartz levou o recipiente com cautela para a mesa contígua. Havia uma colher presa na lateral por um material transparente e tênue, que se soltou produzindo um estalido com a pressão de uma unha. Quando isso aconteceu, a parte de cima do recipiente se abriu e se enrolou para trás.

A comida, diferente daquela que ele vira os outros comendo, estava fria; mas isso era um detalhe. Só depois de um minuto é que percebeu que a comida estava sendo aquecida e que o recipiente ficara quente ao toque. Ele parou, alarmado, e esperou.

Primeiro, o molho da carne fumegou e depois borbulhou de leve por um instante. Ele esfriou de novo e Schwartz terminou a refeição.

Granz e Messter ainda estavam ali sentados quando ele saiu. Também estava ali o terceiro homem, ao qual Schwartz não prestara atenção do início ao fim.

Schwartz tampouco notara, em nenhum momento desde que havia saído do Instituto, a presença do homem magro e de constituição pequena que, sem aparentar, conseguia mantê-lo sempre ao alcance da vista.

Bel Arvardan, tendo tomado banho e trocado de roupa, seguiu prontamente sua intenção original de observar o animal humano, subespécie Terra, em seu hábitat natural. O clima estava ameno; a leve brisa, refrescante; o vilarejo em si... perdão, a cidade... iluminada, quieta e limpa.

Não estava tão ruim.

Chica, primeira parada, pensou ele. A maior coleção de terráqueos do planeta. Em seguida Washenn, a capital local. Senloo! Senfran! Bonair!... Ele havia traçado um itinerário pelos continentes ocidentais (onde vivia a maior parte dos parcos agrupamentos da população do planeta) e, reservando dois ou três dias para cada cidade, estaria de volta a Chica mais ou menos quando sua nave expedicionária chegasse.

Seria um aprendizado.

Conforme a tarde começou a cair, ele entrou em um alimentomático e, enquanto comia, observou um pequeno incidente que envolveu dois terráqueos que entraram pouco depois dele e um senhor idoso e rechonchudo que entrou por último. Mas sua observação foi imparcial e casual, apenas reparando no ocorrido como algo para contrabalançar a desagradável experiência no transporte a jato. Estava claro que os dois homens à mesa eram taxistas e não eram ricos, mas podiam ser caridosos.

O mendigo saiu e, dois minutos depois, Arvardan saiu também.

As ruas estavam evidentemente mais cheias, uma vez que o dia de trabalho chegava ao fim.

Ele deu um passo apressado para o lado a fim de evitar uma colisão com uma jovem.

– Desculpe-me – disse ele.

Ela estava de branco, vestindo uma roupa que tinha os traços estereotipados de um uniforme. Ela parecia ter se esquecido de que quase trombara. O olhar ansioso em sua expressão, as bruscas viradas de um lado para o outro e seu estado de total preocupação deixaram a situação bastante óbvia.

Ele pousou de leve o dedo no ombro dela.

– Posso ajudá-la, senhorita? Está com problemas?

Ela parou e dirigiu a ele um olhar perplexo. Arvardan se viu julgando a idade da moça entre 19 e 21 anos, observando com atenção seu cabelo castanho e seus olhos escuros, suas salientes maçãs do rosto e seu queixo pequeno, sua cintura fina e seu porte gracioso. Ele descobriu, de repente, que a ideia de aquela pequena criatura feminina ser uma terráquea emprestava um toque picante a seu encanto.

Mas ela ainda estava olhando e, quase no momento de falar, a garota pareceu desistir do que ia dizer.

– Ah, é inútil. Por favor, não se preocupe comigo. É tolice ter a esperança de encontrar alguém quando não se tem a mínima ideia de aonde possa ter ido. – Ela estava se encolhendo por conta do desânimo, com os olhos marejados. Depois se endireitou e respirou fundo. – O senhor viu um homem rechonchudo de uns 54 anos, vestido de verde e branco, sem chapéu e um pouco careca?

Arvardan olhou para ela, atônito.

– Como? Verde e branco? Ah, não acredito nisso... Olhe, esse homem que mencionou... ele fala com dificuldade?

– Sim, sim. Ah, sim. Então o senhor o viu?

– Ele estava aqui há menos de cinco minutos, comendo com dois homens... Ali estão eles... Ei, vocês dois... – Ele fez um sinal, chamando-os.

Granz chegou até eles primeiro.

– Táxi, senhor?

– Não, mas se disser à senhorita o que aconteceu ao homem que estava comendo com você, receberá mesmo assim o valor de uma corrida.

Granz fez uma pausa e pareceu mortificado.

– Bem, eu gostaria de ajudá-los, mas nunca o vi na vida.

Arvardan virou-se para a garota.

– Veja bem, moça, ele não pode ter ido pela direção de onde você veio, caso contrário você o teria visto. E não pode estar muito longe. E se seguirmos um pouco mais adiante? Eu o reconhecerei se o vir.

Sua oferta para ajudar foi um impulso; no entanto, Arvardan não era comumente um homem impulsivo. Ele se viu sorrindo para ela.

Granz interrompeu-os de repente.

– O que ele fez, moça? Ele não violou nenhum dos Costumes, violou?

– Não, não – replicou ela de maneira apressada. – Ele só está um pouco doente, só isso.

Messter acompanhou-os com o olhar enquanto eles iam embora.

– Um pouco doente? – Ele enfiou na cabeça a boina com viseira, depois apertou o queixo com um ar sinistro. – O que acha disso, Granz? Um pouco doente.

Ele olhou de soslaio para o outro por um instante.

– O que há com *você*? – perguntou Granz, inquieto.

– Algo que está *me* deixando meio doente. Aquele cara deve ter vindo direto do hospital. Aquela era uma enfermeira procurando por ele, e estava bastante preocupada. Por que ela estaria assim se ele estivesse só um *pouco* doente? Ele mal conseguia falar, e mal conseguia nos entender. Você percebeu isso, não percebeu?

Um súbito brilho de pavor surgiu nos olhos de Granz.

– Você não está achando que é a Febre?

– Claro que eu *acho* que é Febre de Radiação... e já faz tempo que ele foi embora. Além disso, ele estava a um passo de distância de nós. Nunca é bom...

Havia um homenzinho magro perto deles. Um homenzinho magro com olhos brilhantes e atentos e com uma voz vibrante, que surgiu do nada.

– Como é, senhores? Quem tem Febre de Radiação?

Ele foi visto com desaprovação.

– Quem é você?

– Ah – disse o homenzinho esperto –, você quer saber quem eu sou, é? Acontece que sou mensageiro da Irmandade.

– Ele mostrou um distintivo lustroso na lapela interna do paletó. – Agora, em nome da Sociedade dos Anciãos, que história é essa de Febre de Radiação?

– *Eu* não sei de nada – disse Messter em um tom atemorizado e soturno. – Vi uma enfermeira procurando alguém que está doente, e me perguntei se era Febre de Radiação. Isso não é contra os Costumes, é?

– Ah! Você quer falar *comigo* sobre os Costumes, é? É melhor cuidar da sua vida e deixar que *eu* me preocupe com os Costumes.

O homenzinho esfregou as mãos, deu uma olhada rápida ao redor e seguiu adiante, apressado.

– Ali está ele! – E Pola agarrou de modo febril o cotovelo de seu companheiro. Acontecera rápida e facilmente, quase que de maneira acidental. Em meio a uma confusão desesperadora, ele se materializara de repente bem na entrada principal da loja de departamento, a menos de três quarteirões do alimentomático.

– Eu o estou vendo – sussurrou Arvardan. – Agora fique mais atrás e deixe que eu o siga. Se ele a vir e correr para a multidão, nunca vamos encontrá-lo.

Casualmente, eles se envolveram em um tipo de caçada fantasmagórica. Os elementos humanos da loja formavam uma areia movediça que podia absorver a presa devagar... ou depressa... mantê-la impenetravelmente escondida, expelindo-a de forma inesperada; e criavam barreiras que, de certo modo, não cediam. Quase se podia dizer que a multidão tinha uma mente consciente e malévola, com vontade própria.

E então Arvardan circundou um balcão com cautela, agindo como se Schwartz estivesse na ponta de um anzol. Ele estendeu a mão enorme e segurou o outro pelo ombro.

Schwartz começou a falar de maneira incompreensível e virou-se bruscamente, em pânico. Contudo, livrar-se do aperto de Arvardan era impossível, mesmo para homens bem mais fortes do que Schwartz, e o arqueólogo se contentou com sorrir e dizer, em um tom normal de voz, em virtude dos espectadores curiosos:

– Olá, meu velho amigo, não o vejo há meses. Como vai?

Uma farsa perceptível, supôs ele, diante do falatório incoerente do outro, mas Pola havia se juntado a eles.

– Schwartz – sussurrou ela –, volte conosco.

Por um instante, Schwartz se retesou em um ato de rebeldia, depois se encolheu.

– Eu... vou... com... vocês... – disse ele em um tom cansado, mas a afirmação foi engolida pela barulheira do sistema de autofalantes da loja.

– *Atenção! Atenção! Atenção!* A gerência solicita que todos os clientes da loja saiam pelo acesso da Quinta Rua de forma ordenada. Todos apresentarão seus cartões de registro aos guardas à porta. É essencial que isso seja feito com rapidez. *Atenção! Atenção! Atenção!*

A mensagem foi repetida três vezes, a última delas acompanhada do barulho de pés se arrastando conforme a multidão começava a se enfileirar nas saídas. Podia-se ouvir uma gritaria de muitas bocas formulando, de várias maneiras, as perguntas sempre sem resposta: "O que aconteceu?", "O que foi?".

– Vamos entrar na fila, senhorita. Nós íamos sair de qualquer modo – disse Arvardan, encolhendo os ombros.

Mas Pola chacoalhou a cabeça.

– Não podemos. Não podemos...

– Por que não? – O arqueólogo franziu as sobrancelhas.

A garota apenas se encolheu para longe de Arvardan. Como poderia dizer a ele que Schwartz não tinha um cartão de registro? Quem era ele? Por que a estava ajudando? Ela estava em meio a um turbilhão de desconfiança e desespero.

– É melhor ir, senão vai se meter em problemas – disse ela apressadamente.

As pessoas saíam em massa dos elevadores à medida que os andares superiores se esvaziavam. Arvardan, Pola e Schwartz compunham uma pequena ilha sólida naquele rio humano.

Mais tarde, ao lembrar-se desse episódio, Arvardan perceberia que, a essa altura, ele poderia ter deixado a garota. Poderia tê-la deixado! Poderia nunca mais tê-la visto! Não teria nada de que se envergonhar... E tudo teria sido diferente. O grande Império Galáctico teria se dissolvido em caos e destruição.

Ele não abandonou a garota. Ela nem parecia bonita com aquela expressão de medo e desespero. Ninguém pareceria. Mas Arvardan sentia-se incomodado ao vê-la desamparada.

Ele havia dado um passo e agora se virava para ela outra vez.

– Vai ficar aqui?

Ela aquiesceu.

– Mas por quê? – indagou ele.

– Porque – lágrimas rolaram – não sei o que fazer.

Ela era apenas uma mocinha assustada, mesmo sendo terráquea.

– Se me disser qual é o problema, tentarei ajudá-la – disse Arvardan em um tom de voz mais suave.

Não houve resposta.

Os três formavam uma cena pitoresca. Schwartz havia se agachado até o chão, angustiado demais para tentar acompanhar a conversa, para ficar curioso com o súbito esvaziamento da loja, para fazer qualquer coisa além de esconder a cabeça entre as mãos em seu último choro de desespero, sem palavras e desarticulado. Pola, em lágrimas, só sabia que estava mais assustada do que acreditava ser possível. Arvardan, esperando com um ar de perplexidade no rosto, tentava, desajeitada e ineficazmente, dar tapinhas encorajadores no ombro de Pola, ciente apenas do fato de que tocara uma garota da Terra pela primeira vez.

Foi nesse momento que o homenzinho os encontrou.

CONFLITO EM CHICA

O tenente Marc Claudy, da tropa de Chica, bocejou lentamente e fixou o olhar a meia distância com um tédio inefável. Ele estava completando seu segundo ano de serviço na Terra e esperava com ansiedade uma recolocação.

Em nenhum lugar da Galáxia o problema de manter uma guarnição era tão complicado como neste mundo horrível. Em outros planetas, existia certa camaradagem entre soldados e civis, em especial no que se referia às mulheres. Havia uma sensação de liberdade e receptividade.

Mas, aqui, fazer parte da guarnição era uma prisão. Havia os quartéis à prova de radiação e o ar filtrado, livres de poeira radioativa. Havia as roupas impregnadas de chumbo, frias e pesadas, que não podiam ser tiradas sem que se corresse um grave risco. Como corolário de tudo isso, a confraternização com o povo (supondo que o desespero da solidão pudesse conduzir um soldado à companhia de uma garota "terráquea") estava fora de questão.

O que restava, então, além de breves resmungos, longas sonecas e um vagaroso enlouquecimento?

O tenente Claudy chacoalhou a cabeça em uma tentativa fútil de clarear seus pensamentos, bocejou de novo, sentou-se e começou a tirar os sapatos. Olhou para o relógio e concluiu que ainda não era hora da refeição da noite.

E então ele se pôs de pé, calçando apenas um sapato, perfeitamente ciente de seu cabelo despenteado, e bateu continência.

O coronel lançou ao redor um olhar depreciativo, mas não disse nada diretamente sobre o assunto. Em vez disso, deu ordens em um tom seco:

– Tenente, há denúncias de tumulto no distrito comercial. Você deverá levar uma brigada de descontaminação à loja de departamento Dunham e assumir o controle. Garanta que seus homens estejam inteiramente protegidos contra a infecção pela Febre de Radiação.

– Febre de Radiação! – gritou o tenente. – Perdoe-me, senhor, mas...

– Você estará pronto para partir em quinze minutos – acrescentou o coronel com frieza.

Arvardan foi o primeiro a ver o homenzinho e retesou-se quando o outro fez um pequeno gesto de saudação.

– Oi, chefe. Oi, camarada. Diga à mocinha que não precisa desse aguaceiro todo.

Pola ergueu a cabeça depressa e tomou fôlego. Ela automaticamente se inclinou em direção ao corpo protetor de Arvardan, o qual, do mesmo modo automático, envolveu-a com um braço acolhedor. Não lhe ocorreu que era a segunda vez que tocava uma garota terráquea.

– O que você quer? – ele perguntou de maneira brusca.

O homenzinho de olhar penetrante saiu timidamente de trás de um balcão com grandes pilhas de pacotes. Ele falou de um jeito que conseguia ser agradável e descarado ao mesmo tempo.

– Tá uma confusão daquelas lá fora – disse ele –, mas isso não precisa preocupar a moça. Vou levar esse homem aí de volta pro Instituto pra vocês.

– Que instituto? – indagou Pola, receosa.

– Ah, deixa disso – disse o homenzinho. – Sou Natter, o cara da barraca de frutas em frente ao Instituto de Pesquisas Nucleares. Eu vi você ali uma porção de vezes.

– Olhe aqui – interrompeu Arvardan de modo abrupto –, o que significa tudo isso?

A pequena figura de Natter chacoalhou toda em divertimento.

– Eles acham que esse camarada aí tem Febre de Radiação...

– Febre de Radiação? – disseram tanto Arvardan como Pola de imediato.

Natter acenou afirmativamente.

– Isso mesmo. Dois taxistas almoçaram com ele e foi o que eles disseram. Uma notícia dessas se espalha, sabem como é.

– Os guardas lá fora estão apenas procurando por alguém com febre? – indagou Pola.

– É isso aí.

– E por que exatamente você não está com medo da Febre? – perguntou Arvardan abruptamente. – Presumo que foi o receio de contágio que fez as autoridades esvaziarem a loja.

– Claro. As autoridades estão esperando lá fora, com receio de entrar também. Estão esperando que a brigada de descontaminação, formada por forasteiros, chegue aqui.

– E você não tem medo da Febre, não é?

– Por que eu deveria ter? Esse cara não está com febre. Olhe pra ele. Cadê as feridas na boca? Ele não está vermelho.

Os olhos dele estão normais. Sei como é a Febre. Vamos, moça, vamos sair daqui.

Mas Pola ficou apavorada outra vez.

– Não, não. Não podemos. Ele... ele... – Ela não era capaz de terminar a frase.

– Eu poderia tirá-lo daqui. Sem fazer perguntas. Sem precisar do cartão de registro... – insinuou Natter.

Pola não conseguiu sufocar um gritinho, e Arvardan perguntou, em um tom de considerável aversão:

– O que faz de *você* alguém tão importante?

Natter soltou uma risada rouca. Ele mostrou a parte interna da lapela.

– Mensageiro da Sociedade dos Anciãos. Ninguém vai me fazer perguntas.

– E o que você ganha com isso?

– Dinheiro! Vocês estão angustiados e eu posso ajudar. Não há nada mais justo do que isso. Esse favor vale, digamos, cem créditos para você, e vale cem créditos para mim. Cinquenta créditos agora, cinquenta na entrega.

Mas Pola sussurrou, aterrorizada:

– Você vai levá-lo para os Anciãos.

– Pra quê? Esse homem não serve de nada pra eles, e vale cem créditos pra mim. Se vocês esperarem os forasteiros, eles são capazes de matar o camarada antes de descobrirem que ele não tem Febre. Sabem como são os forasteiros... não se importam se matam um terráqueo ou não. Eles até prefeririam, na verdade.

– Leve a jovem com você – disse Arvardan.

Mas os olhinhos de Natter eram muito penetrantes e muito astutos.

– Ah, não. Isso não, chefe. Eu corro aquilo que chamam de risco calculado. Talvez eu consiga passar com uma pessoa, mas não com duas. E se eu só levo uma, levo aquela que vale mais. Isso não parece razoável pra você?

– E se eu pegar você e arrancar suas pernas? O que acontece então? – perguntou Arvardan.

Natter vacilou, mas recobrou a voz, e conseguiu dar uma risada.

– Bem, nesse caso, você é um imbecil. Eles vão pegar você de qualquer jeito, e aí haverá um assassinato na lista também... Tudo bem, chefe. Não encoste em mim.

– Por favor – Pola estava se agarrando ao braço de Arvardan –, nós *precisamos* correr o risco. Deixe-o fazer como diz... O senhor será honesto conosco, n-não será, sr. Natter?

Natter entortou os lábios.

– Seu amigo grandalhão torceu meu braço. Ele não tinha o direito de fazer isso, e eu não gosto que ninguém me empurre. Vou querer mais cem créditos por isso. Duzentos no total.

– Meu pai vai lhe pagar...

– Cem créditos antecipados – retrucou ele, obstinado.

– Mas eu não tenho cem créditos – lamentou Pola.

– Tudo bem, senhorita – disse Arvardan com frieza. – Eu posso cuidar disso.

Ele abriu a carteira e tirou várias notas. Atirou-as a Natter.

– Agora vá!

– Vá com ele, Schwartz – sussurrou Pola.

Schwartz foi sem fazer comentários, sem se importar. Naquele momento, ele teria ido até para o inferno da mesma forma, desprovido de emoção.

E eles ficaram sozinhos, fitando um ao outro com feições inexpressivas. Aquela talvez fosse a primeira vez que Pola olhava de fato para Arvardan, e ela ficou surpresa ao perceber que ele era alto, bonito, de traços marcados, calmo e autoconfiante. Até então, ela o aceitara como um benfeitor incipiente e sem motivo, mas agora... De repente, a garota ficou tímida, e todos os acontecimentos daquela última hora ou duas se emaranharam e se perderam em batimentos cardíacos acelerados.

Eles sequer sabiam o nome um do outro.

– Sou Pola Shekt – ela se apresentou, sorrindo.

Arvardan ainda não a vira sorrir e percebeu-se interessado pelo fenômeno. Foi um brilho que surgiu em seu rosto, um resplendor. Isso o fazia sentir... Mas ele afastou aquela ideia bruscamente. Uma terráquea!

Então ele disse, talvez com menos cordialidade do que queria:

– Meu nome é Bel Arvardan.

Ele estendeu uma das mãos bronzeadas, a qual engoliu a mãozinha dela por um instante.

– Devo agradecê-lo por toda a ajuda – disse ela.

Ele pareceu não dar importância ao próprio gesto.

– Vamos sair daqui? Quero dizer, agora que seu amigo se foi em segurança, espero.

– Acho que teríamos ouvido algum barulho se eles o tivessem pegado, não acha? – Os olhos de Pola imploravam por uma confirmação de suas esperanças, e ele se recusou a ceder à tentação de amolecer.

– Vamos?

Ela estava paralisada, de certo modo.

– Sim, por que não? – acrescentou, de maneira abrupta.

Mas havia um som agudo no ar, um gemido penetrante no horizonte, e a garota arregalou os olhos, recolhendo de repente a mão estendida.

– Qual é o problema agora? – perguntou Arvardan.

– São os imperiais.

– Você também tem medo deles? – Foi o Arvardan conscientemente não terráqueo quem falou... o arqueólogo siriamense. Preconceito ou não, por mais que a lógica fosse mutilada e estraçalhada, a aproximação dos soldados imperiais era um sinal de sanidade e humanidade. Havia espaço para a tolerância aqui, e ele voltou a demonstrar gentileza.

– Não se preocupe com os forasteiros – disse ele, inclusive rebaixando-se a ponto de usar o termo terráqueo para se referir a não terráqueos. – Eu cuido deles, srta. Shekt.

De repente, ela ficou preocupada.

– Oh não, não tente fazer nada desse tipo. Apenas não fale com eles. Faça o que disserem, e nem sequer olhe para eles.

Arvardan abriu um sorriso ainda mais largo.

Os guardas os viram enquanto ainda estavam a certa distância da entrada e recuaram. Eles se depararam com um espacinho vazio e um estranho silêncio. O barulho dos veículos do exército estava se aproximando deles.

E então sugiram veículos armados no quarteirão e deles saíram grupos de soldados com globos de vidro na cabeça. A multidão se dispersou em pânico diante deles, auxiliados em sua confusão pelos gritos entrecortados e pelas coronhadas com as empunhaduras dos chicotes neurônicos.

O tenente Claudy, que estava no comando, abordou um guarda terráqueo na entrada principal.

– Tudo bem... você aí, quem está com Febre?

Seu rosto estava um pouco distorcido dentro do capacete de vidro que continha ar puro. Sua voz soava ligeiramente metálica, consequência da radioamplificação.

O guarda abaixou a cabeça em sinal de profundo respeito.

– Com sua licença, excelência, nós isolamos o paciente dentro da loja. Os dois que estavam com o paciente agora estão na entrada à sua frente.

– Ah é, eles estão? Ótimo! Deixe-os ficarem ali. Bem... em primeiro lugar, quero essa gente fora daqui. Sargento! Esvazie o quarteirão!

Uma aura de sombria eficiência acompanhou os procedimentos que se seguiram. O crepúsculo que se intensificava cobria Chica de sombras enquanto a multidão se dispersava no ar que escurecia. As ruas estavam começando a brilhar com a iluminação suave e artificial.

O tenente Claudy bateu nas pesadas botas com o cabo do chicote neurônico.

– Tem certeza de que o terráqueo doente está lá dentro?

– Deve estar. Ele não saiu, excelência.

– Bem, vamos partir do pressuposto de que ele está e não vamos perder tempo com isso. Sargento! Descontamine o prédio!

Um contingente de soldados, hermeticamente isolados de todo contato com o ambiente terrestre, entrou depressa no edifício. Lentos quinze minutos se passaram, enquanto Arvardan observava tudo, absorto. Era um experimento de campo envolvendo relações interculturais que ele se sentia profissionalmente relutante em atrapalhar.

O último soldado saiu de novo, e a loja ficou envolta pela noite profunda.

– Lacrem as portas!

Passaram-se mais alguns minutos e então as latas de desinfetante que haviam sido colocadas em vários pontos em cada andar foram descarregadas a longa distância. Nos recantos do prédio, aquelas latas foram abertas, e os espessos vapores saíram, subindo pelas paredes, aderindo a cada metro quadrado de superfície, espalhando-se pelo ar e entrando nas fendas mais recônditas. Nenhum protoplasma, desde germes até humanos, poderia continuar vivo em sua presença, e uma limpeza química do tipo mais cuidadoso seria por fim necessária para efetuar a descontaminação.

Mas agora o tenente estava se aproximando de Arvardan e Pola.

– Qual era o nome dele? – Não havia sequer um toque de crueldade em sua voz, apenas uma total indiferença. Um terráqueo, pensou ele, fora morto. Bem, ele também matara uma mosca naquele dia. Agora eram duas.

Ele não teve resposta; Pola curvava a cabeça com humildade e Arvardan observava com curiosidade. O oficial imperial não tirava os olhos deles.

– Verifique se eles estão infectados.

Um oficial com uma insígnia da Corporação Imperial de Médicos se aproximou deles e não foi muito gentil em sua investigação. Mãos enluvadas examinaram com força as axilas dos dois e os cantos de suas bocas, averiguando as superfícies internas das bochechas.

– Não há nenhuma infecção, tenente. Se eles tivessem sido expostos esta tarde e estivessem infectados, a esta altura as lesões já seriam claramente visíveis.

– Hmm. – O tenente Claudy tirou a luva com cautela e deleitou-se com a sensação do ar "fresco", mesmo sendo ar da Terra. Ele enfiou o desajeitado objeto de vidro pelo braço esquerdo até o cotovelo dobrado e disse em um tom áspero:

– O seu nome, nativa?

O termo em si era extremamente insultante; o tom no qual ele fora proferido tornara-o mais desonroso, mas Pola não mostrou nenhum sinal de ressentimento.

– Pola Shekt, senhor – ela murmurou.

– Seus documentos!

Ela levou a mão ao pequeno bolso do jaleco branco e tirou de lá uma caderneta cor-de-rosa dobrada.

Ele pegou o documento, abriu-o sob a luz de sua lanterna de bolso e examinou-o. Depois jogou-o de volta para a moça. A caderneta caiu no chão, tremulando, e Pola abaixou-se rapidamente para apanhá-la.

– Levante-se – ordenou o oficial, impaciente, e chutou o documento para longe. Lívida, Pola retraiu os dedos.

Arvardan franziu a testa e decidiu que era hora de intervir.

– Ei, olhe aqui – disse ele.

O tenente virou-se para ele num segundo, os lábios contorcidos.

– O que você disse, terráqueo?

Pola colocou-se entre os dois de imediato.

– Por favor, senhor, este homem não tem nada a ver com o que aconteceu hoje. Eu nunca o vi antes...

O tenente empurrou-a para o lado.

– Eu perguntei o que foi que você disse, terráqueo.

Arvardan lançou um olhar frio na direção do militar.

– Eu disse "ei, olhe aqui". E ia dizer ainda que não gosto do jeito como trata as mulheres e que o aconselho a melhorar os seus modos.

Ele estava irritado demais para corrigir a impressão que o tenente tinha de sua origem planetária.

O tenente Claudy deu um sorriso desprovido de humor.

– E onde *você* foi criado, terráqueo? Não acredita que precisa dizer "senhor" quando se dirige a um homem? Você não sabe qual é o seu lugar, não é? Bem, já faz algum tempo desde que tive o prazer de ensinar a um nativo grandalhão as coisas da vida. Tome, o que acha disso?

Sem demora, como o movimento repentino de uma cobra, ele estendeu a mão aberta e acertou o rosto de Arvardan, dos dois lados, uma, duas vezes. Surpreso, Arvardan deu um passo atrás e só então sentiu um estrondo nos ouvidos. Estendeu a mão para agarrar o braço que o golpeava. Viu o rosto do outro se contorcer em sinal de surpresa...

Os músculos do ombro do arqueólogo giraram com facilidade.

O tenente estava no chão, seu tombo produzindo um baque e fazendo o globo de vidro estilhaçar-se em fragmentos que saíram rolando. Ele ficou parado, e Arvardan deu um meio sorriso feroz. Limpou as mãos de leve.

– Mais algum desgraçado aqui acha que pode bater palmas no meu rosto?

Mas o tenente havia levantado seu chicote neurônico. Ele acionou o botão e surgiu um suave brilho violeta que se expandiu e roçou o arqueólogo.

Cada músculo do corpo de Arvardan se retesou com uma dor insuportável, e ele foi caindo aos poucos até ficar de joelhos. Depois, totalmente paralisado, ele perdeu a consciência.

Quando Arvardan emergiu daquele estado de atordoamento, a primeira coisa que percebeu foi uma bem-vinda sensação de frescor na testa. Ele tentou abrir os olhos e notou que suas pálpebras reagiam como se fossem dobradiças enferrujadas. Manteve-as fechadas e, com espasmos infinitamente vagarosos (cada movimento muscular fragmentário alfinetando-o), levou o braço até o rosto.

Uma pequena mão segurava uma toalha macia e úmida...

Ele se forçou a abrir um olho e lutou contra a névoa que o cobria.

– Pola – disse ele.

Ouviu-se um gritinho de súbita alegria.

– Sim. Como se sente?

– Como se estivesse morto – resmungou ele –, sem a vantagem de deixar de sentir dor... O que aconteceu?

– Fomos trazidos para a base militar. O coronel esteve aqui. Eles revistaram você... e não sei o que vão fazer, mas... Oh, sr. Arvardan, não deveria ter batido no tenente. Acho que quebrou o braço dele.

Os lábios de Arvardan se retorceram em um leve sorriso.

– Ótimo! Gostaria de ter quebrado a coluna dele.

– Mas resistir às ordens de um oficial imperial... é uma ofensa capital – sua voz era um sussurro horrorizado.

– É mesmo? Veremos.

– Shh. Eles estão voltando.

Arvardan fechou os olhos e relaxou. O choro de Pola soava fraco e distante aos seus ouvidos e, depois de sentir a picada da agulha hipodérmica, não conseguiu colocar os músculos em movimento.

E então uma maravilhosa e tranquilizadora sensação de alívio da dor perpassou por suas veias e nervos. Os nós que paralisavam seus braços se desfizeram e suas costas se soltaram devagar daquela posição rígida e arcada, acomodando-se melhor. Ele piscou rapidamente e, dando um impulso com o cotovelo, sentou-se.

O coronel o estava observando, pensativo, e Pola tinha uma expressão apreensiva, mas, de certa forma, contente.

– Bem, dr. Arvardan, parece que tivemos um desagradável contratempo na cidade esta noite – disse o coronel.

Dr. Arvardan. Pola percebeu como sabia pouco sobre ele, nem sequer sabia sua profissão... Ela nunca se sentira daquele jeito.

Arvardan deu uma risada breve.

– O senhor diz desagradável. Considero esse adjetivo bastante inadequado.

– O senhor quebrou o braço de um oficial do Império no cumprimento de seu dever.

– O oficial me agrediu primeiro. Seu dever não incluía, de modo algum, a necessidade de me insultar de maneira tão rude, tanto verbal como fisicamente. Ao fazer isso, ele perdeu qualquer direito de reivindicar um tratamento digno de um oficial ou de um cavalheiro. Como cidadão livre do Império, eu tinha todo o direito de sentir-me ofendido com aquele tratamento arrogante, para não dizer ilegal.

O coronel bufou e pareceu não encontrar as palavras. Pola olhava para os dois com olhos arregalados e descrentes.

– Bem, não preciso dizer que considero o incidente todo um acontecimento infeliz – disse por fim o coronel em um tom suave. – Aparentemente, a dor e a falta de dignidade envolvidas foram iguais para ambos os lados. Talvez seja melhor esquecermos a questão.

– Esquecer? Acho que não. Sou convidado do palácio do procurador e pode ser que ele esteja interessado em ouvir exatamente de que maneira suas tropas mantêm a ordem na Terra.

– Bem, dr. Arvardan, se eu lhe assegurar que vai receber um pedido público de desculpas...

– Estou pouco me lixando pra isso. O que pretende fazer com a srta. Shekt?

– O que o senhor sugere?

– Que a liberte imediatamente, devolva-lhe seus documentos e apresente um pedido de desculpas... agora mesmo.

O coronel enrubesceu e depois, com esforço, disse:

– Claro. – E, virando-se para Pola: – Queira aceitar minhas mais profundas desculpas...

Eles deixaram as paredes escuras do quartel para trás. Fora uma curta e silenciosa corrida de táxi de dez minutos até a cidade, e agora estavam em meio à escuridão deserta do Instituto. Passava de meia-noite.

– Acho que não entendi. O senhor deve ser muito importante. Parece idiotice minha não conhecer o seu nome. Nunca imaginei que forasteiros pudessem tratar um terráqueo daquele jeito – disse Pola.

Arvardan sentiu-se estranhamente relutante e, ainda assim, compelido a acabar com aquela farsa.

– Não sou terráqueo, Pola. Sou um arqueólogo do Setor de Sirius.

Ela virou-se para ele rapidamente, seu rosto estava pálido sob a luz do luar. Durante dez longos segundos, não disse nada.

– Então o senhor afrontou os soldados porque estava a salvo, e sabia disso. E eu pensei... eu devia saber. – Havia nela um quê de amargura indignada. – Eu humildemente lhe peço perdão se, em algum momento do dia de hoje, em minha ignorância, usei de uma familiaridade desrespeitosa para com o senhor...

– Pola! – ele exclamou com raiva – Qual é o problema? E se eu não for terráqueo? De que modo isso me torna diferente daquilo que eu lhe parecia cinco minutos atrás?

– O senhor poderia ter me contado.

– Não estou pedindo que me chame de "senhor". Não seja como o resto deles, por favor.

– Como o resto deles quem, senhor? O resto dos animais repugnantes que vivem na Terra? Eu lhe devo cem créditos.

– Esqueça – disse Arvardan com desgosto.

– Não posso seguir essa ordem. Queira me dar seu endereço e lhe enviarei uma ordem de pagamento nessa quantia amanhã.

De repente, Arvardan foi brutal.

– Você me deve muito mais do que cem créditos.

Pola mordeu o lábio e disse em um tom mais baixo:

– É a única parte de minha grande dívida que eu posso pagar, senhor. Seu endereço?

– Residência de Estado – ele falou, virando de costas. Então se perdeu na noite.

E Pola viu-se chorando!

Shekt encontrou Pola à porta de sua sala.

– Ele voltou – disse o físico. – Um homenzinho magro o trouxe.

– Ótimo! – Ela estava com dificuldade para falar.

– Ele pediu duzentos créditos. Eu dei o dinheiro.

– Ele devia ter pedido cem, mas já não importa.

Ela passou rapidamente pelo pai.

– Eu estava terrivelmente preocupado – disse ele em um tom melancólico. – O alvoroço na vizinhança... não ousei perguntar; eu poderia tê-la posto em perigo.

– Está tudo bem. Não aconteceu nada... Deixe-me dormir aqui esta noite, pai.

Mas apesar de todo o seu cansaço, ela não conseguiu dormir, pois algo *havia* acontecido. Ela conhecera um homem, e ele era um forasteiro.

Mas ela tinha o endereço dele. Ela tinha o endereço dele.

INTERPRETAÇÃO DOS ACONTECIMENTOS

Eles apresentavam um contraste total, esses dois terráqueos: um deles era o maior símbolo de poder da Terra, e o outro, o maior detentor da realidade.

Desse modo, o grão-ministro era o terráqueo mais importante da Terra, o governante do planeta reconhecido por um decreto direto e definitivo do Imperador de toda a Galáxia... sujeito, claro, às ordens do procurador Imperial. Seu secretário parecia ser um ninguém de fato... apenas um membro da Sociedade dos Anciãos, nomeado, teoricamente, pelo grão-ministro para cuidar de certos detalhes não especificados e, teoricamente, passível de demissão quando bem quisessem.

O grão-ministro era conhecido por toda a Terra e era visto como árbitro supremo em questões envolvendo os Costumes. Era ele quem anunciava as isenções do Sexagésimo e era ele quem julgava os que violavam o ritual, os que desafiavam o racionamento e as tabelas de produção, os que invadiam territórios restritos e assim por diante. O secretário, por outro lado, não era conhecido por ninguém, nem de nome, exceto pela Sociedade dos Anciãos e, claro, pelo próprio grão-ministro.

O grão-ministro tinha muita facilidade de expressão e com frequência fazia discursos à população, discursos de grande conteúdo emocional e abundante fluxo de sentimento. Ele tinha cabelo claro e longo e feições delicadas e aristocráticas. O secretário, de nariz arrebitado e rosto fechado, preferia palavras curtas a longas, resmungos a palavras, silêncio a resmungos... pelo menos em público.

Era o grão-ministro, claro, quem simbolizava o poder; o secretário detinha a realidade. E, na privacidade da sala do grão-ministro, essa circunstância ficava bastante clara.

Pois o grão-ministro estava impertinentemente perplexo e o secretário, friamente indiferente.

– O que eu não entendo – disse o grão-ministro – é a ligação entre todos esses relatórios que você me trouxe. Relatórios, relatórios! – Ele ergueu um dos braços acima da cabeça e bateu com rancor em uma pilha de papel imaginária. – Não tenho tempo para eles.

– Exato – disse o secretário com frieza. – Por isso fui contratado. Eu os leio, os compreendo e os transmito.

– Bem, meu caro Balkis, ao trabalho então. E rápido, uma vez que são problemas menores.

– Menores? Vossa excelência pode deixar passar muita coisa se não aguçar sua capacidade de julgamento... Vejamos o que esses relatórios significam, e então eu perguntarei se o senhor ainda os considera "menores". Em primeiro lugar, temos o relatório original, feito há sete dias pelo subalterno de Shekt, e foi isso o que me colocou na pista de algo.

– Que pista?

O sorriso de Balkis era ligeiramente amargo.

– Devo lembrar vossa excelência de certos projetos importantes que têm sido cultivados aqui na Terra durante vários anos?

– Shh! – O grão-ministro, perdendo de repente a dignidade, não pôde deixar de dar uma olhada rápida ao redor.

– Vossa excelência, não é o nervosismo, mas sim a confiança que obterá uma vitória para nós... Além disso, o senhor sabe que o sucesso desse projeto depende do uso judicioso do brinquedinho de Shekt, o Sinapsificador. Até agora, pelo menos até onde sabemos, ele apenas foi usado sob a nossa orientação, e para propósitos definidos. E agora, sem aviso, Shekt usou o Sinapsificador em um homem desconhecido, uma violação total das nossas ordens.

– Isso é uma questão simples – disse o grão-ministro. – Castigue Shekt, leve o homem tratado em custódia e acabe com o problema.

– Não, não. O senhor é direto demais, vossa excelência. O senhor não entendeu. Não se trata *do que* Shekt fez, mas *por que* ele fez isso. Note que existe uma coincidência quanto a essa questão, uma em meio a um número considerável de coincidências. O procurador da Terra visitou Shekt naquele mesmo dia, e o próprio Shekt nos informou, de maneira leal e digna de confiança, tudo o que se passou entre eles. Ennius queria o Sinapsificador para uso imperial. Ao que parece, ele fez promessas de grande ajuda e de gracioso apoio do Imperador.

– Hmm – murmurou o grão-ministro.

– Ficou intrigado? Um acordo desses parece atrativo quando comparado aos perigos inerentes ao nosso curso presente... O senhor se lembra das promessas que nos fizeram de fornecer alimentos durante a fome cinco anos atrás? Se lembra? Envios foram recusados porque não tínhamos créditos imperiais, e os produtos manufaturados na Terra não podiam ser aceitos por estarem contaminados pela radioatividade. Houve alguma promessa de comida gratuita como doação? Houve pelo menos um empréstimo? Cem mil pessoas morreram de fome. Não confie em promessas forasteiras. Mas isso não importa. O que importa é que Shekt demonstrou grande lealdade. Sem dúvida, jamais poderíamos duvidar dele de novo. Com maior certeza ainda, não poderíamos ter suspeitas de sua traição naquele mesmo dia. No entanto, foi o que aconteceu.

– Quer dizer nesse experimento não autorizado, Balkis?

– Sim, vossa excelência. Quem era o homem que passou pelo tratamento? Temos fotografias dele e, com a ajuda do técnico de Shekt, temos seus padrões de retina. Uma verificação com o Cartório Planetário não mostra nenhum registro dele. Portanto, deve-se chegar à conclusão de que ele não é terráqueo, e sim forasteiro. Além do mais, Shekt devia saber disso, uma vez que um cartão de registro não pode ser forjado nem transferido, se for comparado com os padrões de retina. Então, colocando de forma simples, os fatos inalteráveis nos levam à conclusão de que Shekt usou o Sinapsificador, de forma consciente, em um forasteiro. E por quê? A resposta a essa pergunta é inquietantemente fácil. Shekt não é o instrumento ideal para os nossos propósitos. Em sua juventude, ele era um Assimilacionista; ele chegou até a se candidatar às eleições para o Conselho de Washenn com um programa eleitoral baseado na conciliação com o Império. A propósito, ele foi derrotado.

– Eu não sabia disso – interrompeu o grão-ministro.

– Que ele foi derrotado?

– Não, que ele se candidatou. Por que não fui informado sobre isso? Shekt é um homem muito perigoso na posição que ocupa agora.

Balkis deu um sorriso suave e tolerante.

– Shekt inventou o Sinapsificador e ainda representa o único homem que tem experiência de fato quanto a seu funcionamento. Ele sempre foi observado, e agora será observado com mais atenção do que nunca. Não se esqueça de que um traidor em nossas tropas, *conhecido por nós*, pode causar mais dano ao inimigo do que um homem leal pode nos fazer bem. Bem, continuemos a lidar com os fatos. Shekt usou o Sinapsificador em um forasteiro. Por quê? Existe um único motivo para se usar um Sinapsificador: para melhorar a capacidade mental. E por que fazer isso? Porque somente dessa maneira é que se pode sobrepujar a mente dos nossos cientistas, já melhoradas pelo Sinapsificador. E então? Isso significa que o Império tem pelo menos uma vaga suspeita do que está acontecendo na Terra. Esse é um problema menor, vossa excelência?

Havia algumas gotículas de suor espalhadas pela testa do grão-ministro.

– Você acha mesmo?

– Os fatos são um grande quebra-cabeça que só pode ser montado de um modo. O forasteiro que passou pelo tratamento é um homem de aparência indistinta, e até insignificante. É uma boa ideia também, já que um velho gordo e careca ainda pode ser o espião mais habilidoso do Império. Ah, sim. Sim. A quem mais poderiam confiar uma missão dessas? Mas nós seguimos esse estranho (cujo pseudônimo, a propósito, é Schwartz), até onde foi possível. Passemos a este segundo arquivo de relatórios.

O grão-ministro deu uma olhada neles.

– Os relatórios sobre Bel Arvardan?

– Dr. Bel Arvardan – assentiu Balkis –, eminente arqueólogo do galante Setor de Sirius, aqueles mundos de corajosos e cavalheirescos intolerantes. – Ele proferiu essa última palavra cheio de cólera. Depois acrescentou: – Bem, esqueça. Em todo caso, temos aqui uma estranha imagem espelhada de

Schwartz, quase que um contraste poético. Ele não é desconhecido, mas, ao contrário, trata-se de uma figura famosa. Ele não é um intruso secreto, mas sim um intruso que vem deslizando em uma gigantesca onda de publicidade. Fomos alertados sobre ele não por um técnico desconhecido, mas pelo procurador da Terra.

– Você acha que existe uma ligação, Balkis?

– Vossa excelência pode supor que é possível que um deles visa tirar nossa atenção do outro. Ou então, já que as classes dominantes do Império têm habilidade suficiente para criar intrigas, temos um exemplo de dois métodos de camuflagem. No caso de Schwartz, os holofotes estão apagados. No caso de Arvardan, os holofotes brilham na nossa cara. Não querem que vejamos algo em nenhum dos casos? Conte-me, o que Ennius nos alertou a respeito de Arvardan?

O grão-ministro esfregou o nariz, pensativo.

– Ele disse que Arvardan fazia parte de uma expedição arqueológica patrocinada pelo Império e queria entrar nas Áreas Proibidas para fins científicos. Ele disse que não se pretendia cometer nenhum sacrilégio e que, se nós o impedíssemos de forma gentil, ele daria respaldo à nossa ação perante o Conselho Imperial. Algo assim.

– De modo que nós iremos então observar Arvardan de perto, mas com que propósito? Ora, para ver se ele não está entrando sem autorização nas Áreas Proibidas. Aqui está o chefe de uma expedição arqueológica sem uma equipe, sem naves nem equipamento. Aqui está um forasteiro que não permanece no Everest, onde é o seu lugar, mas que perambula pela Terra por alguma razão... e vai primeiro a Chica. E como distraem nossa atenção de todas essas circunstâncias tão curiosas e suspeitas? Bem, encorajando-nos a observar cuidadosamente algo que não tem importância. Mas repare, vossa excelência, que mantiveram Schwartz escondido no Instituto de Pesquisas Nucleares durante seis dias. E então ele fugiu. Isso não é estranho? De repente, a porta não estava trancada. De repente, o corredor não estava sendo vigiado. Que negligência estranha. E em que dia ele fugiu? Bem, no mesmo dia em que Arvardan chegou a Chica. Uma segunda coincidência peculiar.

– Então você acha... – começou o grão-ministro, de maneira tensa.

– Acho que Schwartz é o agente forasteiro na Terra, que Shekt é o contato com os traidores Assimilacionistas que estão entre nós e que Arvardan é o contato com o Império. Note a habilidade com que o encontro entre Schwartz e Arvardan foi organizado. Permitem que Schwartz fuja e, após um intervalo de tempo apropriado, a enfermeira dele, a filha de Shekt (mais uma coincidência não muito surpreendente) sai à sua procura. Se algo tivesse dado errado com essa sincronia envolvendo uma fração de segundo, é óbvio que ela o teria encontrado de repente, que ele teria se passado por um pobre paciente doente por conta da curiosidade dos demais, que ele teria sido levado de volta a um lugar seguro para tentar sua fuga em outra ocasião. Na verdade, disseram a dois taxistas muito curiosos que ele estava doente, e isso, ironicamente, acabou prejudicando-os. Agora, acompanhe meu raciocínio com atenção. Schwartz e Arvardan se encontram primeiro no alimentomático. Aparentemente, eles não notam a existência um do outro. É um encontro preliminar, planejado apenas para indicar que tudo correu bem até então e que podem dar o próximo passo... Pelo menos, eles não nos subestimam, o que é gratificante. Em seguida, Schwartz sai; alguns minutos mais tarde Arvardan deixa o local e a filha de Shekt se encontra com ele.

É uma sincronia cronometrada. Juntos, após fazer um teatrinho por conta dos taxistas que acabo de mencionar, eles se dirigem à loja de departamentos Dunham e, nesse momento, os três estão juntos. Onde mais a não ser em uma loja de departamentos? É um ponto de encontro ideal. Ela permite um sigilo que nenhuma caverna nas montanhas poderia prover. É aberta demais para levantar suspeitas. Está lotada demais para serem seguidos. Maravilhoso... maravilhoso... reconheço o mérito de meu oponente.

O grão-ministro se contorceu na cadeira.

– Se o nosso oponente merecer o mérito maior, ele vai ganhar.

– Impossível. Ele já foi derrotado. E a esse respeito temos de reconhecer o mérito do excelente Natter.

– E quem é Natter?

– Um agente insignificante que deve ser usado ao máximo depois disso. Suas ações ontem não poderiam ter sido melhores. A tarefa de longo prazo atribuída a ele é a de observar Shekt. Com esse objetivo, ele mantém uma banca de frutas do outro lado da rua, em frente ao Instituto. Durante esta última semana, ele especificamente foi instruído a observar como ia se desenvolver a questão de Schwartz. Natter estava a postos quando o homem, que ele conhecia por fotos e de relance quando o trouxeram pela primeira vez ao Instituto, fugiu. Ele observou cada ação, passando despercebido, e é o relatório dele que detalha os acontecimentos de ontem. Com uma intuição incrível, ele concluiu que o único propósito da "fuga" era providenciar um encontro com Arvardan. Sentiu que, sozinho, não estava em posição de explorar aquele encontro, então decidiu impedi-lo. Os taxistas, para quem a filha de Shekt descrevera Schwartz como alguém que estava doente, especularam sobre Febre de Radiação. Natter se agarrou a isso com a rapidez de um gênio. Assim que observou o encontro na loja de departamento, ele denunciou o caso de Febre e as autoridades locais de Chica foram, bendita seja a Terra, inteligentes o bastante para cooperar com rapidez. A loja ficou vazia e a camuflagem com a qual eles contavam para esconder a conversa lhes foi tirada. Eles ficaram a sós e muito em evidência na loja. Natter foi mais longe. Nosso agente abordou-os e convenceu-os a permitir que ele acompanhasse Schwartz de volta até o Instituto. Eles concordaram. O que mais poderiam fazer? Então esse dia terminou sem que uma única palavra fosse trocada entre Arvardan e Schwartz. Mas ele também não cometeu a loucura de prender Schwartz. Os dois ainda não sabem que foram detectados e vão nos levar a um peixe maior. E Natter foi ainda mais longe. Ele notificou as tropas imperiais, e isso é mais do que louvável. Isso representou uma situação com a qual Arvardan não contava. Ou Arvardan revelava ser um forasteiro e destruía assim sua utilidade, o que aparentemente depende de comportar-se na Terra como se fosse um terráqueo, ou ele mantinha o segredo e se sujeitava a qualquer resultado desagradável que pudesse se seguir. Ele escolheu a alternativa mais heroica e até quebrou o braço de um oficial do Império em seu entusiasmo pelo realismo. Ao menos, deve-se levar isso em conta, a seu favor. O fato de que suas ações ocorreram do modo como ocorreram é insignificante. Por que, sendo forasteiro, ele teria de se submeter a levar um golpe de chicote neurônico por uma garota terráquea se a questão em jogo não fosse extremamente importante?

O grão-ministro bateu com os dois punhos na mesa à sua frente. Ele ardia desvairadamente, as longas e suaves linhas do rosto enrugadas por conta da aflição.

– É bom que você tenha, com base nesses parcos detalhes, construído a rede de intrigas que construiu, Balkis. Isso foi feito de forma muito habilidosa, e acho que as coisas estão acontecendo da maneira como você falou. A lógica não nos deixa outra escolha... Mas significa que eles estão perto demais, Balkis. Estão perto demais... E desta vez, não terão piedade.

Balkis deu de ombros.

– Eles não podem estar perto demais ou, em caso de tal potencial destrutivo para todo o Império, eles já teriam nos atacado. E o tempo deles está se esgotando. Arvardan ainda tem de se encontrar com Schwartz se quiserem fazer alguma coisa e, assim, posso prever o futuro.

– Faça isso. Faça isso.

– Eles devem mandar Schwartz embora e deixar que as coisas se acalmem.

– Mas para onde ele será mandado?

– Também sabemos disso: Schwartz foi levado ao Instituto por um homem, obviamente um lavrador. Recebemos descrições tanto do técnico de Shekt como de Natter. Vasculhamos os dados de registro de cada lavrador em um raio de pouco mais de 95 quilômetros de Chica, e Natter identificou um tal Arbin Maren como sendo esse homem. O técnico confirmou essa identificação de maneira independente. Nós investigamos o homem com discrição, e parece que ele sustenta o sogro, um deficiente desamparado que está evitando o Sexagésimo.

O grão-ministro esmurrou a mesa.

– Esses casos são frequentes demais, Balkis. A lei deve ser mais rígida...

– Essa não é a questão, vossa excelência. O que importa é o fato de que, uma vez que o lavrador está violando os Costumes, ele pode ser chantageado.

– Ah...

– Nesse caso, Shekt e seus aliados forasteiros precisam de um subterfúgio... isto é, um lugar onde Schwartz pode ficar isolado por um período maior do que ele poderia ficar escondido em segurança no Instituto. Esse lavrador, provavelmente desamparado e inocente, é perfeito para tal finalidade. Bem, ele será observado. Nunca perderemos Schwartz de vista... Mas outro encontro entre ele e Arvardan acabará tendo que ser providenciado, e desta vez estaremos preparados. Entendeu tudo agora?

– Entendi.

– Bem, louvada seja a Terra. Sendo assim, partirei agora. – E, com um sorriso sardônico, acrescentou: – Com a vossa permissão, é claro.

E o grão-ministro, completamente alheio ao sarcasmo, fez um gesto, liberando-o.

O secretário, durante o trajeto até seu pequeno escritório, estava sozinho. E, quando ficava sozinho, seus pensamentos às vezes escapavam ao seu firme controle e se entretinham naquele espaço reservado que era sua mente.

Os pensamentos tinham muito pouco a ver com o dr. Shekt, Schwartz, Arvardan... e menos ainda com o grão-ministro.

Em vez disso havia a imagem de um planeta, Trantor, cuja enorme metrópole, que se espalhava por todo o planeta, servia de sede para governar a Galáxia. E havia a imagem de um palácio cujos pináculos e vastas arcadas ele nunca vira de verdade, nem nenhum outro terráqueo vira. Pensou nas linhas invisíveis de poder e de glória que passavam de sol a sol, reunindo fios, cordas e cabos até chegar àquele palácio central e àquela ideia abstrata – o Imperador, que era, afinal de contas, apenas um homem.

Sua mente agarrou-se àquele pensamento... o pensamento de que o poder podia, por si próprio, conceder divindade durante a vida... concentrado em alguém que era apenas humano.

Apenas humano! Como ele!

Ele poderia ser...

A MENTE QUE MUDOU

A mudança não se deu de forma clara na mente de Schwartz. Muitas vezes, no absoluto silêncio da noite (Quão mais quietas eram as noites agora! Será que um dia elas tinham sido barulhentas, iluminadas e estridentes com a vida de milhões de pessoas cheias de energia?), nesse novo silêncio, ele procurava relembrar. Gostaria de poder dizer que aquele, aquele era o momento.

Primeiro, houve aquele inquietante dia do passado em que ele se viu sozinho em um mundo estranho... um dia enevoado em sua mente agora, como sua própria lembrança de Chicago. Houve a ida a Chica e seu suspeito e complicado desfecho. Ele pensava nisso com frequência.

Havia algo sobre uma máquina... sobre as pílulas que ele tomara. Dias de recuperação e depois a fuga, a andança, os acontecimentos inexplicáveis da última hora que passara na loja de departamento. Ele não conseguia se lembrar dessa parte corretamente. No entanto, nos dois meses que se seguiram a tudo aquilo, quão claro tudo ficara, quão infalível sua memória se tornara.

Mesmo nesse momento as coisas haviam começado a parecer estranhas. Ele se tornara sensível à atmosfera. O velho médico e sua filha se sentiam desconfortáveis, até assustados. Ele sabia disso naquela época? Ou havia sido apenas uma impressão fugaz, reforçada pela retrospectiva de seus pensamentos desde então?

Mas, na loja de departamento, pouco antes de aquele grandalhão o alcançar e encurralá-lo – pouco *antes* disso –, ele se conscientizou de que estava prestes a ser capturado. O alerta não fora rápido o bastante para salvá-lo, mas era uma indicação definitiva da mudança.

E, desde então, vieram as dores de cabeça. Não, não eram exatamente dores de cabeça. Na verdade, eram pulsações, como se algum dínamo escondido em seu cérebro tivesse começado a funcionar e, com sua atividade não habitual, estivesse fazendo cada osso do seu crânio vibrar. Nunca sentira algo assim em Chicago – supondo que seu devaneio sobre Chicago tivesse significado –, nem durante os primeiros dias aqui nessa realidade.

Teriam feito algo com ele, naquele dia em Chica? A máquina? As pílulas... elas foram um anestésico. Uma operação? Seus pensamentos, tendo alcançado esse mesmo ponto pela centésima vez, pararam de novo.

Ele saíra de Chica um dia após sua malograda fuga, e agora os dias se passavam com mansidão.

Havia Grew em sua cadeira de rodas, repetindo palavras e apontando, ou fazendo gestos, exatamente como a garota, Pola, fizera antes dele. Até que um dia Grew parou de falar absurdos e começou a falar inglês. Ou não, ele próprio – ele, Joseph Schwartz –, havia parado de falar inglês e começado a falar absurdos. Com a exceção de que não eram mais absurdos.

Era tão fácil. Ele aprendeu a ler em quatro dias. Surpreendeu-se. Sempre tivera uma memória fenomenal, em

Chicago, ou parecia-lhe que era assim. Mas nunca fora capaz de *tais* proezas. No entanto, Grew não parecia surpreso.

Schwartz desistiu.

Então, quando o outono começou a de fato assumir tons dourados, as coisas ficaram claras outra vez, e ele estava trabalhando no campo. Era incrível o modo como ele entendia as coisas. Lá estava outro fato: ele *nunca* cometia um erro. Havia máquinas complicadas, as quais ele conseguia fazer funcionar sem dificuldade após uma simples explicação.

Schwartz esperou o tempo frio e ele nunca chegou. Passavam o inverno limpando a terra, fertilizando, preparando-a para o plantio de primavera de diversas maneiras.

Ele indagou Grew, tentou explicar o que era a neve, mas o outro apenas olhava e dizia:

– Água congelada caindo como a chuva, hein? Ah! E a palavra para isso é neve! Sei que ela cai em outros planetas, mas não na Terra.

Schwartz passou a observar a temperatura depois disso e descobriu que havia pouca variação de um dia para o outro... e, no entanto, os dias ficavam mais curtos, como seria de se esperar em um local mais ao norte, como, digamos, Chicago. Ele se perguntava se estava na Terra.

Tentou ler alguns dos livro-filmes de Grew, mas desistiu. As pessoas ainda eram pessoas, mas os detalhes da vida cotidiana, o conhecimento que não se questionava, as alusões históricas e sociológicas que não significavam nada para ele forçaram-no a recuar.

Os enigmas perduravam. As chuvas uniformemente quentes, as instruções frenéticas que recebeu para se manter longe de certas regiões. Por exemplo, houve uma noite em que ele finalmente ficou intrigado demais com o brilho no horizonte, a luminosidade azulada ao sul...

Ele havia saído depois do jantar e, quando algo em torno de 1,5 quilômetro já havia se passado, surgiu de lá de trás o zunido quase imperceptível do motor do duogiro e o grito bravo de Arbin ressoou no ar da noite. Ele parara e fora levado de volta.

Arbin caminhara de um lado para o outro diante dele e dissera:

–Você deve ficar longe de qualquer lugar que brilha à noite.

– Por quê? – perguntara Schwartz em um tom brando.

E a resposta veio com uma incisão cortante.

– Porque é proibido. – E perguntou, após uma longa pausa: – Você não sabe mesmo como é lá fora, Schwartz?

Schwartz fez um gesto largo de dúvida com as mãos.

– De onde você veio? É um... forasteiro? – indagou Arbin.

– O que é um forasteiro?

Arbin deu de ombros e saiu.

Mas aquela noite teve grande importância para Schwartz, pois foi durante aquele curto espaço de mais ou menos 1,5 quilômetro em direção à luminosidade que aquela estranheza em sua mente coalesceu e se tornou o Toque Mental. Era assim que ele o chamava e era a melhor forma, naquele momento ou desde então, de descrevê-lo.

Ele estava sozinho naquele escuro tom de roxo. Seus próprios passos no pavimento macio eram silenciosos. Ele não viu ninguém. Não tocou nada.

Não exatamente... Era *algo* parecido com um toque, mas não fora em nenhuma parte do seu corpo. Era em sua mente... Não exatamente um toque, mas uma presença... alguma coisa como um comichão aveludado.

Foram dois... *dois* toques distintos, separados. E o segundo (como ele fora capaz de distingui-los?) se tornara mais ruidoso... não, esse não era o termo correto... ficara mais pronunciado, mais definido.

E então ele soube que era Arbin. Ele soube disso pelo menos cinco minutos antes de ouvir o som do duogiro, dez minutos antes de pôr os olhos em Arbin.

Depois dessa noite, isso aconteceu repetidas vezes, com uma frequência cada vez maior.

Ele começou a perceber que sempre sabia quando Arbin, Loa ou Grew estavam a cerca de 30 metros de distância, mesmo quando não havia razão para saber, mesmo quando tinha todos os motivos para supor o contrário. Era uma coisa difícil de considerar como certa e, no entanto, começou a parecer tão natural.

Ele realizou experimentos e descobriu que sabia exatamente onde qualquer um deles estava, a qualquer momento. Conseguia distingui-los, pois o Toque Mental diferia de pessoa para pessoa. Não teve coragem de mencionar isso aos outros nenhuma vez.

E às vezes se perguntava de quem fora aquele primeiro Toque Mental na estrada quando seguia em direção à luminosidade. Não fora Arbin, Loa ou Grew. E daí? Fazia diferença?

Tempos depois fez. Ele vivenciou o Toque de novo, aquele mesmo Toque, quando estava recolhendo o gado certo fim de tarde. Ele foi até Arbin naquela ocasião e disse:

– E aquele trecho de mata depois de South Hills, Arbin?

– Não tem nada ali – foi a áspera resposta. – É Território Ministerial.

– O que é isso?

Arbin parecia irritado.

– Isso não tem importância nenhuma pra você, tem? Chamam-no de Território Ministerial porque é propriedade do grão-ministro.

– Por que aquela área não é cultivada?

– Ela não tem essa finalidade. – Havia um tom de terror na voz de Arbin. – Foi um grande centro. Na antiguidade. É um lugar muito sagrado e não deve ser perturbado. Olhe, Schwartz, se quiser ficar aqui em segurança, controle a sua curiosidade e cuide do seu trabalho.

– Mas, se é tão sagrado, então ninguém pode morar lá?

– Exatamente. Você está correto.

– Tem certeza?

– Tenho... E você não deve invadir aquele território. Será o seu fim.

– Não vou invadir.

Schwartz se afastou, pensativo e estranhamente desconfortável. Era daquele bosque que vinha o Toque Mental, com muita intensidade, e agora algo a mais fora somado àquela sensação. Era um toque hostil, um toque ameaçador.

Por quê? Por quê?

E, ainda assim, ele não ousava contar. Não teriam acreditado nele, e algo desagradável lhe aconteceria como consequência. Ele também sabia disso. Na verdade, sabia demais.

Além disso, sentia-se mais jovem. Não tanto no sentido físico, apesar de estar com menos barriga e ombros mais largos. Seus músculos também estavam mais firmes e mais flexíveis e sua digestão estava melhor. Isso era resultado do trabalho ao ar livre. Mas era outra coisa que ele notara, acima de tudo. Era o seu jeito de pensar.

Idosos tendem a esquecer como seu pensamento era durante a juventude; esquecem a rapidez do salto mental, a ousadia da intuição juvenil, a agilidade de um *insight* repentino. Eles se acostumam às variedades mais lentas do raciocínio e, porque isso é mais do que compensado pelo acúmulo de experiência, acham-se mais sábios do que os jovens.

Mas, para Schwartz, a experiência permanecia, e foi com uma nítida satisfação que ele percebeu ser capaz de entender as coisas com um salto, que gradualmente deixou de seguir as explicações de Arbin para começar a antecipá-las, a dar um passo adiante. Como resultado disso, ele se sentia jovem, de um modo muito mais sutil do que qualquer forma de excelência física pudesse explicar.

Dois meses se passaram, e tudo veio à tona... durante um jogo de xadrez com Grew sob o parreiral.

O xadrez, de certo modo, não havia mudado, exceto pelos nomes das peças. Era como se lembrava e, portanto, era sempre um conforto para ele. Pelo menos a esse respeito, sua pobre memória não o enganou.

Grew ensinou-lhe variações do xadrez. Havia o xadrez a quatro mãos, no qual cada jogador tinha um tabuleiro, encostados uns aos outros pelas pontas, com um quinto tabuleiro preenchendo o vazio no meio como uma Terra de Ninguém, comum a todos. Havia partidas de xadrez tridimensionais, nas quais oito tabuleiros transparentes eram colocados um sobre o outro e cada peça se movia em três dimensões da forma como antes se moviam em duas, e nos quais o número de peças e peões era dobrado, a vitória sendo conquistada apenas quando ocorria um xeque simultâneo em ambos os reis do adversário. Havia até as variedades populares, nas quais a posição original dos enxadristas era decidida jogando-se dados, outras onde certas casas conferiam vantagens e desvantagens às peças que estavam nelas, ou outras em que peças com estranhas propriedades eram introduzidas.

Mas o xadrez em si, o original e imutável, era o mesmo... e o torneio entre Schwartz e Grew comemorava sua quinquagésima partida.

Quando começou, Schwartz tinha um conhecimento escasso dos movimentos, de modo que perdia constantemente nos primeiros jogos. Mas isso havia mudado e perder partidas estava ficando mais raro. Aos poucos, Grew se tornara lento e cauteloso, começara a fumar seu cachimbo até formar brasas reluzentes nos intervalos entre as jogadas e, por fim, passou a ter rebeldes e queixosas perdas.

Grew jogava com as peças brancas e seu peão já estava em rei 4.

– Vamos lá – apressou ele com amargura. Seus dentes apertavam o cachimbo com força e seus olhos já estavam examinando o tabuleiro de maneira tensa.

Schwartz sentou-se na penumbra que se formava e suspirou. Os jogos estavam cada vez menos interessantes à medida que ele tomava ciência da natureza das jogadas de Grew antes que este pudesse fazê-las. Era como se Grew tivesse uma janela enevoada em seu crânio. E o fato de que ele mesmo sabia, quase que instintivamente, qual percurso adequado do jogo de xadrez devia percorrer, estava apenas em consonância com o resto de seu problema.

Eles usavam um "tabuleiro noturno", que brilhava no escuro com uma claridade seguindo padrões xadrezes azulados e alaranjados. As peças, figuras comuns e grosseiras de argila avermelhada à luz do sol, metamorfoseavam-se à noite. Metade delas ficava banhada por uma brancura cremosa que lhes dava um aspecto de porcelana fria e reluzente, e as outras resplandeciam em minúsculas cintilações vermelhas.

As primeiras jogadas foram rápidas. O peão do rei de Schwartz ficou de frente com o adversário quando este fez um movimento de avanço direto. Grew passou o cavalo de seu rei para bispo 3. Schwartz contra-atacou colocando o cavalo da rainha em bispo 3. Depois, o bispo branco passou para a posição cavalo da rainha 5, e Schwartz deslizou o peão da torre da rainha uma casa adiante para recuá-lo de volta para torre 4. Em seguida, ele avançou o outro cavalo para bispo 3.

As peças reluzentes se moviam pelo tabuleiro com uma vontade própria fantasmagórica, enquanto os dedos que as seguravam desapareciam na noite.

Schwartz estava assustado. Ele poderia estar revelando sua insanidade, mas *tinha de saber.*

– Onde eu estou? – perguntou ele de forma abrupta.

Grew levantou o olhar em meio a um movimento deliberado do cavalo da rainha para bispo 3 e indagou:

– O quê?

Schwartz não sabia a palavra para "país" ou "nação".

– Que mundo é este? – indagou ele, e moveu seu bispo para rei 2.

– A Terra – foi a curta resposta, e Grew rocou, com grande ênfase, primeiro a figura alta que representava o rei, deslocando-o, e depois a desajeitada torre, movendo-a além e parando do outro lado.

Aquela foi uma resposta totalmente insatisfatória. A palavra que Grew usara, Schwartz a traduzia em sua mente como "Terra". Mas o que era a "Terra"? Qualquer planeta é a "Terra" para aqueles que nele vivem. Ele fez o peão do cavalo da rainha avançar duas casas, e outra vez o bispo de Grew teve de recuar, desta vez para cavalo 3. Depois Schwartz e Grew, cada um à sua vez, avançaram o peão da rainha uma casa, cada um deles liberando o bispo para a batalha que logo começaria no centro.

– Em que ano estamos? – perguntou Schwartz da maneira mais calma e casual que pôde. Ele rocou.

Grew fez uma pausa. Ele poderia estar perplexo.

– Mas o que *deu* em você hoje? Não quer jogar? Se isso o satisfaz, estamos em 827. – E acrescentou em um tom sarcástico: – E.G. – Ele olhou para o tabuleiro com a testa franzida e colocou o cavalo da rainha com violência em rainha 5, onde fez seu primeiro ataque.

Schwartz esquivou-se rapidamente, movendo o próprio cavalo da rainha para torre 4 em contra-ataque. O embate se desenrolava com seriedade. O cavalo de Grew capturou o bispo, que foi jogado para cima, banhado por um fogo vermelho, para cair com um estalido agudo na caixa onde jazeria, como um guerreiro enterrado, até o próximo jogo. E o cavalo vencedor caiu instantaneamente perante a rainha de Schwartz. Em um momento de excessiva precaução, o ataque de Grew hesitou e ele moveu o cavalo que restava de volta para o abrigo em rei 1, onde a peça era relativamente inútil. O cavalo da rainha de Schwartz agora repetia a primeira troca, capturando o bispo e tornando-se, por sua vez, presa do peão da torre.

Seguiu-se outra pausa, e Schwartz perguntou em um tom suave:

– O que é E.G.?

– O quê? – Grew retrucou, mal-humorado. – Ah... você quer dizer que ainda está pensando em que ano estamos? De todas as besteiras... Bem, é que eu esqueço que você acabou de aprender a falar, algo em torno de um mês atrás. Mas você é inteligente. Não sabe mesmo? Bem, é 827 da Era Galáctica. Era Galáctica: E.G. Entendeu? Passaram-se 827 anos desde a fundação do Império Galáctico; 827 anos desde a coroação de Frankenn I. Agora, *por favor*, faça a sua jogada.

Mas o cavalo que Schwartz segurava sumiu no aperto de sua mão por alguns instantes. Ele sentia uma frustração violenta.

– Espere um minuto – disse ele, e pôs o cavalo no tabuleiro, na posição rainha 2. – Você reconhece algum destes nomes? América, Ásia, Estados Unidos, Rússia, Europa... – Ele procurava uma identificação.

Na escuridão, o cachimbo de Grew era um tristonho brilho vermelho e ele, apenas uma sombra escura, se inclinava sobre o tabuleiro reluzente como se, dos dois, o homem tivesse menos vida. Ele poderia ter-lhe feito um gesto brusco com a cabeça, mas Schwartz não conseguia ver. Não precisava. Ele sentia a negação do outro de modo tão claro como se tivesse dito algo.

– Sabe onde posso conseguir um mapa? – tentou Schwartz de novo.

– Nada de mapas, a menos que queira arriscar o seu pescoço em Chica – resmungou Grew. – Não sou geógrafo. Também nunca ouvi os nomes que você mencionou. O que são? Pessoas?

Arriscar o pescoço? Por quê? Schwartz gelou. Teria ele cometido um crime? Grew sabia algo a respeito?

– O sol tem nove planetas, não tem? – perguntou ele, com dúvidas.

– Dez – foi a resposta intransigente.

Schwartz hesitou. Bem, eles *poderiam* ter descoberto outro de que ele não ouvira falar. Mas então por que Grew sabia de sua existência? Ele contou nos dedos e depois perguntou:

– E o sexto planeta? Ele tem anéis?

Grew estava fazendo o peão do bispo do rei andar duas casas com lentidão, e Schwartz instantaneamente fez o mesmo.

– Você quer dizer Saturno? – retrucou Grew. – Claro que tem anéis. – Ele estava fazendo estimativas agora. Ele tinha a opção de capturar o peão do bispo ou o peão do rei, e as consequências de cada alternativa não estavam muito claras.

– E existe um cinturão de asteroides... planetinhas... entre Marte e Júpiter? Quero dizer, entre o quarto e o quinto planetas?

– Sim – murmurou Grew. Ele estava reacendendo o cachimbo e pensando febrilmente. Schwartz percebeu aquela incerteza angustiada e ficou irritado com ela. Para ele, agora que se certificara da identidade da Terra, o jogo de xadrez não importava nem um pouco. Perguntas tremulavam por toda a superfície interna de seu crânio, e uma delas escapou.

– Então seus livro-filmes são reais? Existem outros mundos? Com pessoas?

E então Grew relanceou por cima do tabuleiro, os olhos sondando inutilmente o escuro.

– Você está falando sério?

– Existem?

– Pela Galáxia! *Não acredito que você não saiba.*

Schwartz sentiu-se humilhado em sua ignorância.

– Por favor...

– Claro que existem outros mundos. Milhões deles! Cada estrela que você vê tem mundos, e a maioria daquelas que você não vê, também. Tudo faz parte do Império.

Delicadamente, em seu interior, Schwartz sentia o ligeiro eco de cada uma das intensas palavras de Grew, conforme elas passavam diretamente de uma mente para a outra. Schwartz sentia os contatos mentais se fortalecendo com o passar dos dias. Talvez, em pouco tempo, ele seria capaz de ouvir aquelas palavras minúsculas em sua própria mente, mesmo quando seu interlocutor *não estivesse* falando.

E agora, pela primeira vez, ele pensou enfim em uma alternativa à insanidade. Será que ele tinha atravessado o tempo de algum modo? Talvez tivesse dormido durante esse ínterim?

– Quanto tempo faz que tudo isso aconteceu, Grew? Quanto tempo faz desde que havia só um planeta? – perguntou ele com a voz tomada.

– O que você quer dizer? – Ele estava sendo cauteloso. – Você é membro dos Anciãos?

– Do quê? Não sou membro de nada, mas a Terra não foi um dia o único planeta?... Não foi?

– Os Anciãos dizem que foi – disse Grew em um tom sombrio –, mas quem pode saber? Quem sabe de verdade? Que eu saiba, os mundos lá em cima existiram por toda a História.

– Mas quanto tempo faz?

– Milhares de anos, suponho. Cinquenta mil, cem mil... não sei dizer.

Milhares de anos! Schwartz sentiu um nó na garganta e engoliu-o, em pânico. Tudo isso entre dois passos? Uma respiração, um momento, uma fração de tempo... e ele saltara milhares de anos? Ele sentiu-se voltar a um estado de amnésia. Sua identificação do Sistema Solar devia ser o resultado de lembranças imperfeitas penetrando o nevoeiro.

Mas, naquele momento, Grew estava fazendo sua próxima jogada. Estava pegando o outro peão do bispo, e foi de maneira quase mecânica que Schwartz percebeu mentalmente o fato de que essa era uma escolha errada. Agora, movimento se ajustava a movimento, sem nenhum esforço consciente. Sua torre do rei avançou para capturar o primeiro dos peões brancos, que estavam emparelhados. O cavalo branco avançou de novo para a posição bispo 3. O bispo de Schwartz foi movido para cavalo 2, livre para agir.

Grew seguiu seu exemplo movendo o próprio bispo para rainha 2.

Schwartz fez uma pausa antes de lançar o ataque final.

– É a Terra que está no comando, não é? – perguntou ele.

– No comando de quê?

– Do Imp...

Mas Grew levantou os olhos, soltando um urro que fez o adversário tremer.

– Escute aqui, estou cansado das suas perguntas. Você é um completo idiota? A Terra parece mandar em alguma coisa? – Ouviu-se um suave zunido conforme a cadeira de rodas de Grew circundava a mesa. Schwartz sentiu dedos agarrando seu braço.

– Olhe! Olhe ali! – a voz de Grew era um sussurro esganiçado. – Está vendo o horizonte? Está vendo que ele brilha?

– Sim.

– *Aquilo* é a Terra... a Terra inteira. Exceto alguns lugares aqui e ali, onde existem algumas áreas como esta.

– Não estou entendendo.

– A crosta da Terra é radioativa. O solo brilha, sempre brilhou, vai brilhar para sempre. Nada pode crescer ali. Ninguém pode morar ali... Você não sabia mesmo de nada disso? Por que acha que temos o Sexagésimo?

O paralítico se acalmou. Ele rodeou a mesa outra vez.

– É a sua vez.

O Sexagésimo! De novo o Toque Mental apresentava uma aura indefinível de ameaça. As peças de xadrez de Schwartz jogavam por si mesmas, enquanto ele pensava nisso com o coração apertado. Seu peão do rei capturou o peão do bispo do oponente. Grew moveu seu cavalo para rainha 4 e a torre de Schwartz se esquivou do ataque indo para cavalo 4. O cavalo de Grew atacou novamente, movendo-se para bispo 3, e a torre de Schwartz evitou a investida outra vez indo para cavalo 5. Mas agora o peão da torre do rei de Grew avançava timidamente uma casa e a torre de Schwartz atacou. O peão do cavalo foi capturado, colocando o rei adversário em xeque. O rei de Grew prontamente capturou a torre, mas a rainha de Schwartz cobriu aquele buraco no mesmo instante, movendo-se para cavalo 4 e estabelecendo o xeque. O rei de Grew passou depressa para torre 1, e Schwartz movimentou seu cavalo, colocando-o em rei 4. Grew moveu sua rainha para rei 2 em uma forte tentativa de mobilizar suas defesas, e Schwartz respondeu fazendo sua rainha avançar duas casas até cavalo 6, de modo que a luta estava acontecendo em um terreno estreito. Grew não tinha escolha; ele passou sua rainha para cavalo 2, e as duas damas reais agora estavam face a face. O cavalo de Schwartz fez pressão, capturando o cavalo do oponente em bispo 6 e, quando o bispo branco, que estava sob ameaça, se movimentou rapidamente para bispo 3, o cavalo seguiu para rainha 5. Grew hesitou por alguns demorados minutos, depois avançou sua rainha flanqueada em uma longa diagonal para capturar o bispo de Schwartz.

Então ele fez uma pausa e respirou fundo, aliviado. Seu astucioso oponente tinha uma torre ameaçada e correndo o risco de sofrer xeque em um futuro próximo e ele tinha sua rainha pronta para causar estragos. Estava em vantagem, tendo capturado uma torre sacrificando um peão.

– Sua vez – disse ele com satisfação.

– O que... o que é o Sexagésimo? – perguntou Schwartz por fim.

Uma nítida hostilidade surgiu na voz de Grew.

– Por que pergunta isso? O que está procurando?

– Por favor – ele clamou com humildade. Restara-lhe pouco ânimo. – Sou um homem incapaz de fazer mal. Não sei quem eu sou ou o que aconteceu comigo. Talvez o meu caso seja de amnésia.

– É muito provável – foi a desdenhosa resposta. – Você está fugindo do Sexagésimo? Responda a verdade.

– Mas se estou lhe dizendo que nem sei o que é o Sexagésimo!

Havia convicção naquela fala. Seguiu-se um longo silêncio. Para Schwartz, o Toque Mental de Grew era ominoso, mas ele não conseguia interpretá-lo em forma de palavras.

– O Sexagésimo é o seu sexagésimo ano de vida – disse Grew lentamente. – A Terra suporta 20 milhões de pessoas, não mais do que isso. Para viver, você deve produzir. Se não puder produzir, não pode viver. Depois do Sexagésimo... você não pode mais produzir.

– E então... – A boca de Schwartz continuou aberta.

– Eles apagam você. Não dói.

– *Você é morto?*

– Não é assassinato – respondeu ele com frieza. – *Tem* que ser assim. Outros mundos não nos aceitariam, e precisamos abrir espaço para as crianças algum dia. A geração mais velha deve abrir espaço para as mais novas.

– E se você não contar a eles que tem 60?

– Por que não contaria? Viver depois dos 60 não é moleza... E há um Censo a cada dez anos para pegar qualquer um que seja tolo o suficiente para tentar viver. Além disso, eles têm a sua idade registrada.

– Não a minha. – As palavras escaparam. Schwartz não pôde detê-las. – Ademais, só tenho 50... farei no meu próximo aniversário.

– Não importa. Eles podem verificar por meio da sua estrutura óssea. Não sabia disso? Não há como disfarçar. Vão me pegar da próxima vez... Escute, é você agora.

Schwartz desconsiderou aquela insistência.

– Quer dizer que eles...

– É verdade, tenho 55, mas olhe para as minhas pernas. Não posso trabalhar, posso? Há três pessoas registradas na nossa família, e nossa cota é ajustada com base em três trabalhadores. Quando tive o derrame, deveriam ter me denunciado, e então a cota teria sido reduzida. Mas meu Sexagésimo teria sido antecipado, e Arbin e Loa não quiseram fazer isso. Eles são tolos, porque significou mais trabalho para eles... até você aparecer. E, de qualquer forma, vão me pegar ano que vem... Sua vez.

– O Censo é no ano que vem?

– Isso mesmo... Sua vez.

– Espere! – disse ele em um tom de urgência. – Apagam *todo mundo* depois dos 60? Não há exceções?

– Não para mim nem para você. O grão-ministro vive uma vida inteira, e membros da Sociedade dos Anciãos também, além de certos cientistas que realizam um grande trabalho. Poucos são qualificados. Talvez uma dúzia por ano... *É sua vez!*

– Quem decide quem se qualifica?

– O grão-ministro, claro. Você vai jogar?

Mas Schwartz se levantou.

– Esqueça. É xeque-mate em cinco jogadas. Minha rainha vai capturar o seu peão para colocá-lo em xeque; você terá de ir para cavalo 1; eu usarei meu cavalo para deixá-lo em xeque em rei 2; você terá de movê-lo para bispo 2. Minha rainha o colocará em xeque em rei 6, e você deverá seguir para cavalo 2; minha rainha segue para cavalo 6 e, quando você for forçado a ir para torre 1, minha rainha o coloca em xeque-mate em torre 6.

E então Schwartz acrescentou automaticamente:

– Bom jogo.

Grew ficou olhando por um longo tempo para o tabuleiro e depois, com um grito, arremessou-o da mesa. As peças brilhantes rolaram melancolicamente pelo gramado.

– Você e seu maldito falatório – gritou Grew.

Mas Schwartz não prestara atenção em nada. Nada exceto a necessidade esmagadora de escapar do Sexagésimo. Pois Browning dissera:

Feneçamos os dois!
O melhor vem depois...

Isso em uma Terra fervilhando com bilhões de pessoas e comida ilimitada. O melhor que *agora* estava por vir era o Sexagésimo... e a morte.

Schwartz tinha 62 anos.

Sessenta e dois...

Tudo se resolvera de forma tão clara na mente metódica de Schwartz. Uma vez que ele não queria morrer, teria de deixar a fazenda. Se ficasse onde estava, o Censo viria e, com ele, a morte.

Então, ele deixaria a fazenda. Mas aonde iria?

Havia o... o que era, um hospital?... em Chica. Eles haviam cuidado dele antes. E por quê? Porque ele era um "caso" médico. Mas não seria ele um caso ainda? E agora podia falar; podia dizer-lhes os sintomas, coisa que não era capaz de fazer antes. Poderia até contar-lhes sobre o Toque Mental.

Ou será que todos tinham o Toque Mental? Haveria algum modo de saber? Nenhum dos outros tinha. Nem Arbin, nem Loa, nem Grew. Estava certo disso. Eles não tinham como saber onde ele estava a menos que o vissem ou o escutassem. Ora, ele não poderia vencer Grew no xadrez se ele pudesse...

Espere um pouco. O xadrez era um jogo popular. E não poderia ser jogado se as pessoas tivessem o Toque Mental. Não de verdade.

Então isso o tornava peculiar... um espécime psicológico. Podia não ser uma vida particularmente alegre, sendo um espécime, mas isso o manteria vivo.

E considerou a nova possibilidade que acabava de surgir. Supondo que ele não tivesse amnésia, mas sim que fosse um homem que viajara ao acaso pelo tempo. Então, além do Toque Mental, ele era um homem do passado. Ele era um espécime histórico, um espécime arqueológico. Eles *não poderiam* matá-lo.

Se acreditassem nele.

Hmm, *se* acreditassem nele.

Aquele médico acreditaria. Ele precisou ser barbeado naquela manhã em que Arbin o levou a Chica. Ele se lembrava muito bem disso. Depois daquela ocasião, seu pelo nunca mais cresceu, de modo que devem ter feito alguma coisa com ele. Isso significava que o médico sabia que ele – ele, Schwartz – havia tido pelos no rosto. Esse fato não seria significativo? Grew e Arbin nunca faziam a barba. Grew lhe dissera, certa vez, que apenas os animais têm pelo no rosto.

Então ele tinha de ir àquele médico.

Qual era o nome dele? Shekt? Shekt, isso mesmo.

Mas ele conhecia tão pouco sobre esse mundo horrível. Partir à noite ou atravessar os campos o teria enredado em mistérios, o teria lançado em perigosos bolsões de radioatividade, sobre os quais ele nada sabia. Então, com a ousadia de quem não tem escolha, ele seguiu para a estrada no início da tarde.

Eles não esperariam que voltasse até o horário do jantar e, àquela altura, ele estaria bem longe. *Eles* não teriam um Toque Mental do qual sentir falta.

Pelos primeiros trinta minutos, ele vivenciou um sentimento de júbilo, a primeira sensação que tivera desde que tudo isso começara. Enfim ele estava fazendo algo; estava tentando lutar contra o seu ambiente. Algo com um *propósito*, e não apenas uma escapada irrefletida, como naquela vez em Chica.

Ah, para um velho, ele não estava mal. Ia mostrar a eles.

E então parou... Parou no meio da estrada porque alguma coisa impôs sua presença, fazendo-se notar, alguma coisa que ele esquecera.

Ali estava aquele Toque Mental estranho, um Toque Mental desconhecido, que ele detectou pela primeira vez quando tentara chegar ao horizonte brilhante e foi detido por Arbin, aquele que esteve observando a partir do Território Ministerial.

Aquele Toque estava com ele agora... atrás dele, observando-o.

Ele procurou ouvir com atenção... ou, pelo menos, tentou o equivalente a ouvir no que se referia ao Toque Mental. Não se aproximou, mas estava fixo nele. Era caracterizado por vigilância e inimizade, mas não por desespero.

Outras coisas se tornaram claras. O perseguidor não devia perdê-lo de vista e estava armado.

Cauteloso, quase que de forma automática, Schwartz se virou, examinando o horizonte com um olhar ávido.

E o Toque Mental mudou instantaneamente.

O indivíduo se tornou cuidadoso e cheio de dúvidas, questionando sua própria segurança e o sucesso de seu próprio projeto, qualquer que fosse. O fato de o perseguidor estar levando armas tornou-se mais notável, como se ele estivesse pensando em usá-la caso fosse pego.

Schwartz sabia que ele próprio estava desarmado e indefeso. Sabia que o perseguidor o mataria antes de perdê-lo de vista, que o mataria ao primeiro movimento em falso... E ele não via ninguém.

Então Schwartz continuou a andar, sabendo que seu perseguidor permanecia próximo o bastante para matá-lo. Suas costas estavam retesadas, esperando não se sabe o quê. Como seria a morte? Como seria a morte? Aquele pensamento o acompanhava a cada passo, agitava-se em sua mente, fervilhava no subconsciente, até quase ultrapassar o limite do tolerável.

Ele se agarrou ao Toque Mental do perseguidor como sua única salvação. Schwartz poderia detectar aquele instante em que o aumento de tensão significaria que o sujeito estava apontando uma arma, puxando o gatilho, fechando o contato. Nesse momento, ele se abaixaria, correria...

Mas por quê? Se fosse o Sexagésimo, por que não matá-lo de imediato?

A teoria do salto no tempo estava se desvanecendo em sua mente; a amnésia voltava a ocupá-la. Talvez ele fosse um criminoso... um homem perigoso que deveria ser observado. Quem sabe ele tivesse sido um dia um funcionário do alto escalão, que não podia simplesmente ser morto, e sim julgado. Talvez sua amnésia fosse o método usado pelo seu inconsciente para fugir de uma enorme culpa.

E agora ele estava descendo por uma estrada vazia em direção a um destino incerto, com a morte em seu encalço.

Estava escurecendo, e o vento soprava ligeiramente gelado. Como de costume, isso não parecia certo. Schwartz achava que era dezembro, e com certeza o pôr do sol às 16h30 estava correto para a época do ano, mas o frio do vento não tinha aquele traço gélido de um inverno do centro-oeste americano.

Schwartz concluíra havia muito que o motivo para o clima ameno era que o planeta (Terra?) não dependia totalmente do sol para se aquecer. O próprio solo radioativo liberava calor, em pequenas quantidades em termos de metros quadrados, mas em uma quantia imensa considerando milhões de quilômetros quadrados.

E, na escuridão, o Toque Mental do perseguidor ficou mais próximo. Ainda atento e tenso a ponto de se expor. Era mais difícil seguir alguém na escuridão. Ele o havia seguido naquela primeira noite... em direção à luminosidade. Estaria ele com medo de arriscar de novo?

– Ei! Ei, camarada...

Era uma voz anasalada e estridente. Schwartz ficou paralisado.

Devagar, em um só movimento, ele se virou. O pequeno vulto que vinha até ele acenava com a mão, mas, àquela hora, sem a luz do sol, ele não conseguia distinguir com clareza. O vulto se aproximou sem pressa. Ele esperou.

– Ei. Que bom ver você. Não é muito divertido andar por essa estrada desacompanhado. Se importa se eu for com você?

– Olá – saudou-o Schwartz da maneira devida. Era o Toque Mental certo. Era o perseguidor. E o rosto era familiar. Pertencia àquele período nebuloso em Chica.

E depois o perseguidor deu todos os sinais de que o reconhecia.

– Escute, eu conheço você. Claro! Não se lembra de mim?

Para Schwartz, era impossível dizer se, em condições normais, em outro momento, ele teria ou não acreditado na sinceridade do outro. Mas, agora, como ele poderia deixar de perceber aquela fina camada esfarrapada de reconhecimento sintético que cobria as profundas correntes de um Toque que lhe dizia, que gritava para ele, que aquele homenzinho com olhos muito penetrantes o reconhecera desde o início? Reconhecia-o e tinha uma arma pronta para ser usada contra ele, se necessário.

Schwartz chacoalhou a cabeça.

– Claro – insistiu o homenzinho. – Foi na loja de departamento. Eu tirei você do meio da multidão. – Ele parecia dobrar-se de rir de maneira artificial. – Pensaram que você tinha Febre de Radiação. *Você* se lembra.

Schwartz se lembrava de forma vaga... e indistinta. Um homem desses, durante alguns minutos, e uma multidão, que primeiro impedira sua passagem e depois lhes abrira caminho.

– Sim – disse ele. – Prazer em conhecê-lo. – Não era uma conversa muito brilhante, mas Schwartz não conseguia fazer melhor do que isso, e o homenzinho não parecia se importar.

– Meu nome é Natter – disse ele, estendendo a débil mão para o outro. – Não tivemos a chance de conversar muito da primeira vez... deixamos passar naquele momento de crise, pode-se dizer... mas estou contente de ter uma segunda chance... Me dê a mão.

– Sou Schwartz. – E ele apertou a mão do outro por um breve instante.

– Por que está andando? – perguntou Natter. – Vai a algum lugar?

Schwartz deu de ombros.

– Só estou andando.

– Um andarilho, hein? Eu também sou. O ano todo estou na estrada... acaba com a zanga.

– O quê?

– Você sabe. Deixa a pessoa cheia de vida. Você respira esse ar e sente o sangue correr, hein? Fui longe demais desta vez. Detesto voltar sozinho depois que escurece. Sempre me alegro quando consigo companhia. Para onde está indo?

Era a segunda vez que Natter fazia essa pergunta e o Toque Mental deixava clara a importância a ela atribuída. Schwartz se perguntava até quando poderia evitar esse assunto. Havia uma ansiedade inquiridora na mente do perseguidor. E nenhuma mentira adiantaria. Schwartz não sabia o suficiente sobre esse novo mundo para mentir.

– Estou indo ao hospital – disse ele.

– O hospital? Que hospital?

– Eu fiquei lá quando estive em Chica.

– Você está falando do Instituto. Não é isso? Quero dizer, foi para onde eu levei você naquele dia da loja de departamento. – Ansiedade e crescente tensão.

– Para o dr. Shekt – disse Schwartz. – Você o conhece?

– Ouvi falar. Ele é um figurão. Você está doente?

– Não, mas devo aparecer por lá de vez em quando. – Será que isso soava razoável?

– Andando? – perguntou Natter. – Ele não mandou um carro vir buscá-lo? – Aparentemente, não soava razoável.

Schwartz não disse nada agora... seguiu-se um silêncio pegajoso.

Natter, entretanto, estava animado.

– Escute, companheiro, assim que eu passar por um comuni-onda público, vou pedir um táxi até a cidade. Ele virá nos pegar no caminho.

– Um comuni-onda?

– Claro. Eles foram espalhados por toda a estrada. Veja, ali tem um.

Ele deu um passo, afastando-se de Schwartz, e este se viu dando um grito repentino.

– Pare! Não se mexa.

Natter parou. Havia uma estranha frieza em sua expressão quando ele se virou.

– O que deu em você, meu chapa?

Schwartz achou o novo idioma quase inadequado para a rapidez com a qual ele dizia as palavras ao outro.

– Estou cansado deste teatrinho. Conheço você e sei o que vai fazer. Vai chamar alguém para contar que estou indo ao dr. Shekt. Eles vão estar preparados para a minha chegada à cidade e vão mandar um carro me buscar. E você vai me matar se eu tentar fugir.

Natter franziu as sobrancelhas.

– Você acertou na mosca nesta última parte – murmurou ele. Não era para chegar aos ouvidos de Schwartz e não chegou, mas as palavras repousavam de leve na superfície de seu Toque Mental. Em voz alta, ele disse: – Você me deixou confuso, colega. Você está me pregando uma peça. – Mas ele estava procurando uma oportunidade e sua mão estava escorregando em direção ao quadril.

E Schwartz perdeu o controle de si mesmo. Ele gesticulava com os braços com uma fúria selvagem.

– Por que não me deixa em paz? O que eu fiz pra você? Vá embora! *Vá embora!*

Ele terminou com um grito rouco; sua testa estava enrugada de ódio e medo da criatura que o seguia e cuja mente estava tão cheia de hostilidade. Suas próprias emoções se arremetiam contra aquele Toque Mental, empurrando-o, tentando escapar de seu contato pegajoso, tentando livrar-se de seu hálito...

E o Toque sumiu. Desapareceu repentina e completamente. Houve a momentânea consciência de uma dor devastadora... não nele mesmo, mas no outro... e depois, mais nada. Nenhum Toque Mental. Ele desvaneceu como o aperto de um punho afrouxando-se e morrendo.

Natter jazia contorcido e esparramado na estrada escura. Schwartz se arrastou em direção a ele. Natter era um homem pequeno, fácil de virar. Era como se a expressão de agonia tivesse sido profundamente estampada no rosto dele. As linhas permaneceram, não relaxaram. Schwartz tentou sentir o pulso e não o encontrou.

Ele se endireitou, inundado com horror por si próprio.

Ele assassinara um homem!

E depois foi sobrepujado pelo espanto...

Sem tocá-lo! Ele matara um homem apenas odiando-o, apenas investindo, de algum modo, contra seu Toque Mental.

Que outros poderes ele tinha?

Tomou uma decisão rápida. Revistou os bolsos do outro e encontrou dinheiro. Ótimo! Ele poderia usar aquilo. Então arrastou o corpo até o pasto e deixou que a grama alta o cobrisse.

Continuou andando por duas horas. Nenhum outro Toque Mental o perturbou.

Ele dormiu em um campo aberto aquela noite e, na manhã seguinte, depois de mais duas horas, alcançou a periferia de Chica.

Chica era apenas um povoado para Schwartz e, em comparação com a Chicago de que ele se lembrava, o movimento da população era escasso e esporádico. Mesmo assim, pela primeira vez os Toques Mentais eram numerosos. Eles o deixavam perplexo e confuso.

Eram tantos! Alguns difusos e ao léu; outros focados e intensos. Havia homens que passavam com a mente estourando em minúsculas explosões; outros não tinham nada dentro da cabeça a não ser, talvez, por uma suave ruminação do café da manhã que haviam acabado de tomar.

De início, Schwartz se virava e se sobressaltava com todos os Toques que passavam, tomando cada um como um contato pessoal, mas, ao longo de uma hora, aprendeu a ignorá-los.

Agora ele estava ouvindo palavras, mesmo quando não eram de fato pronunciadas. Isso era uma coisa nova, e ele se pegou escutando. Eram frases esparsas e misteriosas, desconexas, açoitadas pelo vento, e muito, muito distantes... E, com elas, vinha uma emoção viva e rastejante, além de outras coisas sutis que não podem ser descritas... de modo que o mundo inteiro era um panorama de vida efervescente, visível somente para ele.

Schwartz descobriu que podia penetrar em edifícios conforme andava, enviando sua mente como se fosse algo preso por uma guia, algo que pudesse entrar na cabeça sem ser visível aos olhos e trazer para fora o esqueleto dos pensamentos mais íntimos dos homens.

Foi diante de um enorme edifício com fachada de pedra que ele parou e pensou. Eles (quem quer que fossem) estavam atrás dele. Ele matara o perseguidor, mas devia haver outros... os outros para quem o perseguidor queria ligar. Seria melhor se ele não fizesse nada por alguns dias, e qual a melhor maneira de fazer isso? Com um emprego?

Ele sondou o prédio diante do qual havia parado. Ali havia um distante Toque Mental que, para ele, poderia significar um emprego. Estavam procurando por trabalhadores da indústria têxtil naquele lugar... e um dia ele fora um alfaiate.

Ele entrou no edifício, onde foi prontamente ignorado por todos. Ele tocou o ombro de alguém.

– Com quem eu falo sobre um emprego, por favor?

– Naquela porta! – O Toque Mental que chegou até ele estava cheio de irritação e desconfiança.

Ele entrou pela porta, e então uma pessoa magra e de queixo pontudo o encheu de perguntas e dedilhou a máquina de classificação na qual digitava as respostas.

Schwartz gaguejou suas mentiras e verdades com igual incerteza.

Mas o homem do departamento pessoal começou, pelo menos, com definitiva indiferença. As perguntas eram feitas rapidamente.

– Idade? Cinquenta e dois? Hmm. Estado de saúde? Casado? Experiência? Já trabalhou na área têxtil? Bem, de que tipo? Termoplástico? Elastométrico? O que quer dizer com acha que já trabalhou com todos? Com quem trabalhou por último? Soletre o nome dele... Você não é de Chica, é? Onde estão seus documentos? Terá de trazê-los aqui se quiser que alguma coisa seja feita... Qual é o seu número de registro?

Schwartz estava se afastando. Ele não havia previsto esse final quando começou. E o Toque Mental do homem diante dele estava mudando. Tornara-se desconfiado a ponto de só conseguir pensar em uma coisa de cada vez, e estava sendo cauteloso também. Havia uma camada de brandura e companheirismo que era tão superficial, e que recobria a hostilidade de forma tão tênue, de modo que constituía a característica mais perigosa de todas.

– Acho que não sou qualificado para este trabalho – disse Schwartz, nervoso.

– Não, não, volte aqui. – E o homem acenou para ele. – Temos algo para você. Deixe-me dar uma olhada nos arquivos. – Ele estava sorrindo, mas seu Toque Mental parecia mais claro agora e até mais hostil.

Ele havia apertado um intercomunicador em sua mesa...

Schwartz, em um súbito estado de pânico, correu para a porta.

– Detenha-o! – gritou o outro instantaneamente, saindo de trás da mesa com velocidade.

Schwartz agrediu o Toque Mental, atacando-o com violência com a própria mente, e ouviu um gemido vindo de trás. Ele deu uma olhada rápida por sobre o ombro. O homem do departamento pessoal estava sentado no chão, com o rosto contorcido e as têmporas apoiadas na palma das mãos. Outro indivíduo se inclinou sobre ele; depois, a um gesto de urgência do homem no chão, disparou em direção do fugitivo. Schwartz não ficou esperando.

Ele estava na rua, totalmente consciente de que deviam ter divulgado algum alerta contra ele com uma descrição completa, e que o homem do departamento pessoal, pelo menos, o reconhecera.

Ele correu e fez zigue-zagues às cegas pelas ruas. Ele atraiu atenção, cada vez mais atenção, pois as ruas estavam se enchendo... suspeitas, suspeitas em toda parte... suspeitas porque ele corria... suspeitas porque sua roupa estava amarrotada e não lhe servia direito...

Na multiplicidade de Toques Mentais e na confusão do seu próprio medo e desespero, ele não era capaz de identificar os verdadeiros inimigos, aqueles nos quais havia não apenas desconfiança, mas certeza, e então ele não teve o mínimo aviso sobre o chicote neurônico.

Houve apenas aquela dor horrível, que desceu como o sibilo de um chicote e permaneceu como o esmagamento contra uma rocha. Durante segundos, ele escorregou pelo declive daquele abismo até a agonia, antes de ser levado à escuridão.

TEIA DE INTRIGAS EM WASHENN

O terreno do Colégio dos Anciãos não poderia ser descrito de outra forma senão tranquilo. Austeridade é a palavra-chave, e existe algo genuinamente solene nos aglomerados de novatos em seus passeios de fim de tarde por entre as árvores do pátio, que ninguém, a não ser os Anciãos, podia transpor. De vez em quando, o vulto de vestes verdes de um venerável Ancião passava pelo gramado, recebendo reverências com graciosidade.

E, ainda mais raramente, o próprio grão-ministro aparecia por lá.

Mas não como agora, quase correndo, transpirando um pouco, desconsiderando as mãos erguidas de forma respeitosa, alheio aos cautelosos olhares que o seguiam, aos olhares inexpressivos que uns lançavam aos outros, às sobrancelhas ligeiramente franzidas.

Ele se precipitou na Sede do Legislativo pela entrada particular e começou a descer pela rampa vazia que ecoava o barulho dos passos. A porta aonde ele ruidosamente chegou abriu-se com a pressão exercida pelo pé da pessoa que estava do lado de dentro, e o grão-ministro entrou.

O secretário mal levantou o olhar de sua mesinha simples, onde se inclinava sobre um diminuto televisualizador protegido por um escudo de campo, procurando ouvir com atenção e permitindo que seus olhos dessem uma passada por um pacote de comunicados que pareciam ser oficiais bem diante de si.

O grão-ministro bateu na mesa de forma brusca.

– O que é isto? O que está acontecendo?

O secretário olhou para ele friamente, e o televisualizador foi deixado de lado.

– Saudações, vossa excelência!

– Não me saúde! – retrucou o grão-ministro, impaciente. – Quero saber o que está acontecendo.

– Em poucas palavras, nosso homem fugiu.

– Quer dizer que o homem que passou pelo tratamento de Shekt com o Sinapsificador, o forasteiro, o espião, aquele que estava no sítio nas redondezas de Chica...

É incerta a quantidade de qualificações que o grão-ministro, em sua ansiedade, teria proferido se o secretário não o houvesse interrompido com um indiferente:

– Exato.

– Por que não fui informado? Por que nunca sou informado?

– Uma ação imediata era necessária e o senhor estava ocupado. Portanto, eu o substituí da melhor forma que pude.

– Sim, você é cuidadoso quanto às minhas ocupações quando quer se virar sem mim. Mas não vou aceitar isso. Não permitirei que me ignorem nem que me distraiam. Não...

– Estamos atrasados – foi a resposta dada em um volume normal de voz, e a fala meio exaltada do grão-ministro desvaneceu. Ele tossiu, vacilou quanto a continuar falando, e depois perguntou em um tom ameno:

– Quais são os detalhes, Balkis?

– Quase nenhum. Depois de dois meses de espera paciente a troco de nada, aquele homem, Schwartz, partiu... foi seguido... e se perdeu.

– Como se perdeu?

– Não sabemos ao certo, mas existe outro fato. Nosso agente, Natter, deixou de nos reportar pela terceira vez ontem à noite. Seus substitutos partiram à sua procura ao longo da estrada para Chica e o encontraram ao amanhecer. Ele estava em uma vala, ao lado da rodovia... morto.

O grão-ministro ficou pálido.

– O forasteiro o matou?

– Presumivelmente, embora não possamos dizer ao certo. Não havia sinais visíveis de violência além do olhar de agonia no rosto do morto. Faremos uma autópsia, claro. Ele pode ter morrido de derrame bem naquele momento inconveniente.

– Isso seria uma coincidência incrível.

– É o que eu também acho – foi a fria resposta –, mas se Schwartz o matou, esse fato torna os acontecimentos subsequentes enigmáticos.Veja bem, vossa excelência, parecia bastante óbvio, com base em nossa análise anterior, que Schwartz iria a Chica a fim de ver Shekt, e Natter foi encontrado morto na estrada entre o sítio dos Maren e Chica. Portanto, mandamos um alerta àquela cidade três horas atrás e o homem foi pego.

– Schwartz? – indagou ele, incrédulo.

– Sem dúvida.

– Por que não disse isso de imediato?

Balkis deu de ombros.

– Vossa excelência, há um trabalho mais importante a ser feito. Eu disse que Schwartz estava em nossas mãos. Bem, ele foi pego de maneira rápida e fácil, e esse fato não me parece encaixar-se muito bem com a morte de Natter. Como ele poderia ser, ao mesmo tempo, tão esperto a ponto de detectar e matar Natter, que era um homem muito capaz, e tão tolo a ponto de entrar em Chica na manhã seguinte e adentrar uma fábrica, sem disfarce, para procurar emprego?

– Foi isso que ele fez?

– Foi isso que ele fez... Portanto, esse comportamento dá origem a duas reflexões. Ou ele já transmitiu essa informação a Shekt ou Arvardan e agora permitiu que o pegassem para distrair a nossa atenção, ou há outros agentes envolvidos que não detectamos e que agora ele os está encobrindo. Qualquer que seja o caso, não devemos ser excessivamente confiantes.

– Não sei – disse o grão-ministro, impotente, contorcendo seu rosto bonito, formando marcas de ansiedade. – Isso está ficando muito grave para o meu gosto.

Balkis sorriu, transparecendo mais do que um vestígio de desdém, e declarou:

– O senhor tem um encontro marcado com o professor Bel Arvardan daqui a quatro horas.

– Eu tenho? Por quê? O que devo dizer a ele? Não quero vê-lo.

– Relaxe. O senhor deve se encontrar com ele, vossa excelência. Parece-me óbvio que, uma vez que a data do início de sua expedição fictícia está se aproximando, ele deve fazer o seu joguinho e pedir permissão ao senhor para investigar as Áreas Proibidas. Ennius nos avisou que ele faria isso, e o procurador deve conhecer com exatidão os detalhes desse teatro. Suponho que o senhor seja capaz de retrucar conversa-fiada e rebater fingimento na mesma moeda.

O grão-ministro fez uma mesura com a cabeça.

– Bem, eu tentarei.

* * *

Bel Arvardan chegou adiantado e pôde olhar ao seu redor. Para um homem que conhecia bem os triunfos arquitetônicos de toda a Galáxia, o Colégio dos Anciãos não parecia mais do que um taciturno bloco de granito com suportes de aço, moldado em um estilo arcaico. Para quem também era um arqueólogo, isso poderia significar, em sua melancólica e quase selvagem austeridade, o lar apropriado de um melancólico e quase selvagem modo de vida. Seu próprio primitivismo denotava o ato de voltar os olhos a um passado distante.

E os pensamentos de Arvardan divagaram outra vez. Sua viagem de dois meses ao redor dos continentes ocidentais da Terra não havia sido muito... divertida. O primeiro dia arruinara as coisas. Ele se viu relembrando aquele dia em Chica.

Ficou instantaneamente irritado consigo mesmo por pensar nisso outra vez. Ela fora rude, ofensivamente ingrata, uma garota terráquea comum. Por que ele deveria se sentir culpado? E, no entanto...

Será que fizera concessões por conta do choque que ela sentira ao saber que ele era forasteiro, como aquele oficial que a insultara e cuja arrogante brutalidade ele retribuíra com um braço quebrado? Afinal, como ele poderia saber quanto ela já sofrera nas mãos dos forasteiros? E depois ela descobriu, daquele jeito, sem que o golpe fosse suavizado, que ele era forasteiro também.

Se ele tivesse sido mais paciente... Por que rompera a ligação com ela de forma tão brutal? Ele sequer lembrava seu nome. Era Pola alguma coisa. Estranho! Sua memória comumente era melhor do que isso. Seria um esforço inconsciente para esquecer?

Bem, fazia sentido. Esquecer! De qualquer forma, o que havia para lembrar? Uma garota terráquea. Uma garota terráquea comum.

Ela era enfermeira em um hospital. Ele considerou tentar localizar o hospital. Fora apenas um vago borrão na noite em que ele se separou dela, mas devia ser na vizinhança daquele alimentomático.

Ele agarrou esse pensamento e o estilhaçou em mil fragmentos zangados. Será que estava louco? O que ganharia com isso? Ela era uma garota terráquea. Linda, doce, atraen...

Uma terráquea!

O grão-ministro estava entrando naquele momento, e Arvardan se alegrou. Significava livrar-se daquele dia em Chica. Mas, lá no fundo, sabia que eles voltariam. Eles... isto é, os pensamentos... sempre voltavam.

Quanto ao grão-ministro, suas vestes eram novas e evidenciavam seu frescor. Sua testa não mostrava nenhum sinal de pressa ou de dúvida; qualquer transpiração devia ser uma completa estranha àquela fronte.

E, na verdade, a conversa foi amigável. Arvardan esforçava-se para mencionar os cumprimentos de alguns dos grandes homens do Império ao povo da Terra. O grão-ministro teve o cuidado de expressar a total gratidão que deveria ser sentida por toda a Terra pela generosidade e pelo esclarecimento do Governo Imperial.

Arvardan explanou sobre a importância da arqueologia para a filosofia Imperial, sobre sua contribuição para a grande conclusão de que todos os humanos de qualquer mundo da Galáxia eram irmãos... e o grão-ministro concordou brandamente e salientou que a Terra havia muito considerava ser esse o caso e podia apenas esperar que em breve chegaria o tempo em que o resto da Galáxia pudesse transformar a teoria em prática.

Arvardan deu um rápido sorriso quando ouviu isso e disse:

– Foi exatamente por esse motivo, vossa excelência, que entrei em contato com o senhor. As diferenças entre a Terra e alguns dos Domínios Imperiais vizinhos a ela se baseiam, em grande parte, talvez, nos diferentes modos de pensar. Não obstante, uma parte considerável do atrito poderia ser eliminada se fosse possível mostrar que os terráqueos não são *racialmente* diferentes de outros cidadãos da Galáxia.

– E como o senhor propõe fazer isso?

– Não é fácil explicar em poucas palavras. Como vossa excelência deve saber, as duas principais correntes do pensamento arqueológico são comumente chamadas de Teoria da Amálgama e Teoria da Propagação.

– Conheço ambas do ponto de vista de um leigo.

– Ótimo. Bem, a Teoria da Fusão, claro, envolve a noção de que vários tipos de humanidade, desenvolvendo-se de forma independente, miscigenaram-se desde os primeiros e mal documentados tempos da primitiva viagem espacial. Uma concepção dessas é necessária para explicar o fato de que os humanos são tão semelhantes uns aos outros hoje em dia.

– Sim – comentou secamente o grão-ministro –, e tal concepção também envolve a necessidade de ter várias centenas, ou milhares, de seres de um tipo mais ou menos humano que evoluíram separadamente e que tenham uma relação química e biológica tão estreita que a miscigenação entre elas seja possível.

– É verdade – replicou Arvardan com satisfação. – O senhor tocou em um ponto impossivelmente fraco. No entanto, a maioria dos arqueólogos o ignora e adere firmemente à Teoria da Fusão, a qual implicaria, claro, a possibilidade de que, em algumas partes isoladas da Galáxia, pudessem haver subespécies de humanidade que permaneceram diferentes, que não se miscigenaram...

– O senhor quer dizer a Terra – disse o grão-ministro.

– A Terra *é* considerada um exemplo disso. A Teoria da Propagação, por outro lado...

– Considera a todos nós como descendentes de um único grupo planetário de humanos.

– Exato.

– O meu povo – explicou o grão-ministro –, em virtude das evidências da nossa própria história e de certos escritos que são sagrados para nós e que não podem ser expostos à apreciação de forasteiros, acredita que a própria Terra é o lar original da humanidade.

– E eu também acredito nisso e peço-lhe ajuda para provar essa questão para toda a Galáxia.

– O senhor está otimista. O que exatamente estaria envolvido?

– Estou convencido, vossa excelência, de que muitos artefatos primitivos e vestígios arquitetônicos podem ser encontrados nessas áreas do seu mundo que estão agora, infelizmente, mascaradas pela radioatividade. A idade dos vestígios poderia ser calculada com exatidão a partir da decomposição radioativa presente e comparada...

Mas o grão-ministro estava chacoalhando a cabeça.

– Isso está fora de questão.

– Por quê? – E Arvardan franziu a testa em total espanto.

– Para começar, o que espera alcançar? – perguntou o grão-ministro, argumentando com brandura. – Se demonstrar que tem razão, mesmo de modo a satisfazer todos os mundos, o que importa o fato de que, há um milhão de anos, todos eram terráqueos? Afinal de contas, há vinte milhões de anos, éramos todos macacos e, contudo, não nos relacionamos com os macacos dos dias atuais.

– Ora, vossa excelência, a analogia é descabida.

– De modo algum, senhor. Não é razoável supor que os terráqueos, em seu longo período de isolamento, tenham mudado tanto em relação a seus primos que emigraram, em especial sob a influência da radioatividade, de modo a formar agora uma raça diferente?

Arvardan mordeu o lábio inferior e respondeu, relutante:

– O senhor argumenta bem pelo seu inimigo.

– Porque eu me pergunto o que o meu inimigo dirá. Então o senhor não vai conseguir nada a não ser, talvez, agravar o ódio que sentem por nós.

– Mas ainda existe a questão do interesse da ciência pura, o benefício do saber... – retrucou Arvardan.

O grão-ministro meneou a cabeça com seriedade.

– Sinto muitíssimo por ter de criar um empecilho a isso. Agora falo de um cavalheiro do Império para outro, senhor. Por mim, eu o ajudaria com satisfação, mas o meu povo é uma raça obstinada e teimosa que, durante séculos, fechou-se dentro de si mesma por conta das... ah... atitudes lamentáveis em relação a ela em partes da Galáxia. Existem certos tabus, certos Costumes fixos... que nem eu mesmo poderia me dar ao luxo de violar.

– E as áreas radioativas...

– São um dos tabus mais importantes. Mesmo que eu lhe desse permissão, e o meu impulso certamente é o de fazê-lo, isso apenas provocaria tumultos e perturbações, os quais não só colocariam em risco sua vida e a dos membros de sua expedição, mas também, por fim, fariam recair sobre a Terra a ação disciplinar do Império. Eu trairia o meu cargo e a confiança do meu povo se permitisse tal investigação.

– Mas estou disposto a tomar todas as precauções razoáveis. Se o senhor quiser enviar observadores para me acompanhar... Ou, claro, posso consultar o senhor antes de publicar quaisquer resultados que forem obtidos.

– Isso é tentador – concedeu o grão-ministro. – É um projeto interessante. Mas o senhor superestima o meu poder, mesmo que eu não leve meu próprio povo em consideração. Não sou um governante absoluto. Na verdade, meu poder é nitidamente limitado... e todas as questões devem ser submetidas à consideração da Sociedade dos Anciãos antes que seja possível tomar as decisões finais.

Arvardan chacoalhou a cabeça.

– É lamentável. O procurador me alertou sobre as dificuldades, no entanto eu esperava que... Quando o senhor poderá consultar o Legislativo, vossa excelência?

– A Assembleia da Sociedade dos Anciãos se dará daqui a três dias. Está além do meu poder alterar a agenda, então pode ser que demore mais alguns dias até que essa questão seja discutida. Digamos que uma semana.

Arvardan consentiu distraidamente.

– Bem, terá de servir... A propósito, vossa excelência...

– Sim?

– Há um cientista no seu planeta que eu gostaria de conhecer. Um tal dr. Shekt, de Chica. Bom, já estive em Chica, mas parti antes de poder fazer muita coisa e gostaria de reparar essa falta. Já que tenho certeza de que ele é um homem ocupado, fiquei pensando se o senhor poderia me dar uma carta de apresentação.

O grão-ministro assumiu uma postura visivelmente rígida e, por longos minutos, não disse nada. Depois respondeu:

– Posso lhe perguntar por que motivo quer vê-lo?

– Com certeza. Li alguma coisa sobre um instrumento que ele desenvolveu, o qual chama de Sinapsificador, creio eu. Refere-se à neuroquímica do cérebro e poderia ter algo muito interessante a ver com outro projeto meu. Estou fazendo um trabalho sobre a classificação da humanidade em grupos encefalográficos... tipos de corrente cerebral, entende?

– Hmm... Ouvi falar vagamente sobre o aparelho. Parece que me lembro de que não foi bem-sucedido.

– Bem, talvez não, mas ele é um especialista na área e pode ser muito útil para mim.

– Entendo. Nesse caso, prepararemos imediatamente uma carta de apresentação para o senhor. Claro que não deve haver nenhuma menção às suas intenções a respeito das Áreas Proibidas.

– Entendido, vossa excelência. – Ele se levantou. – Agradeço pela sua cortesia e pela sua atitude gentil e só posso esperar que o Conselho seja liberal quanto ao meu projeto.

O secretário entrou depois que Arvardan saiu. Seus lábios formavam seu característico sorriso frio e cruel.

– Muito bem – disse ele. – O senhor se saiu muito bem, vossa excelência.

O grão-ministro lançou um olhar sombrio na direção do outro e perguntou:

– Que história foi aquela sobre Shekt?

– O senhor está perplexo? Não fique assim. Tudo está correndo bem. O senhor percebeu a falta de entusiasmo da parte dele quando o senhor vetou seu projeto? Foi a reação de um cientista que está determinado a algo que tiraram do seu alcance sem motivo aparente? Ou foi a reação de alguém que está representando um papel e está aliviado de ter se livrado dele?

– E, outra vez, temos uma coincidência estranha – continuou o secretário. – Schwartz escapa e vai até Chica. Exatamente no dia seguinte, Arvardan aparece aqui e, depois de uma lenga-lenga insípida sobre sua expedição, menciona de forma casual que vai a Chica para ver Shekt.

– Mas por que citar isso, Balkis? Parece imprudente.

– Porque o senhor é direto. Coloque-se no lugar dele. Arvardan imagina que nós não suspeitamos de nada. Nesse caso, é a audácia que sai ganhando. Ele vai ver Shekt. Ótimo! Ele fala sobre isso com franqueza. Ele até pede uma carta de apresentação. Que garantia melhor de intenções honestas e inocentes esse homem poderia apresentar? E isso levanta outra questão. Schwartz pode ter descoberto que estava sendo observado. Pode ter matado Natter. *Mas ele não teve tempo de alertar os demais*, ou esse teatrinho não poderia ter sido representado do modo como foi.

Os olhos do secretário estavam semicerrados enquanto ele fiava sua teia de intrigas.

– Não temos como saber quanto tempo vai demorar até que a ausência de Schwartz se torne suspeita para eles, mas pelo menos é seguro permitir que Arvardan tenha tempo suficiente para se encontrar com Shekt. Vamos pegá-los juntos; não sobrará muita coisa que eles possam negar.

– Quanto tempo *nós* temos? – indagou o grão-ministro.

Balkis levantou os olhos, pensativo.

– O cronograma é flexível e, desde que descobrimos a traição de Shekt, eles têm trabalhado em três turnos... e as coisas estão caminhando bem. Só estamos esperando os cálculos matemáticos para as órbitas necessárias. O que está nos atrasando é a inadequação de nossos computadores. Bem... talvez seja uma questão de dias agora.

– Dias! – A palavra foi dita em um tom estranhamente composto por triunfo e medo.

– Dias! – repetiu o secretário. – Mas lembre-se... uma bomba lançada até dois segundos antes da hora zero será o suficiente para nos impedir. E mesmo depois haverá um período de um a seis meses em que podem ocorrer represálias. Então não estamos totalmente seguros.

Dias! E então a mais incrível batalha unilateral da história da Galáxia ocorreria e a Terra atacaria a Galáxia inteira.

As mãos do grão-ministro tremiam de leve.

Arvardan estava novamente sentado em uma estratonave. Seus pensamentos estavam tomados de raiva agora. Parecia não haver razão para acreditar que o grão-ministro e sua subjugada população psicopata permitiriam uma invasão oficial das áreas radioativas. Ele estava preparado para isso. De certo modo, sequer lamentava o fato. Ele poderia ter lutado mais... se houvesse se importado mais.

Do jeito como estavam as coisas, pela Galáxia, haveria entrada ilegal. Ele armaria sua nave e lutaria, se fosse necessário. Ele até preferiria assim.

Aqueles malditos tolos!

Quem diabos eles pensavam que eram?

Sim, sim, ele sabia. Eles pensavam que eram os humanos originais, os habitantes *do* planeta...

A pior parte era que ele sabia que eles estavam certos.

Bem... A nave estava decolando. Ele sentiu o corpo sendo forçado contra o estofamento macio da poltrona e sabia que, dentro de uma hora, veria Chica.

Não que estivesse ansioso para vê-la, dizia ele a si mesmo, mas o Sinapsificador poderia ser importante, e era inútil estar na Terra se não tirasse vantagem disso. Ele certamente não pretendia voltar nunca, uma vez que houvesse partido.

Ninho de ratos!

Ennius estava certo.

Esse dr. Shekt, contudo... Ele dedilhava sua carta de apresentação, cheia de formalidade oficial...

E então se retesou... ou pelo menos tentou, lutando amargamente contra as forças da inércia que o empurravam contra o assento, enquanto a Terra continuava a se afastar e o azul do céu se aprofundava, tornando-se um roxo vivo.

Ele se lembrou do nome da garota. Era Pola *Shekt*.

Mas por que esquecera? Sentia-se zangado e traído. Sua mente estava tramando contra ele, ocultando o sobrenome até ser tarde demais.

Mas, lá no fundo, *algo* estava feliz por ter sido assim.

SEGUNDO ENCONTRO

Nos dois meses que transcorreram desde o dia em que o Sinapsificador do dr. Shekt fora usado em Joseph Schwartz, o cientista havia mudado muito. Não tanto fisicamente, embora talvez ele estivesse um tanto mais curvado, um pouquinho mais magro. Era mais o seu jeito... absorto, temeroso. Ele vivia em comunhão consigo mesmo, afastado até de seus colegas mais próximos, estado do qual ele saía com uma relutância que era evidente mesmo para os mais obtusos.

Apenas com Pola ele podia se abrir, talvez porque ela também estivera estranhamente distante naqueles dois meses.

– Eles estão me vigiando – dizia ele. – De alguma forma, posso sentir. Sabe como é essa sensação? Houve uma rotatividade de pessoal no Instituto neste último mês, mais ou menos, e são aqueles de quem eu gosto que se vão... Nunca tenho um minuto para mim mesmo. Sempre há alguém por perto. Eles não me deixam sequer escrever relatórios.

Às vezes Pola se compadecia dele, às vezes ria-se dele, dizendo repetidas vezes:

– Mas o que eles podem ter contra o senhor para fazer tudo isso? Mesmo que tenha feito uma experiência com

Schwartz, isso não é um crime tão terrível. Eles apenas o teriam repreendido.

Mas seu rosto tinha um aspecto amarelo e magro enquanto ele falava:

– Eles não vão me deixar viver. Meu Sexagésimo está chegando e não vão me deixar viver.

– Depois de tudo o que fez. Bobagem!

– Eu sei demais, Pola, e eles não confiam em mim.

– Sabe demais sobre o quê?

Ele estava cansado aquela noite, ansioso para libertar-se do fardo. Contou-lhe. Em princípio, ela não acreditou nele e, por fim, quando acreditou, só conseguiu ficar ali sentada, horrorizada.

Pola ligou, de um comuni-onda público do outro lado da cidade, para a Residência de Estado no dia seguinte. Ela usou um lenço para disfarçar a voz e perguntou pelo dr. Bel Arvardan.

Ele não estava lá. Achavam que poderia estar em Bonair, a mais de 9.500 quilômetros, mas ele não estava seguindo seu itinerário planejado com muita exatidão. Sim, esperavam que ele acabasse voltando a Chica, mas não sabiam ao certo quando. Se ela queria deixar seu nome? Eles tentariam descobrir.

Ela interrompeu a conexão nesse ponto e encostou a bochecha macia na repartição de vidro, grata por seu frescor. Seus olhos estavam pesados de lágrimas contidas e marejados de decepção.

Tola. *Tola!*

Ele a ajudara e ela o mandara ir embora em uma atitude de amargor. Arvardan se arriscara a sofrer o golpe do chicote neurônico e a passar por coisas piores para salvar a dignidade de uma terráquea contra um forasteiro e ela se virara contra ele mesmo assim.

Os 100 créditos que ela enviara à Residência de Estado na manhã seguinte foram devolvidos sem nenhum comentário. Naquele momento, ela queria entrar em contato com ele e pedir desculpas, mas tivera medo. A Residência de Estado era apenas para forasteiros, e como poderia invadi-la? Ela nunca sequer havia visto aquele lugar, a não ser de longe.

E agora... Ela teria ido ao palácio do próprio procurador para... para...

Só *ele* poderia ajudá-los agora. *Ele*, um forasteiro que conseguia falar com os terráqueos de igual para igual. *Ela* nunca imaginara que Arvardan era um forasteiro até que ele lhe dissesse. Ele era tão alto e confiante, saberia o que fazer.

E alguém *precisava* saber, caso contrário significaria a ruína de toda a Galáxia.

Claro que muitos forasteiros mereciam aquilo... mas será que todos eles? As mulheres e as crianças e os doentes e os velhos? Os gentis e os bons? Os Arvardans? Os que sequer haviam ouvido falar da Terra? E eles eram humanos, no final das contas. Uma vingança tão terrível afogaria, até o fim dos tempos, qualquer justiça que poderia existir... não, que *existia*... na causa da Terra em um mar sem fim de sangue e carne em decomposição.

E então, do nada, veio a ligação de Arvardan. O dr. Shekt chacoalhou a cabeça.

– Não posso contar a ele.

– Você deve – disse Pola ferozmente.

– Aqui? Impossível... seria a ruína para ambos.

– Então mande-o embora. *Eu* cuido disso.

O coração da moça batia de forma descontrolada. Era só por conta da chance de salvar tantas incontáveis miríades de humanos, claro. Ela se lembrava do sorriso largo e branco de Arvardan. Lembrava-se de como ele havia calmamente forçado um coronel das próprias forças do Imperador a virar-se e fazer a ela uma mesura com a cabeça em um pedido de desculpas... a *ela*, uma garota terráquea, que podia estar ali e perdoá-lo.

Bel Arvardan podia fazer *qualquer coisa*!

Arvardan não tinha como saber de nada disso, é claro. Ele apenas tomou a atitude de Shekt pelo que parecia ser: uma abrupta e estranha grosseria, em consonância com todo o resto que ele vivenciara na Terra.

Ele se sentiu irritado ali na antessala do escritório cuidadosamente sem vida, o que deixava bastante claro que era um intruso indesejável.

O arqueólogo escolheu as palavras.

– Eu nunca teria pensado em abusar de sua boa vontade a ponto de visitá-lo, doutor, se não tivesse um interesse profissional no seu Sinapsificador. Informaram-me que, diferentemente de muitos terráqueos, o senhor não era hostil com homens da Galáxia.

Ao que parecia, aquela fora uma expressão infeliz, pois o dr. Shekt reagiu a ela no mesmo instante.

– Bem, quem quer que seja o seu informante, ele fez mal em atribuir qualquer benevolência especial a estranhos como um sinal de amizade. Não tenho simpatias e antipatias. Eu sou um terráqueo...

Arvardan apertou os lábios e começou a se virar.

– Procure entender, dr. Arvardan... – As palavras saíram apressadas e murmuradas. – Sinto muito se pareço grosseiro, mas de fato não posso...

– Eu compreendo – disse o arqueólogo com frieza, embora não entendesse nada. – Tenha um bom dia, senhor.

O dr. Shekt esboçou um leve sorriso.

– A pressão do meu trabalho...

– Eu também sou muito ocupado, dr. Shekt.

Ele se voltou para a porta, sentindo raiva de toda a tribo de terráqueos, pensando involuntariamente em seu âmago nos slogans usados com tanta liberdade em seu mundo natal. Eram provérbios como: "Encontrar boa educação na Terra é como encontrar um grão de areia no meio do oceano" ou "Um terráqueo lhe dará qualquer coisa, contanto que não custe nada e valha menos ainda".

Seu braço já havia interrompido o feixe fotoelétrico que fazia a porta da frente abrir quando ouviu o ruído de passos rápidos atrás dele e um *psiu* ao pé do ouvido para chamar sua atenção. Um pedaço de papel foi colocado bruscamente em sua mão e, quando ele se virou, havia apenas um borrão vermelho enquanto um vulto desaparecia.

Ele entrou no carro terrestre alugado antes de desenrolar o papel que tinha na mão. As palavras haviam sido escritas às pressas:

– Pergunte como se chega ao Grande Teatro às 20h00, hoje à noite. Certifique-se de que não está sendo seguido.

Ele franziu a testa com violência e leu o bilhete cinco vezes, e depois examinou o papel inteiro, como se esperasse que uma tinta invisível passasse a ser vista. A rua estava vazia. Ele soergueu a mão para jogar o tolo recado pela janela, hesitou e então enfiou-o no bolso do colete.

Sem dúvida, se ele tivesse pelo menos uma coisa para fazer naquela noite a não ser o que o recado sugeria, teria sido o fim daquela história e, talvez, o de vários trilhões de pessoas. Mas acontece que ele não tinha nada para fazer.

E acontece que ele se perguntava se o remetente do bilhete teria sido...

* * *

Às 20h00 da noite ele avançava lentamente em uma longa fila de carros terrestres pelo caminho sinuoso que, aparentemente, levava ao Grande Teatro. Perguntara apenas uma vez, e o transeunte a quem fizera a pergunta havia olhado para ele com desconfiança (ao que parecia, nenhum terráqueo estava livre dessa suspeita que afetava a todos) e disse em poucas palavras:

– É só seguir o resto dos carros.

Parecia que o resto dos carros estava de fato indo ao Grande Teatro, pois, quando chegou lá, viu todos eles sendo tragados, um a um, pela bocarra aberta de um estacionamento subterrâneo. Saiu da fila e passou devagarinho pelo teatro, esperando por algo que ele não sabia o que era.

Uma figura magra desceu apressada pela rampa de pedestres e parou ao lado da janela do carro. Ele olhou para a sombra, perplexo, mas ela abriu a porta e entrou em um único gesto.

– Perdão – disse ele –, mas...

– Shh! – A pessoa estava agachada no assento. – Você foi seguido?

– E deveria ser?

– Não faça gracejos. Siga em frente. Vire quando eu disser... Minha nossa, o que você está esperando?

Ele conhecia a voz. Um capuz descia até os ombros, revelando um cabelo castanho-claro. Olhos escuros o estavam fitando.

– É melhor você andar – ela insistiu em um tom suave.

Ele seguiu em frente e, durante quinze minutos, a não ser por uma breve e abafada instrução, ela não disse nada. Ele lançou-lhe olhadelas furtivas e pensou, com repentina satisfação, que ela era ainda mais linda do que se lembrava. Era estranho que *agora* ele não sentia nenhum ressentimento.

Eles pararam... ou Arvardan parou, a uma instrução da garota... na esquina de um bairro residencial despovoado.

Após uma cuidadosa pausa, a garota lhe fez um gesto para que seguisse adiante mais uma vez e eles desceram por uma via que terminava na suave rampa de uma garagem particular.

A porta se fechou atrás deles e a luz do carro era a única fonte de iluminação.

E então, Pola olhou para ele com seriedade, dizendo:

– Dr. Arvardan, sinto muito por ter de fazer isso para podermos conversar a sós. Sei que não deixei uma boa impressão a meu respeito...

– Não pense assim – disse ele, constrangido.

– Devo pensar assim. Quero que acredite que eu compreendo completamente como fui mesquinha e cruel naquela noite. Não tenho palavras apropriadas para me desculpar...

– Por favor, não se desculpe. – Ele desviou o olhar. – Eu poderia ter sido um pouco mais diplomático.

– Bem... – Pola fez uma pausa por alguns instantes para recobrar um mínimo de compostura. – Não foi por esse motivo que eu o trouxe aqui. Você é o único forasteiro que já conheci capaz de ser gentil e nobre... e eu preciso de sua ajuda.

Arvardan sentiu uma pontada fria. Era disso que se tratava? Ele condensou esse pensamento em um frio:

– Ah, é?

E, em resposta, ela gritou:

– Não! Não é para mim, dr. Arvardan. É para toda a Galáxia. Não é nada para mim. *Nada!*

– O que é?

– Em primeiro lugar... acho que ninguém nos seguiu, mas, se ouvir algum barulho, será que poderia... será que poderia... – ela baixou os olhos – me abraçar e... e... você sabe.

Ele concordou com a cabeça e disse com secura:

– Creio que posso improvisar sem nenhuma dificuldade. É preciso esperar pelo barulho?

Pola corou.

– Por favor, não brinque com isso, nem interprete mal minhas intenções. Seria o único modo de evitar suspeitas quanto às nossas reais intenções. É a única coisa que seria convincente.

– É assim tão sério? – perguntou Arvardan em um tom suave.

Ele olhou para ela cheio de curiosidade. Aquela garota parecia tão jovem e tão frágil. De certa maneira, achou que era injusto. Nunca na vida ele agira de forma irracional. Tinha orgulho disso. Ele era um homem de emoções fortes, mas lutava contra elas e as derrotava. E aqui, só porque uma garota parecia fraca, ele sentia um impulso irracional de protegê-la.

– É sério sim – disse ela. – Vou lhe contar uma coisa, e sei que em princípio não vai acreditar. Mas quero que *tente* acreditar. Quero que decida que estou sendo sincera. E, acima de tudo, quero que decida que ficará do nosso lado depois que eu lhe contar e que irá até o fim. Você vai tentar? Vou lhe dar quinze minutos para pensar e se, ao final desse período, achar que não vale a pena confiar em mim ou se incomodar com isso, vou embora, e tudo se acaba.

– Quinze minutos? – Seus lábios formaram um sorriso involuntário, e ele tirou o relógio de pulso e o colocou à sua frente. – Tudo bem.

Ela colocou as mãos sobre o colo, cruzando os dedos, e olhou fixamente pelo para-brisa, que só lhe dava vista para a parede branca da garagem.

Ele a observava, pensativo... a linha suave e branda de seu queixo contradizendo a firmeza que ela tentava transmitir, o nariz reto e fino, as nuances peculiarmente ricas da pele, tão características da Terra.

Viu que ela o olhava de soslaio. A moça desviou o olhar rapidamente.

– Qual é o problema? – perguntou ele.

Ela se voltou para ele e mordeu o lábio inferior.

– Eu estava observando-o.

– Sim, eu vi. Havia alguma sujeira no meu nariz?

– Não. – Ela deu um leve sorrisinho, o primeiro desde que entrara no carro dele. Arvardan estava tornando-se absurdamente consciente de pequenas coisas sobre ela: o modo como seu cabelo parecia pairar e flutuar de leve cada vez que ela chacoalhava a cabeça. – É que fiquei pensando desde então... desde aquela noite... por que você não usa aquela vestimenta de chumbo se é um forasteiro? Foi isso o que me confundiu. Em geral, os forasteiros parecem sacos de batata.

– E eu não pareço?

– Oh, não... – E surgiu um vestígio de entusiasmo em sua voz. – Você parece... parece uma antiga estátua de mármore, exceto pelo fato de estar vivo e quente... Desculpe-me. Estou sendo impertinente.

– Quer dizer que acha que minha opinião é que você, por ser uma terráquea, não sabe o seu lugar? Vai ter que parar de pensar isso de mim, caso contrário não podemos ser amigos... Não acredito na superstição quanto à radioatividade. Medi a radioatividade atmosférica da Terra e realizei experimentos de laboratório em animais. Estou convencido de que, em circunstâncias normais, as radiações não vão me prejudicar. Faz dois meses que estou aqui e ainda não me sinto doente. Meu cabelo não está caindo... – Ele puxou alguns fios. – Meu estômago não está embrulhado. E duvido que minha fertilidade esteja ameaçada, embora eu admita que tomei uma pequena precaução a esse respeito. Mas, como você percebe, roupa de baixo feita de chumbo não aparece.

Ele disse aquilo com seriedade, e ela sorriu de novo.

– Acho que você é um pouco maluco – disse ela.

– É mesmo? Ficaria surpresa ao saber quantos arqueólogos famosos e inteligentíssimos disseram isso... e em longos discursos também.

– Você vai me ouvir agora? – perguntou ela de repente. – Os quinze minutos já se passaram.

– O que você acha?

– Bem, acho que é provável que vá me ouvir. Se não fosse, não estaria aqui sentado até agora. Não depois do que eu fiz.

– Acha que eu tenho que me esforçar muito para ficar sentado perto de você? – perguntou ele em um tom suave. – Se estiver achando, está errada... Sabe, Pola, eu nunca vi, acredito realmente que nunca vi uma garota tão bonita quanto você.

Ela alçou o olhar rapidamente, com os olhos assustados.

– Não, por favor. Não se trata disso. Não acredita em mim?

– Sim, acredito, Pola. Conte-me o que quiser me contar. Vou acreditar em você e vou ajudá-la. – Ele acreditava mesmo, sem reservas. Naquele momento, Arvardan teria alegremente se encarregado de depor o Imperador.

Ele nunca se apaixonara antes e, a essa altura, interrompeu seus pensamentos. Nunca usara essa palavra antes.

Apaixonado? Por uma garota terráquea?

– O senhor viu meu pai, dr. Arvardan?

– O dr. Shekt é seu pai? Por favor, me chame de Bel. Vou chamá-la de Pola.

– Se quiser que eu o chame assim, vou tentar. Creio que tenha ficado muito bravo com ele.

– Ele não foi muito educado.

– Ele não podia ser. Estava sendo observado. Na verdade, ele e eu combinamos com antecedência que ele deveria se livrar de você, e eu o encontraria aqui. Esta é nossa casa, sabe... Escute – sua voz tornou-se um sussurro –, a Terra vai se rebelar.

Arvardan não resistiu à oportunidade de se divertir por um momento.

– Não! – disse ele, arregalando os olhos. – A Terra inteira?

Mas Pola ficou instantaneamente enfurecida.

– Não ria de mim. Você disse que ia ouvir e acreditar. A Terra vai se rebelar, e é sério porque ela pode destruir todo o Império.

– A Terra pode fazer isso? – Arvardan conseguiu, com esforço, conter uma gargalhada. – Pola, você estudou bem a Galactografia? – perguntou ele com delicadeza.

– Tão bem quanto qualquer um, professor e, em todo caso, o que isso tem a ver com o assunto?

– Tem isto a ver: a Galáxia tem um volume de vários milhões de anos-luz cúbicos. Ela contém 200 milhões de planetas habitados e uma população aproximada de 500 quatrilhões de pessoas. Certo?

– Imagino que sim, se é o que diz.

– É sim, acredite. Agora, a Terra é um só planeta com uma população de 20 milhões e, além disso, sem recursos. Em outras palavras, há 25 bilhões de cidadãos galácticos para cada terráqueo individualmente. Bem, que mal a Terra pode causar em uma proporção de 25 bilhões contra um?

Por um instante, a garota pareceu mergulhar em dúvidas, depois voltou a si.

– Bel – disse ela com firmeza –, não posso responder essa pergunta, mas meu pai pode. Ele não me contou os detalhes cruciais porque alega que isso colocaria a minha vida em risco. Mas responderá agora, se vier comigo. Ele me disse que a Terra conhece uma maneira de aniquilar toda a vida fora deste planeta, e ele *deve* estar certo. Sempre esteve certo antes.

As bochechas dela estavam rosadas em razão da seriedade da situação, e Arvardan desejava tocá-las. (Será que ele alguma vez a tocara e se sentira horrorizado por isso? O que estava acontecendo com ele?)

– Já são mais de dez horas? – perguntou Pola.

– Sim – respondeu ele.

– Então ele deve estar lá em cima agora... se não o pegaram. – Ela olhou ao redor, estremecendo de forma involuntária. – Podemos entrar diretamente na casa pela garagem e, se fizer o favor de vir comigo...

Ela estava com a mão na maçaneta que controlava a porta do carro, quando ficou paralisada. Sua voz era um murmúrio rouco:

– Alguém está vindo... Oh, rápido...

O resto foi sufocado. Não foi nada difícil para Arvardan lembrar-se da instrução original que ela lhe dera. Seus braços a envolveram com um movimento simples e, em um instante, sentiu o corpo quente e macio contra o seu. Os lábios dela estremeceram ao tocar os seus e eram um mar ilimitado de doçura...

Durante cerca de dez segundos, ele girou os olhos até os cantos com esforço em direção àquele primeiro feixe de luz ou àquele primeiro passo, mas depois foi envolvido e arrebatado pela emoção causada por tudo aquilo. Ofuscado por estrelas, ensurdecido pelas batidas do próprio coração.

Os lábios dela soltaram os dele, mas o arqueólogo os procurou de novo, abertamente, e os encontrou. Ele a abraçou mais apertado, e ela se derreteu neles até que a batida do próprio coração estivesse sincronizada com a dele.

Demorou um pouco até eles se separarem e, por um instante, eles descansaram com as bochechas coladas.

Arvardan nunca se apaixonara antes e, desta vez, não se sobressaltara com a palavra.

E daí? Terráquea ou não, a Galáxia não podia produzir outra como ela.

– Deve ter sido apenas algum barulho do trânsito – disse ele com uma satisfação sonhadora.

– Não foi – sussurrou ela. – Não ouvi barulho nenhum.

Ele se afastou um pouco, mas os olhos de Pola não se desviaram.

– Sua danadinha. Está falando sério?

Os olhos dela brilharam.

– Eu queria que você me beijasse. Não estou arrependida.

–Você acha que *eu* estou? Beije-me de novo então, e desta vez por nenhum outro motivo além do fato de que *eu* quero.

Outro demorado momento, e ela se afastou dele de repente, ajeitando o cabelo e a gola do vestido com gestos cerimoniosos e precisos.

– Acho que é melhor nós entrarmos em casa agora. Desligue a luz do carro. Eu tenho um lápis-lanterna.

Ele saiu do carro atrás dela e, em meio àquela nova escuridão, ela era a sombra mais vaga no pontinho de luz que vinha de seu lápis-lanterna.

– É melhor você segurar a minha mão – disse ela. – Há um lance de escada que devemos subir.

Sua voz era um sussurro vindo de trás.

– Eu te amo, Pola. – Saiu com tanta facilidade... e soou tão apropriado. Ele disse outra vez: – Eu te amo, Pola.

– Você mal me conhece – disse ela em um tom suave.

– Não. Por toda a minha vida. Eu juro! Por toda a minha vida. Pola, há dois meses penso em você e sonho com você. Eu juro.

– Sou uma garota terráquea, senhor.

– Então vou me tornar um terráqueo. Coloque-me à prova!

Ele a fez parar e virou delicadamente a mão dela até a lanterna de bolso iluminar seu rosto, vermelho e marcado por lágrimas.

– Por que você está chorando?

– Porque, quando meu pai lhe contar o que sabe, saberá que não pode amar uma terráquea.

– Ponha-me à prova quanto a isso também.

AS PROBABILIDADES QUE DESAPARECERAM

Arvardan e Shekt se encontraram em um cômodo nos fundos do segundo andar da casa, com as janelas cuidadosamente polarizadas até a opacidade total. Pola ficou no andar de baixo, alerta e com olhar aguçado, sentada em uma poltrona de onde observava a rua escura e vazia.

A figura curvada de Shekt, de algum modo, aparentava um ar diferente daquele que Arvardan observara mais ou menos dez horas antes. O rosto do físico ainda tinha um aspecto abatido e infinitamente cansado, mas, se antes transparecia incerteza e temeridade, agora refletia um ar de desafio quase desesperado.

– Dr. Arvardan, devo desculpar-me pelo tratamento que lhe dispensei esta manhã – disse ele com voz firme. – Esperava que compreendesse...

– Devo admitir que não compreendi, senhor, mas creio que entendo agora...

Shekt sentou-se à mesa e apontou para uma garrafa de vinho. Arvardan dispensou, gesticulando com a mão.

– Se não se importar, em vez de beber, vou aceitar uma fruta... O que é isto? Acho que nunca vi algo assim.

– É uma espécie de laranja. Não acho que ela exista fora da Terra. A casca sai com facilidade. – Ele demonstrou como se fazia, e Arvardan, depois de cheirá-la com curiosidade, cravou os dentes na polpa vinosa. Terminou a experiência com uma exclamação.

– Puxa, é deliciosa, dr. Shekt! A Terra já tentou exportar essas frutas?

– Os Anciãos não gostam de comercializar com o Exterior – respondeu o biofísico em um tom sombrio. – Nem os nossos vizinhos no espaço gostam de comercializar conosco. Isso é um dos aspectos das dificuldades que enfrentamos.

Arvardan sentiu-se tomado por um repentino espasmo de irritação.

– Isso é a coisa mais estúpida que existe. Eu lhe digo que daria para perder a esperança na inteligência da humanidade quando vejo o que a mente dos homens é capaz de conter.

Shekt encolheu os ombros com a tolerância de uma vida inteira acostumado com aquilo.

– Receio que faça parte do problema quase insolúvel do antiterrestrialismo.

– Mas o que o torna praticamente insolúvel é que ninguém parece de fato querer uma solução! – exclamou o arqueólogo. – Quantos terráqueos reagem a essa situação odiando os cidadãos galácticos indiscriminadamente? É quase uma doença universal... ódio por ódio. O seu povo quer mesmo igualdade e tolerância mútua? Não! A maioria deles quer apenas ocupar a posição de liderança.

– Talvez haja muita verdade no que o senhor diz – comentou Shekt com tristeza. – Não posso negar. Mas isso é só parte da história. Dê-nos uma chance, e uma nova geração de terráqueos chegaria à maturidade deixando de lado o isolamento e acreditando de forma incondicional na unicidade do homem. Os Assimilacionistas, com sua tolerância e crença em um acordo benéfico, já foram, mais de uma vez, uma potência na Terra. Eu sou um deles. Ou pelo menos fui um dia. Mas agora, os Zelotes regem todo o planeta. Eles são os nacionalistas extremistas, com seus sonhos de um passado dominante e de um domínio no futuro. É deles que o Império deve ser protegido.

Arvardan franziu as sobrancelhas.

– O senhor se refere à revolta que Pola mencionou?

– Dr. Arvardan, não é um trabalho muito fácil convencer qualquer pessoa de uma possibilidade aparentemente tão ridícula quanto a Terra conquistar a Galáxia, mas é verdade – disse Shekt em um tom soturno. – Não sou fisicamente corajoso, mas anseio por viver. Então, o senhor pode imaginar a imensa crise que deve existir neste momento para me forçar a correr o risco de cometer traição quando os olhos da administração local já estão fixos em mim.

– Bem, se é tão sério, é melhor eu lhe dizer algo de imediato – disse Arvardan. – Vou ajudá-lo em tudo o que puder, mas apenas dentro do que for possível para mim como cidadão galáctico. Não ocupo uma posição oficial aqui, nem tenho algum tipo de influência particular na Corte ou mesmo no palácio do procurador. Sou exatamente o que pareço ser: um arqueólogo em uma expedição científica que envolve apenas os meus próprios interesses. Já que o senhor *está* preparado para se arriscar a cometer uma traição, não seria melhor ver o procurador quanto a esse problema? Ele poderia *de fato* fazer alguma coisa.

– Isso é precisamente o que não posso fazer, dr. Arvardan. É contra essa exata possibilidade que os Anciãos me vigiam.

Quando o senhor veio à minha casa esta manhã, cheguei a pensar que fosse um intermediário. Pensei que Ennius suspeitasse de algo.

– Talvez suspeite... não sei dizer. Mas não sou um intermediário. Sinto muito. Se insistir em confidenciar-me alguma coisa, prometo vê-lo em seu nome.

– Obrigado. É tudo o que peço. Isso... e o uso de seus bons préstimos para interceder pela Terra contra uma represália excessiva.

– Claro. – Arvardan se sentia inquieto. No momento, estava convencido de que lidava com um paranoico idoso e excêntrico, talvez inofensivo, mas totalmente maluco. Não obstante, ele não tinha escolha a não ser ficar ali, ouvir e tentar atenuar aquela insanidade branda... por amor a Pola.

– Dr. Arvardan, o senhor ouviu falar sobre o Sinapsificador? – perguntou o dr. Shekt. – O senhor disse que sim hoje de manhã.

– Sim, ouvi. Eu li seu artigo original na *Revista de Física*. Discuti sobre o aparelho com o procurador e com o grão-ministro.

– Com o grão-ministro?

– Sim, claro. Foi quando consegui a carta de apresentação que o senhor... ahn... se recusou a ver, receio.

– Sinto muito por isso. Mas gostaria que o senhor não tivesse discutido minha invenção... O que sabe exatamente sobre o Sinapsificador?

– Que se trata de um fracasso interessante. Tem o objetivo de melhorar a capacidade de aprendizado. Obteve êxito em ratos, até certo ponto, mas falhou em seres humanos.

Shekt ficou desapontado.

– Sim, o senhor não poderia pensar outra coisa com base naquele artigo. Foi divulgado como um fracasso, e os resultados eminentemente bem-sucedidos foram omitidos de propósito.

– Hmm. Uma demonstração incomum de ética científica, dr. Shekt.

– Admito que sim. Mas tenho 56 anos, senhor, e, se conhece algo sobre os costumes da Terra, sabe que não tenho muito tempo para viver.

– O Sexagésimo. Sim, ouvi falar... mais do que gostaria, na verdade. – E pensou ironicamente naquela primeira viagem em uma estratonave terráquea. – Ouvi dizer que abrem exceções para cientistas célebres, entre outros.

– Com certeza. Mas o grão-ministro e o Conselho dos Anciãos é que decidem esses casos, e não se pode apelar de sua decisão, nem mesmo para o Imperador. Disseram-me que o preço da minha vida era manter segredo sobre o Sinapsificador e trabalhar duro para aperfeiçoá-lo. – O homem mais velho fez um gesto largo com as mãos. – Como eu poderia naquela época saber do resultado, do uso que dariam à máquina?

– E que uso é esse? – Arvardan tirou um cigarro do bolso da camisa e ofereceu um para o físico, que o recusou.

– Se puder esperar um momento... Um a um, depois que meus experimentos alcançaram um ponto em que senti que o aparelho poderia ser aplicado aos seres humanos com segurança, certos biólogos da Terra passaram pelo tratamento. Em cada um dos casos, eram homens que eu sabia que simpatizavam com os Zelotes... isto é, os extremistas. Todos sobreviveram, embora efeitos secundários tenham se revelado após algum tempo. Um deles por fim foi trazido de volta para ser tratado. Não consegui salvá-lo. Mas, em seu delírio de morte, eu descobri.

Era quase meia-noite. O dia fora longo e muito havia acontecido. Mas agora alguma coisa se agitava dentro de Arvardan.

– Gostaria que o senhor fosse direto ao ponto – disse ele com firmeza.

– Peço que tenha paciência – replicou Shekt. – Preciso explicar de forma minuciosa, se quiser que acredite em mim. O senhor sabe, claro, sobre o ambiente peculiar da Terra... sua radioatividade...

– Sim, tenho um conhecimento razoável sobre o assunto.

– E sobre o efeito dessa radioatividade sobre a Terra e sua economia?

– Sim.

– Então não vou insistir nessa questão. Só preciso dizer que a incidência de mutação na Terra é maior do que no resto da Galáxia. Portanto, a ideia de nossos inimigos de que os terráqueos são diferentes tem certa base de verdade física. De fato, as mutações são pequenas, e a maioria não influencia na sobrevivência. Se alguma mudança permanente aconteceu entre os terráqueos, foi apenas em alguns aspectos de sua química interna que lhes permite comprovar maior resistência ao seu próprio ambiente específico. Desse modo, demonstram maior resistência aos efeitos da radiação, seus tecidos queimados se curam mais rapidamente...

– Dr. Shekt, tenho conhecimento de tudo o que o senhor está dizendo.

– Nesse caso, já lhe ocorreu que esses processos mutacionais acontecem em outras espécies vivas da Terra além do ser humano?

Seguiu-se um breve silêncio, e então Arvardan confessou:

– Bem, não, não me ocorreu, embora isso seja inevitável, claro, agora que o senhor mencionou.

– De fato. Acontece. Nossos animais domésticos existem em uma variedade maior do que em qualquer outro mundo habitado. A laranja que o senhor chupou é uma variedade que sofreu mutação e que não existe em nenhuma outra parte. É esse motivo, entre outras coisas, que torna a laranja tão inaceitável para exportação. Os forasteiros desconfiam dela como desconfiam de nós... e nós a guardamos como uma valiosa propriedade peculiar à nossa natureza. Claro que, se é aplicado a animais e plantas, também se aplica à vida microscópica.

E nesse momento Arvardan de fato sentiu surgir uma pontada de medo.

– O senhor quer dizer... bactérias? – perguntou ele.

– Quero dizer todo o âmbito da vida primitiva. Protozoários, bactérias e aquelas nucleoproteínas autorreprodutoras que algumas pessoas chamam de vírus.

– Aonde o senhor está querendo chegar?

– Acho que o senhor faz ideia, dr. Arvardan. O senhor parece subitamente interessado. Sabe, existe uma crença entre o seu povo de que os terráqueos trazem a morte, de que se associar aos terráqueos é sinônimo de morrer, que os terráqueos são portadores de desgraça, que possuem uma espécie de mau-olhado...

– Sei de tudo isso. É apenas superstição.

– Não de todo. Essa é a parte terrível. Como todas as crenças comuns, por mais supersticiosas, distorcidas e pervertidas que sejam, elas têm um fundo de verdade. Veja bem, às vezes os terráqueos carregam dentro do corpo alguma forma de parasita mutante que não se parece com nenhum parasita conhecido em outros lugares e contra os quais os forasteiros às vezes não são particularmente resistentes. O resultado é biologia simples, dr. Arvardan.

O arqueólogo ficou em silêncio.

– Ocasionalmente, nós também somos vítimas – continuou Shekt. – Uma nova espécie de germe sai dos nevoeiros radioativos e uma epidemia varre o planeta, mas, em geral, os terráqueos têm acompanhado o ritmo. Para cada variedade de germe e vírus, nós construímos nossa defesa ao longo das gerações e sobrevivemos. Os forasteiros não têm essa oportunidade.

– Quer dizer que o contato com o senhor agora... – começou Arvardan com uma sensação estranhamente tênue. Ele empurrou a cadeira para trás. Estava pensando nos beijos daquela noite.

Shekt chacoalhou a cabeça.

– Claro que não. Nós não criamos doenças, apenas as carregamos. E mesmo isso acontece muito raramente. Se eu vivesse no seu mundo, não seria portador do germe, como o senhor também não é; eu não teria nenhuma *afinidade* especial com ele. Mesmo aqui, só um germe em um quatrilhão, ou um em um quatrilhão de quatrilhões, é perigoso. As chances de o senhor se infectar neste exato momento são menores do que a de um meteorito entrar pelo telhado desta casa e atingi-lo. *A menos* que os germes em questão sejam procurados, isolados e concentrados de propósito.

Silêncio novamente, por mais tempo desta vez.

– Os terráqueos têm feito isso? – perguntou Arvardan em um tom de voz estranho e sufocado.

Ele havia parado de considerar tudo aquilo como paranoia. Estava pronto para acreditar.

– Sim. Mas por motivos inocentes, de início. Nossos biólogos estão particularmente interessados nas peculiaridades da vida da Terra, claro, e, nos últimos tempos, isolaram o vírus da Febre Comum.

– O que é Febre Comum?

– Uma branda doença endêmica da Terra. Quer dizer, sempre é branda em nós. A maioria dos terráqueos a tem durante a infância, e seus sintomas não são muito graves. Uma leve febre, uma erupção passageira e uma inflamação das juntas e dos lábios, junto com uma irritante sensação de sede. Seu ciclo dura de quatro a seis dias e, depois disso, o indivíduo fica imune. Eu tive. Pola teve. De vez em quando ocorre uma forma mais virulenta dessa mesma doença... presume-se que uma estirpe ligeiramente diferente de vírus esteja relacionada... e então é chamada de Febre de Radiação.

– Febre de Radiação. Já ouvi falar – comentou Arvardan.

– É mesmo? É chamada de Febre de Radiação por conta da ideia equivocada de que se pega essa doença após a exposição a áreas radioativas. Na verdade, a exposição às áreas radioativas costuma ser seguida de Febre de Radiação porque é nessas regiões que o vírus está mais apto a sofrer mutação para formas mais perigosas. Mas é o vírus, e não a radiação, que faz isso. No caso da Febre de Radiação, os sintomas se desenvolvem em duas horas. Os lábios são tão atingidos que o indivíduo mal consegue falar, e pode morrer em uma questão de dias. Agora, dr. Arvardan, chegamos ao ponto crucial. Os terráqueos se adaptaram à Febre Comum e os forasteiros não. Às vezes, um membro das tropas imperiais é exposto à doença e, nesse caso, ele reage ao vírus do mesmo modo como os terráqueos reagiriam à Febre de Radiação. Em geral, ele morre dentro de um período de doze horas. Depois é cremado por terráqueos, uma vez que qualquer outro soldado que se aproximar também morre. O vírus, como eu disse, foi isolado há dez anos. Trata-se de uma nucleoproteína, como acontece com a maioria dos vírus filtráveis, os quais possuem, por sua vez, a notável propriedade de conter uma concentração altamente incomum de carbono, enxofre e fósforo radioativos. Quando digo incomumente alta, quero dizer que 50% de seus elementos de carbono, enxofre e fósforo são radioativos. Supõe-se que os efeitos desse organismo em seu hospedeiro se devem, em grande parte, à sua radiação, e não às suas toxinas. Naturalmente, pareceria lógico que os terráqueos, que são adaptados às radiações gama, sejam afetados apenas de leve. A pesquisa original sobre o vírus focava em princípio o método pelo qual ele concentrava seus isótopos radioativos. Como o senhor sabe, nenhum meio químico pode separar isótopos a não ser por procedimentos muito demorados e tediosos. Nem se conhece nenhum outro organismo além desse vírus que possa fazer isso. Mas depois a pesquisa mudou de direção. Vou resumir, dr. Arvardan. Acho que o senhor entende o resto. Experimentos podem ser feitos em animais de fora da Terra, mas não nos forasteiros em si. O número de forasteiros na Terra é muito pequeno para permitir que muitos desapareçam sem que isso seja percebido. Tampouco podiam permitir uma descoberta prematura de seus planos. Então um grupo de bacteriologistas foi mandado para passar pelo Sinapsificador, para voltarem com intuições muito desenvolvidas. Foram eles que criaram uma nova investida matemática nas áreas de química proteica e imunologia, o que lhes permitiu, enfim, desenvolver uma estirpe artificial do vírus projetada para afetar apenas os seres humanos galácticos: forasteiros. Agora existem toneladas de vírus cristalizados.

Arvardan estava esgotado. Sentia as gotas de suor deslizarem lentamente pelas têmporas e bochechas.

– Então está me dizendo que a Terra pretende soltar este vírus na Galáxia, que vai iniciar uma gigantesca guerra bacteriológica... – disse Arvardan, ofegante.

– Uma guerra que não podemos perder e os forasteiros não podem ganhar. Exatamente. Uma vez que a epidemia começar, milhões de pessoas morrerão a cada dia, e nada vai impedi-la. Refugiados assustados saindo pelo espaço levarão o vírus consigo e, se tentarem erradicar planetas inteiros, pode-se iniciar a doença em novos centros. Não haverá motivo para ligar o problema à Terra. Quando nossa sobrevivência se tornar suspeita, a destruição terá chegado tão longe, o desespero dos forasteiros será tão profundo, que nada lhes importará.

– E todos morrerão? – Arvardan não chegou a compreender todo o horror... não conseguiu.

– Talvez não. Nossa nova ciência da bacteriologia atua em ambos os sentidos. Também temos a antitoxina, e os meios para produzi-la. Ela poderia ser usada em caso de rendição precoce. Também *pode* haver algumas regiões remotas da Galáxia que poderiam escapar, ou mesmo alguns casos de imunidade natural.

No terrível estado de perturbação que se seguiu (durante o qual Arvardan nunca pensou em duvidar da veracidade do que ouvira, da horrível veracidade que, de uma vez, aniquilara as chances de 25 bilhões contra um), o tom de voz de Shekt soava baixo e cansado:

– Não é a Terra que está fazendo isso. É um punhado de líderes corrompidos pela gigantesca pressão que os excluiu da Galáxia, odiando aqueles que os mantêm do lado de fora, querendo revidar a qualquer custo, e com uma intensidade insana. Uma vez começado, o resto da Terra deve ir atrás. O que se poderia fazer? Em sua tremenda culpa, terá de terminar o que começou. Poderia permitir que uma parte suficiente da Galáxia sobreviva e assim se arriscar a sofrer uma punição mais tarde? No entanto, antes de ser terráqueo, sou um homem. Será que trilhões devem morrer em nome de milhões? Será que uma civilização que se espalhou por uma Galáxia deve desaparecer em nome do ressentimento de um único planeta, por mais justificado que seja? E será que nós estaremos melhor em razão de tudo isso? O poder da Galáxia ainda se encontrará naqueles mundos com os recursos necessários... e nós não temos nenhum. Os terráqueos podem até dominar Trantor no decorrer de uma geração, mas seus filhos se tornarão trantorianos e, a seu turno, olharão com desprezo os humanos que restaram na Terra. Além disso, existe alguma vantagem para a humanidade em trocar a tirania de uma Galáxia pela tirania da Terra? Não... não... Deve haver uma saída para *todos* os homens, um caminho para a justiça e para a liberdade.

Suas mãos foram em direção ao rosto e, escondido atrás dos dedos nodosos, balançou-o ligeiramente de um lado para o outro.

Arvardan ouvira a tudo isso entorpecido.

– Não existe traição no que o senhor fez, dr. Shekt – murmurou ele. – Irei a Everest agora mesmo. O procurador vai acreditar em mim. Ele *precisa* acreditar em mim.

Ouviu-se o barulho de passos correndo, o aparecimento repentino de um rosto assustado na sala; a porta fora escancarada.

– Pai... Há homens vindo para cá pela calçada.

O dr. Shekt empalideceu.

– Rápido, dr. Arvardan, pela garagem. – Ele o empurrava com violência. – Leve Pola e não se preocupe comigo. Vou segurá-los.

Mas um homem de trajes verdes estava esperando por eles conforme se viraram. Tinha um leve sorriso no rosto e segurava, com uma naturalidade casual, um chicote neurônico. Ouviu-se um estrondo de punhos contra a porta principal, um ruído de queda e o som de passos pesados.

– Quem é você? – perguntou Arvardan em uma débil provocação à pessoa armada em trajes verdes. Ele entrou na frente de Pola.

– Eu? – retrucou o homem de trajes verdes com aspereza. – Sou apenas o humilde secretário de sua excelência, o grão-ministro. – Ele deu um passo adiante. – Eu quase esperei tempo demais. Mas não em demasia. Uma garota também. Imprudente...

– Sou um cidadão galáctico e contesto seu direito de me deter... ou, no que diz respeito a este assunto, o direito de entrar nesta casa... sem autoridade legal – disse Arvardan em um tom calmo.

– Eu – e o secretário bateu de leve no peito com a mão livre – sou todo o direito e toda a autoridade deste planeta. Dentro de um curto período, serei todo o direito e toda a autoridade da Galáxia. Pegamos todos vocês, sabem... até Schwartz.

– Schwartz! – gritaram o dr. Shekt e Pola quase ao mesmo tempo.

– Ficaram surpresos? Venham, vou levá-los até ele.

A última coisa de que Arvardan teve consciência era de ver aquele sorriso aumentar... e o clarão do chicote. Uma rubra queimadura de dor perpassou seu corpo até deixá-lo inconsciente.

ESCOLHA SEU LADO!

Naquele momento, Schwartz estava deitado, apreensivo, em um banco duro em uma das salinhas no subsolo do Edifício Correcional de Chica.

O Edifício, como costumava ser chamado, era o grande símbolo do poder local do grão-ministro e daqueles que o rodeavam. Seu aspecto lúgubre se erguia a uma altura angulosa, semelhante à de uma rocha, e lançava uma sombra sobre as instalações militares mais adiante, do mesmo modo como sua sombra se prendia aos malfeitores terráqueos muito mais do que a autoridade não exercida do Império.

Dentro daquelas paredes, muitos terráqueos, em séculos passados, esperaram pelo julgamento que sobrevinha a quem falsificava as cotas de produção ou se esquivava delas, que vivia além do tempo ou que era conivente com tal crime, ou que era culpado de tentativa de subversão contra o governo local. Às vezes, quando os preconceitos mesquinhos da justiça terráquea faziam muito pouco sentido para o sofisticado e geralmente entediado governo imperial da época, uma condenação era anulada pelo procurador, mas isso significava insurreição, ou, no mínimo, violentos tumultos.

Em geral, nos casos em que o Conselho exigia morte, o procurador cedia. Afinal de contas, os que sofriam eram apenas terráqueos...

Joseph Schwartz, muito naturalmente, não sabia de nada disso. Para ele, a percepção visual imediata consistia em uma sala pequena; as paredes deixavam passar somente uma luz fraca, a mobília era composta de dois bancos duros e uma mesa, além de uma pequena reentrância na parede que servia ao mesmo tempo como lavatório e dependências sanitárias. Não havia janela para vislumbrar o céu, e o fluxo de ar que entrava no cômodo pelo poço de ventilação era débil.

Ele esfregou os cabelos que cercavam a área calva no topo da cabeça e se sentou pesarosamente. Sua tentativa de fugir para lugar nenhum (pois onde ele estaria a salvo naquele planeta?) durara pouco, fora amarga e terminara ali.

Pelo menos havia o Toque Mental com que brincar.

Mas seria isso bom ou ruim?

No sítio, fora um dom estranho e perturbador, de natureza desconhecida, em cujas possibilidades ele não pensara. Agora era um dom flexível a ser investigado.

Sem ter o que fazer por 24 horas a não ser refletir sobre seu confinamento, ele poderia estar beirando à loucura. Dadas as circunstâncias, ele podia tocar os carcereiros enquanto passavam, alcançar os guardas nos corredores adjacentes, estender as fibrilas mais distantes de sua mente até o capitão do Edifício em seu longínquo escritório.

Ele revirou suas mentes com delicadeza e as examinou. Elas se despedaçaram como nozes... cascas secas a partir das quais as emoções e noções caíam como uma chuva sibilante.

Durante esse processo, ele aprendeu muito sobre a Terra e o Império... mais do que havia aprendido, ou do que fora capaz, nos dois meses na fazenda.

Claro que um dos elementos que descobrira, repetidas vezes, sem sombra de dúvida, era apenas este:

Ele estava condenado à morte!

Sem fugas, sem dúvidas, sem restrições.

Poderia ser naquele mesmo dia; poderia ser no dia seguinte. Mas ele iria morrer!

De algum modo, ele compreendeu e aceitou aquilo quase com gratidão.

A porta se abriu e ele se pôs de pé, tenso em razão do medo. Pode-se aceitar a morte racionalmente, com todos os aspectos da mente consciente, mas o corpo era uma fera brutal, que não sabia nada sobre a razão. Chegara a hora!

Não... não chegara. O Toque Mental que entrava não trazia nada de morte consigo. Era um guarda com um bastão de metal na mão. Schwartz sabia o que era.

– Venha comigo – disse ele em um tom áspero.

Schwartz seguiu-o, especulando sobre seu estranho poder. Muito antes que o guarda pudesse usar a arma, muito antes que percebesse que deveria fazê-lo, ele poderia ser morto sem barulho algum, sem qualquer revelação involuntária. Sua mente estava nas mãos mentais de Schwartz. Um leve apertão, e tudo estaria acabado.

Mas para quê? Haveria outros. Com quantos ele conseguiria lidar ao mesmo tempo? Quantos pares de mãos haveria em sua mente?

Ele continuou andando docilmente.

Schwartz fora levado até uma sala muito grande. Dois homens e uma garota estavam lá, estendidos como cadáveres em bancos muito altos. Mas não eram cadáveres... uma vez que se tornavam muito evidentes três mentes ativas.

Paralisados! Familiares?... Eles lhe pareciam familiares?

Ele estava parando para olhar, mas sentiu no ombro a mão forte do guarda.

– Continue em frente.

Havia um quarto balcão vazio. Não se percebia morte na mente do guarda, então Schwartz subiu nele. Ele sabia o que estava por vir.

O bastão de aço do guarda tocou cada um dos seus membros. Eles formigaram e pareceram sumir, de modo que ele não passava de uma cabeça flutuando no nada.

Ele a virou.

– Pola – gritou ele. – Você é Pola, não é? A garota que...

Ela estava acenando positivamente. Ele não havia reconhecido o Toque como sendo dela. Ele nunca o percebera naquela época, dois meses antes. Naquele momento, seu progresso mental atingia apenas o estágio de sensibilidade à "atmosfera". No esplendor do retrospecto, ele se lembrava bem disso.

Mas, a partir dos conteúdos, ele ainda podia descobrir muito. O homem logo ao lado da garota era o dr. Shekt; o outro mais distante de todos era o dr. Bel Arvardan. Ele conseguia surrupiar seus nomes, sentir seu desespero, experimentar os últimos resíduos de pavor e susto na mente da jovem.

Por um instante, sentiu pena deles, e então se lembrou de quem e do que eles eram. E endureceu o coração.

Deixe que morram!

* * *

Os outros três estavam ali há mais de meia hora. O cômodo onde foram deixados era evidentemente usado para assembleias com muitas centenas de pessoas. Os prisioneiros se sentiam perdidos e solitários em sua amplidão. Tampouco havia algo a dizer. A garganta seca de Arvardan queimava e ele virava a cabeça de um lado para o outro com uma inquietação inútil. Era a única parte de seu corpo que conseguia mexer.

Os olhos de Shekt estavam fechados e seus lábios descorados e apertados.

– Shekt. Shekt, escute! – sussurrou Arvardan de forma impetuosa.

– O quê?... O quê? – Era, na melhor das hipóteses, um murmúrio débil.

– O que você vai fazer? Vai dormir? Pense, homem, pense!

– Por quê? O que há para pensar?

– Quem é esse tal de Joseph Schwartz?

A voz de Pola ressoou, fraca e cansada.

– Você não se lembra, Bel? Naquela ocasião na loja de departamento, quando eu o encontrei pela primeira vez... há tanto tempo?

Arvardan se retorceu com violência e descobriu que conseguia levantar a cabeça cinco dolorosos centímetros. Só dava para ver um pouco do rosto de Pola.

– Pola! Pola! – Se ele conseguisse se aproximar dela... como poderia ter feito durante dois meses e não fizera. Ela estava olhando para ele, sorrindo com um ar tão triste que podia ser o sorriso de uma estátua, e ele disse: – Nós vamos vencer. Você vai ver.

Mas ela estava chacoalhando a cabeça... e o pescoço dele cedeu, seus tendões acometidos por uma dor aguda.

– Shekt – chamou ele de novo. – Escute-me. Como conheceu esse Schwartz? Por que ele foi seu paciente?

– O Sinapsificador. Ele veio como voluntário.

– E passou pelo tratamento?

– Sim.

Aquilo ficou girando na cabeça de Arvardan.

– O que o fez vir até você?

– Não sei.

– Mas então... Talvez ele *seja* um agente imperial.

(Schwartz seguiu os pensamentos dele e sorriu para si mesmo. Ele não disse nada e pretendia continuar não dizendo nada.)

Shekt mexeu a cabeça.

– Um agente imperial? Está dizendo isso porque o secretário do Grão Sacerdote afirma que ele é. Ah, bobagem. E que diferença faz? Ele se encontra tão impotente como nós... Ouça, Arvardan, talvez, se contarmos algum tipo de história combinada, talvez eles esperem. No final das contas, pode ser que nós...

O arqueólogo deu uma risada que soava falsa, e sua garganta queimou por conta da fricção.

– Talvez nos deixassem viver, você quer dizer. Com a Galáxia morta e a civilização em ruínas? Viver? Eu prefiro morrer!

– Estou pensando em Pola – murmurou Shekt.

– Eu também – replicou o outro. – Pergunte a ela... Pola, devemos nos render? Devemos tentar viver?

A voz de Pola soou firme.

– Eu escolhi meu lado. Não quero morrer, mas, se meu lado morrer, vou com ele.

De certo modo, Arvardan se sentiu triunfante. Quando a levasse a Sirius, poderiam chamá-la de terráquea, mas ela era do mesmo nível que eles e seria com imenso prazer que ele pularia no pescoço de qualquer um que...

E então lembrou que era improvável que fosse levá-la a Sirius... levar qualquer um a Sirius. Era improvável que Sirius ainda existisse.

Depois, como que para fugir desse pensamento, como que para escapar para qualquer lugar, ele gritou:

– Você! Seja-lá-qual-nome! Schwartz!

Schwartz levantou a cabeça por um instante e permitiu-se dar uma olhadela em direção ao outro. Ainda dessa vez ele não disse nada.

– Quem é você? – indagou Arvardan. – Como se envolveu nisso? Qual é o seu papel nessa história?

E, ao ouvir essa pergunta, a injustiça de tudo o que passara tomou conta dele em sua plenitude. Toda a inocência de seu passado, todo o infinito pavor do presente irrompeu sobre ele, de modo que Schwartz declarou em um tom furioso:

– Eu? Como me envolvi nisso? Escute aqui. Um dia eu fui um ninguém. Um homem honesto, um alfaiate que trabalhava duro. Não prejudicava ninguém, não incomodava ninguém, cuidava da minha família. E então, sem nenhum motivo, sem *nenhum motivo*... eu vim parar aqui.

– Em Chica? – perguntou Arvardan, que não conseguiu entender muito bem.

– Não, não em Chica! – gritou Schwartz em um tom de desenfreada zombaria. – Eu vim parar neste mundo repleto de loucura... Ah, o que me importa se acreditam em mim ou não? *Meu* mundo ficou no passado. Meu mundo tinha terras e comida e bilhões de pessoas, e era o *único* mundo.

Arvardan se calou diante daquele ataque verbal. Ele se voltou para Shekt.

– Você consegue entendê-lo?

– Você sabe que ele tem um apêndice cecal de quase 9 centímetros de comprimento? – disse Shekt debilmente espantado. – Você lembra, Pola? E dentes do siso. E pelos no rosto.

– Sim, sim – gritou Schwartz em tom desafiante. – E queria ter um rabo para mostrar a vocês. *Eu sou do passado. Viajei no tempo.* Só não sei como, nem por quê. Agora me deixem em paz. – E acrescentou de repente: – Eles virão nos buscar logo. Essa espera é somente para nos alquebrar.

– Como você sabe disso? Quem lhe disse? – perguntou Arvardan de forma repentina.

Schwartz não respondeu.

– Foi o secretário? Um homem troncudo de nariz achatado?

Schwartz não tinha como saber qual era a aparência física daqueles que apenas tocava com a mente, mas... secretário? Fora só o vislumbre de um Toque, um toque poderoso de um homem que detinha poder, e parecia ter sido um secretário.

– Balkis? – questionou ele com curiosidade.

– O quê? – indagou Arvardan, mas Shekt o interrompeu.

– Esse é o nome do secretário.

– Ah... o que ele disse?

– Ele não disse nada – respondeu Schwartz. – Eu *sei*. É morte para todos nós, e não há escapatória.

Arvardan abaixou a voz.

– Ele é louco, você não acha?

– Eu fico me perguntando... As suturas do crânio dele. Elas eram primitivas, muito primitivas.

Arvardan ficou assombrado.

– Quer dizer... Ah, oras, isso é impossível.

– Sempre supus que fosse. – Naquele momento, a voz de Shekt era uma fraca imitação de um tom normal, como se a presença de um problema científico houvesse passado sua mente para aquela sintonia isolada e objetiva em que os problemas pessoais desapareciam. – Calcularam a energia necessária para deslocar a matéria pelo eixo do tempo e chegaram a um valor maior do que o infinito, então o projeto continuou sendo visto como impossível. Mas outros *falaram* sobre a possibilidade de "falhas no tempo", análogas às falhas geológicas, compreende? Para começar, naves espaciais *de fato* desapareceram, quase às vistas de todos. Há o famoso caso de Hor Devallow que, em tempos antigos, certo dia deu um passo para entrar em casa e nunca saiu, mas tampouco estava lá dentro... E também há um planeta, que você encontrará nos livros de Galactografia do século passado, que foi visitado por três expedições, as quais trouxeram de volta descrições completas... e que depois nunca mais foi visto. Além disso, há certos desenvolvimentos na química nuclear que parecem negar a lei de conservação de massa. Tentaram explicar isso postulando a fuga de um pouco de massa ao longo do eixo do tempo. Os núcleos de urânio, por exemplo, quando misturados a cobre e bário em proporções minúsculas, porém definidas, sob a influência de uma fraca radiação gama, estabelecem um sistema ressonante...

– Pai – interveio Pola –, chega! É inútil...

Mas a interrupção de Arvardan foi peremptória:

– Esperem aí. Deixem-me pensar. *Sou eu* quem pode resolver isso. Quem seria melhor? Deixem-me fazer algumas perguntas a ele... Escute, Schwartz.

Schwartz levantou os olhos de novo.

– O seu mundo era o único habitado na Galáxia?

Schwartz assentiu e depois respondeu em um monótono:

– Sim.

– Mas você apenas achava que era. Quero dizer, vocês não tinham viagens espaciais, de modo que não podiam verificar. Poderia haver outros mundos habitados.

– Não tenho como saber isso.

– Sim, claro. Uma pena. E a energia nuclear?

– Tínhamos uma bomba atômica. Urânio... e plutônio... Acho que foi o que tornou esse mundo radioativo. Deve ter havido outra guerra no final das contas... depois que eu parti... Bombas atômicas. – De algum modo, Schwartz estava de volta a Chicago, de volta a seu velho mundo, antes das bombas. E ele lamentava. Não por si mesmo, mas por aquele mundo tão belo...

Mas Arvardan estava murmurando consigo mesmo. Então disse:

– Muito bem. Vocês tinham um idioma, claro.

– A Terra? Muitos.

– E você?

– Inglês... depois que me tornei adulto.

– Bem, diga alguma coisa na sua língua.

Durante uns dois meses ou mais, Schwartz não havia dito nada em inglês. Mas agora, com ternura, ele disse lentamente:

– Quero ir para casa e estar com o meu próprio povo.

Arvardan falou com Shekt.

– Essa é a língua que ele usava quando passou pelo Sinapsificador, Shekt?

– Não sei dizer – respondeu Shekt, perplexo. – Eram sons estranhos naquele momento e são sons estranhos agora. Como posso estabelecer uma relação entre eles?

– Bem, esqueça... Qual é a palavra para "mãe" na sua língua, Schwartz?

Schwartz lhe disse.

– Certo. E "pai"... "irmão"... "um", o numeral, quero dizer... "dois"... "três"... "casa"... "marido"... "mulher"...

Isso continuou indefinidamente e, quando Arvardan parou para tomar fôlego, sua expressão era de espanto.

– Shekt – disse ele –, ou este homem é quem diz ser ou eu estou sendo vítima do pesadelo mais desvairado que pode ser concebido. Ele está falando uma língua praticamente equivalente às inscrições de 50 mil anos, encontradas no subsolo em Sirius, Arcturo, Alfa Centauro e vinte outros planetas. Ele *fala* o idioma. A língua só foi decifrada na última geração, e existem pouco mais de dez homens na Galáxia além de mim que conseguem entendê-la.

– Tem certeza disso?

– Se tenho *certeza*? Claro que tenho. Sou arqueólogo. É meu trabalho saber dessas coisas.

Por um instante, Schwartz sentiu sua couraça de indiferença se rachando. Pela primeira vez, sentiu que recobrava a individualidade que perdera. O segredo fora revelado; ele era um homem do passado, *e eles aceitaram aquilo*. Era a prova de que não estava louco, calou aquela dúvida perturbadora, e estava grato. E, no entanto, manteve-se indiferente.

– Preciso ficar com ele. – Era Arvardan de novo, ardendo de entusiasmo com a chama sagrada de sua profissão. – Shekt, você não faz ideia do que isso significa para a arqueologia. Shekt, ele é um homem do passado. Oh, pelo Espaço!... Escute, podemos fazer um acordo. Esta é a prova que a Terra está procurando. Eles podem ficar com ele. Podem...

– Sei o que está pensando – interrompeu Schwartz ironicamente. – Você acha que a Terra vai provar que é a origem da civilização por meu intermédio e que vão ficar agradecidos por isso. Eu lhe digo que não vão! Pensei nisso, e teria barganhado pela minha vida. Mas eles não vão acreditar em mim... nem em vocês.

– Existe uma prova absoluta.

– Eles não darão ouvidos. Sabe por quê? Porque eles têm certas noções fixas sobre o passado. Qualquer mudança seria uma blasfêmia aos seus olhos, mesmo que fosse verdade. Eles não querem a verdade; querem suas tradições.

– Bel – Pola se intrometeu –, acho que ele está certo.

– Poderíamos tentar – Arvardan disse, com os dentes cerrados.

– Nós fracassaríamos – insistiu Schwartz.

– Como você poderia saber?

– Eu *sei*! – E as palavras recaíram com tal insistência oracular que Arvardan se calou diante delas.

Era Shekt quem o olhava agora com um estranho brilho nos olhos cansados.

– Você sentiu algum efeito ruim resultante do Sinapsificador? – perguntou ele em um tom suave.

Schwartz não conhecia a palavra, mas entendeu o significado. Eles *haviam* feito uma operação, e em sua mente. Quantas coisas estava aprendendo!

– Nada de efeitos ruins – retrucou ele.

– Mas vejo que você aprendeu nossa língua rapidamente. Você fala muito bem o idioma. Na verdade, poderia ser um nativo. Isso não o surpreende?

– Sempre tive uma memória muito boa – foi a fria resposta.

– Então não se sente diferente do que era antes de passar pelo tratamento?

– Isso mesmo.

O olhar do dr. Shekt estava rígido agora.

– Por que insiste? Sabe que eu tenho certeza de que você pressente o que estou pensando.

Schwartz deu uma risada breve.

– Que eu posso ler mentes? Bem, e daí?

Mas Shekt o havia deixado de lado. Ele voltou o rosto pálido e impotente para Arvardan.

– Ele consegue sentir as mentes, Arvardan. Quantas coisas eu poderia fazer com ele... E estar aqui... sem poder fazer nada...

– O quê... o quê... o quê? – dizia Arvardan de forma descontrolada.

E até o rosto de Pola adquiriu interesse de certo modo.

– Você pode mesmo? – ela perguntou a Schwartz.

Ele assentiu com a cabeça. Ela cuidara dele, e agora eles iam matá-la. Ainda assim, ela era uma traidora.

– Arvardan, você se lembra do bacteriologista do qual lhe falei, aquele que morreu em consequência dos efeitos do Sinapsificador? – comentava Shekt. – Um dos primeiros sintomas de colapso mental foi alegar que era capaz de ler mentes. E ele *podia*. Eu descobri isso antes de sua morte, e tenho mantido segredo. Não contei a ninguém... mas é possível, Arvardan, é possível. Veja: com a diminuição da resistência dos neurônios, o cérebro pode ser capaz de perceber os campos magnéticos induzidos pelas microcorrentes dos pensamentos de outra pessoa e tornar a converter isso em vibrações semelhantes nele próprio. É o mesmo princípio que se aplica a qualquer gravador comum. Seria telepatia no sentido pleno da palavra...

Schwartz manteve um silêncio teimoso e hostil quando Arvardan virou-se aos poucos em sua direção.

– Se for verdade, Shekt, talvez possamos usá-lo. – A mente do arqueólogo girava descontroladamente, elaborando impossibilidades. – Pode ser que haja uma saída. *Tem* de haver uma saída. Para nós e para a Galáxia.

Mas Schwartz estava insensível ao tumulto no Toque Mental que ele sentia com tanta clareza.

– Quer dizer usar minha habilidade para ler mentes? Como isso ajudaria? Claro que posso fazer mais do que ler mentes. Que tal isto, por exemplo?

Foi um empurrão leve, mas Arvardan gritou em razão da súbita dor causada por ele.

– Fui eu quem fez isso – comentou Schwartz. – Quer mais?

– Você pode fazer isso com os guardas? – perguntou Arvardan, arquejando. – Com o secretário? Por que você deixou que o trouxessem para cá? Pela Galáxia, Shekt, não vai haver problema nenhum. Bem, escute, Schwartz...

– Não – retrucou Schwartz –, escute *você*. Para que *eu* ia querer sair daqui? Onde eu estaria? Ainda neste mundo morto. Quero ir para casa, mas *não posso*. Quero meus entes queridos e meu mundo, mas não posso tê-los. E eu *quero* morrer.

– Mas é um problema que envolve toda a Galáxia, Schwartz. Você não pode pensar só em si mesmo.

– Não posso? Por que não? Agora devo me preocupar com a sua Galáxia? Espero que ela apodreça e morra. Sei o que a Terra pretende fazer e estou feliz. A jovem disse antes que havia escolhido seu lado. Bem, eu escolhi o meu, e estou do lado da Terra.

– O quê?

– Por que não? Eu sou terráqueo!

MUDE DE LADO!

Havia se passado uma hora desde que Arvardan saíra aos poucos e com dificuldade do estado de inconsciência para se ver estendido como uma peça de carne à espera do cutelo. E nada havia acontecido. Nada além de uma conversa febril e inconclusiva que insuportavelmente fizera passar o insuportável tempo.

Tudo aquilo tinha um propósito. Ele sabia disso. Estar ali prostrado, impotente, sem ao menos a dignidade de ser vigiado por um guarda, sem que ao menos fizessem essa concessão a um possível perigo que eles pudessem oferecer, era conscientizar-se de uma fraqueza devastadora. Um espírito obstinado não conseguiria sobreviver àquela experiência e, quando o interrogador *chegasse*, haveria pouca, ou nenhuma, oposição a enfrentar.

Arvardan precisava quebrar um pouco o silêncio.

– Suponho que haja uma escuta neste lugar. Devíamos ter falado menos.

– Não há – anunciou a voz de Schwartz sem rodeios. – Ninguém está nos ouvindo.

O arqueólogo estava pronto para fazer a pergunta "Como *você* sabe?", mas nunca chegou a pronunciá-la.

E a existência de um poder daqueles! Não para ele, mas para um homem do passado que se chamava de terráqueo e queria morrer!

Ao alcance do seu olhar havia apenas uma parte do teto. Virando-se, conseguia ver o perfil anguloso de Shekt; do outro lado, uma parede vazia. Se levantasse a cabeça, conseguia distinguir, por um instante, a expressão pálida e exausta de Pola.

Às vezes ocorria-lhe o pensamento premente de que ele era um homem do Império... do *Império*, pelas Estrelas, um cidadão galáctico... e que havia uma injustiça particularmente vil no fato de *ele* ter sido preso, uma impureza particularmente profunda no fato de ter permitido que *terráqueos* fizessem isso.

E esse pensamento também se desvaneceu.

Eles podiam ao menos tê-lo colocado ao lado de Pola... Não, era melhor assim. Ele não era uma visão inspiradora.

– Bel? – A palavra estremeceu até formar um som e pareceu estranhamente doce aos ouvidos de Arvardan, vindo nesse vórtice de morte iminente.

– Sim, Pola?

– Você acha que ainda vão demorar muito?

– Talvez não, querida... É uma pena. Desperdiçamos dois meses, não é?

– Minha culpa – murmurou ela. – Minha culpa. Mas nós podíamos ter tido esses últimos momentos. Isso é tão... desnecessário.

Arvardan não podia responder. Sua mente zunia e seus pensamentos giravam, perdidos em uma roda engraxada. Era sua imaginação ou ele sentiu o plástico duro no qual fora colocado de forma tão rígida? Por quanto tempo a paralisia ainda duraria?

Eles *tinham* de fazer Schwartz ajudá-los. Ele tentou resguardar seus pensamentos... mas sabia que não funcionava.

– Schwartz... – disse ele.

* * *

Schwartz estava ali, tão impotente quanto os outros, embora houvesse uma sutileza adicional e não calculada ao seu sofrimento. Ele era quatro mentes em uma.

Sozinho, talvez ele pudesse ter mantido aquela diminuta ânsia pela paz e pelo silêncio infinitos da morte, ter lutado contra os últimos vestígios daquele amor pela vida que até dois (ou três?) dias antes o fizera, vacilante, deixar a fazenda. Mas como ele poderia? Com o escasso e débil pavor de morte que recobria Shekt como uma mortalha; com a intensa decepção e revolta da mente vigorosa e cheia de vitalidade de Arvardan; com o profundo e patético desapontamento da jovem...

Ele deveria ter fechado sua mente. Para que ele precisava saber do sofrimento dos outros? Ele tinha a própria vida para viver, a própria morte para morrer.

Mas eles ficavam martelando em sua cabeça, leve e incessantemente... sondando e analisando os vãos...

E então Arvardan chamou seu nome, e Schwartz sabia que queriam que ele os salvasse. Por que ele deveria? Por que ele deveria?

– Schwartz – repetiu Arvardan em um tom insinuante –, você pode viver como um herói. Você não tem nenhum motivo para morrer aqui... não por aqueles homens lá fora.

Mas Schwartz estava juntando lembranças de sua juventude, prendendo-as com desespero à sua mente vacilante. Foi um estranho amálgama de passado e presente que por fim deu origem à sua indignação.

Mas ele falou de forma calma e contida.

– Sim, posso viver como herói... e como traidor. Eles querem me matar, aqueles *homens* lá fora. Você os chamou de homens, mas foi da boca para fora; sua mente os chamou de algo que não entendi, mas que era desprezível. E não porque eles eram desprezíveis, mas porque eram terráqueos.

– É mentira – o arqueólogo retrucou com veemência.

– *Não* é mentira – Schwartz retorquiu com igual veemência – e todos aqui sabem disso. Sim, eles querem me matar... mas é porque pensam que faço parte do seu povo, que pode condenar um planeta inteiro de uma só vez e afogá-lo com o seu desdém, sufocá-lo lentamente com a sua superioridade intolerável. Bem, proteja-se contra esses vermes e insetos que estão de algum modo conseguindo ameaçar seus mestres divinos. Não peça a ajuda de um deles.

– Você fala como um Zelote – retrucou Arvardan com espanto. – Por quê? *Você* sofreu? Você diz que pertencia a um planeta grande e independente. Era um terráqueo quando a Terra era o único receptáculo da vida. Você era um de *nós*, homem; um dos governantes. Por que se associar com resquícios desesperados? Este não é o planeta de que se lembra. Meu planeta se parece mais com a antiga Terra do que este mundo doente.

Schwartz deu risada.

– Você está dizendo que eu sou um dos governantes? Bem, não vamos entrar nessa questão. Não vale a pena explicar. Em vez disso, vamos falar de você. Você é um ótimo exemplar do produto enviado para nós pela Galáxia. É tolerante e maravilhosamente generoso e se admira consigo mesmo porque trata o dr. Shekt como um igual. Mas no fundo (embora não tão fundo, pois consigo ver com clareza), você se sente desconfortável na presença dele. Não gosta do modo como ele fala ou de sua aparência. Na verdade, você não gosta dele, apesar de ele estar se oferecendo para trair a Terra...

Sim, e você beijou uma garota da Terra recentemente e se lembra disso como uma fraqueza. Você tem vergonha...

– Pelas Estrelas, eu não... Pola – disse ele em desespero –, não acredite nele. Não lhe dê ouvidos.

– Não negue, nem fique triste por conta disso, Bel – disse Pola em voz baixa. – Ele está olhando por baixo da superfície até chegar aos resquícios da sua infância. Ele veria o mesmo se olhasse a minha. Veria coisas semelhantes se pudesse olhar a própria mente de forma tão indelicada quanto sonda a nossa.

Schwartz sentiu-se enrubescer.

Pola não elevou nem a altura nem a intensidade da voz enquanto se dirigia diretamente a ele.

– Schwartz, se consegue sentir as mentes, investigue a minha. Diga-me se pretendo cometer um ato de traição. Investigue o meu pai. Veja se não é verdade que ele poderia ter evitado o Sexagésimo com bastante facilidade se tivesse cooperado com os loucos que vão arruinar a Galáxia. O que ele ganhou com essa traição? E examine de novo, veja se algum de nós deseja prejudicar a Terra ou os terráqueos. Você disse que conseguiu vislumbrar a mente de Balkis. Não sei se teve a oportunidade de penetrar aquela sujeira. Mas, quando ele voltar, quando for tarde demais, analise-a com cuidado, filtre os pensamentos dele. Descubra que ele é louco... E então, morra!

Schwartz ficou calado.

– Muito bem, Schwartz, agora confronte a minha mente – interrompeu Arvardan de maneira apressada. – Aprofunde-se o quanto quiser. Eu nasci em Baronn, no Setor de Sirius. Vivi toda a minha vida em uma atmosfera de antiterrestrialismo durante meus anos de formação, de modo que não posso evitar quaisquer falhas e loucuras que estejam nas raízes do meu subconsciente. Mas olhe para a superfície e me diga se, nos meus anos de vida adulta, não lutei contra a intolerância dentro de mim mesmo. Não nos outros; isso seria fácil. Mas em mim mesmo, o máximo que pude. Schwartz, você não conhece a nossa história! Não sabe dos milhares e dezenas de milhares de anos em que a humanidade se espalhou pela Galáxia... e as guerras e o sofrimento. Não sabe dos primeiros séculos do Império, quando ainda havia apenas uma confusão que alternava entre despotismo e caos. Foi somente nos últimos duzentos anos que nosso governo galáctico se tornou um governo representativo. Sob o seu regime, permitiu-se que os vários mundos tivessem autonomia cultural, tivessem governo próprio, tivessem voz na administração de todos. Em nenhum momento da História, a humanidade esteve tão livre de guerras e pobreza quanto agora; em nenhum momento a economia galáctica esteve tão sabiamente ajustada; em nenhum momento as perspectivas para o futuro foram tão promissoras. Você destruiria isso e começaria tudo de novo? E com o quê? Uma teocracia despótica constituída apenas por elementos doentios de desconfiança e ódio. A queixa da Terra é legítima e um dia será resolvida, se a Galáxia sobreviver. Mas o que *eles* vão fazer não é solução. Você sabe o que pretendem fazer?

Se Arvardan tivesse a habilidade que surgira em Schwartz, teria detectado a luta na mente deste. Entretanto, de forma intuitiva, ele sabia que havia chegado a hora de parar por um instante.

Schwartz estava comovido. Todos aqueles mundos iriam morrer... ser envenenados com uma doença horrível e se dissolver... Será que ele era um terráqueo afinal? Simplesmente um terráqueo? Em sua juventude, ele deixara a Europa e fora à América, mas não continuou sendo o mesmo homem apesar disso? E se, depois dele, outros homens houvessem deixado uma Terra despedaçada e ferida em busca de mundos além do céu, seriam eles menos terráqueos? A Galáxia inteira não seria dele? Não seriam todas aquelas pessoas... todas elas... descendentes dele próprio e de seus irmãos?

– Muito bem, estou com vocês – disse ele em um tom sério. – Como posso ajudar?

– A que distância você consegue alcançar as mentes? – perguntou Arvardan, ansioso e apressado, como se tivesse medo de uma última mudança de ideia.

– Não sei. Há mentes lá fora. Guardas, suponho. Acho que posso alcançar até a rua, mas, quanto mais longe eu vou, menos nítido fica.

– Naturalmente – redarguiu Arvardan. – Mas e o secretário? Você conseguiria identificar sua mente?

– Não sei – murmurou Schwartz.

Uma pausa... Os minutos se esticavam de maneira insuportável.

– Suas mentes estão atrapalhando – comentou Schwartz. – Não me observem. Pensem em outra coisa.

– Consegui me mexer um pouco... – disse Arvardan com repentina intensidade. – Pela Galáxia, consigo mexer o meu pé... Ai! – Cada movimento era uma pontada brutal.

– Com que intensidade consegue ferir alguém, Schwartz? – perguntou ele. – Quero dizer, você consegue causar algo mais forte do que o que fez comigo instantes atrás?

– Eu matei um homem.

– Matou? Como fez isso?

– Não sei. Simplesmente aconteceu. É... é... – Schwartz parecia quase comicamente desamparado em seu esforço para expressar em palavras algo indizível.

– Bem, consegue lidar com mais de um ao mesmo tempo?

– Nunca tentei, mas acho que não. Não consigo ler duas mentes ao mesmo tempo.

– Você não pode pedir a ele que mate o secretário, Bel – interrompeu Pola. – Não vai funcionar.

– Por que não?

– Como vamos sair? Mesmo se pegássemos o secretário sozinho e o matássemos, haveria centenas de guardas esperando por nós lá fora. Não vê isso?

Mas Schwartz interrompeu-os com uma voz rouca.

– Eu o encontrei.

– Quem? – A pergunta veio dos três. Até mesmo Shekt estava olhando para ele com um ar desvairado.

– O secretário. Acho que é o Toque Mental dele.

– Não o perca. – Arvardan quase rolou em suas tentativas de exortá-lo, e caiu da bancada, produzindo um baque ao atingir o chão, tentando passar uma perna meio paralisada por baixo do corpo e levantar-se.

– Você está machucado! – gritou Pola, que então ouviu de repente as articulações do braço dele rangendo enquanto tentava levantar o cotovelo.

– Não, está tudo bem. Sugue-o até que ele fique vazio, Schwartz. Consiga toda a informação que puder.

Schwartz projetou sua mente até sua cabeça doer. Ele agarrava e segurava de maneira cega e desajeitada com os tentáculos da própria mente... como uma criancinha estendendo dedos com os quais não consegue lidar muito bem, em busca de um objeto que não é capaz de alcançar. Até aquele momento, ele pegara o que pôde encontrar, mas agora estava procurando... procurando...

Dolorosamente, ele conseguiu alcançar fragmentos.

– Vitória! Ele tem certeza quanto aos resultados... Algo sobre projéteis espaciais. Ele os iniciou... Não, não iniciou. É outra coisa... Ele vai lançá-los.

– São mísseis automaticamente guiados para levar o vírus, Arvardan – resmungou Shekt. – Apontados para os vários planetas.

– Mas onde estão mantendo os mísseis, Schwartz? – insistiu Arvardan. – Olhe, homem, olhe...

– Há um edifício que eu... não consigo... ver... muito bem... Cinco pontas... uma estrela... um nome. Sloo, talvez...

– É isso – interrompeu Shekt outra vez. – Por todas as Estrelas da Galáxia, é isso! O Templo de Senloo. É rodeado de bolsões de radioatividade por todos os lados. Ninguém poderia ir até lá a não ser os Anciãos. Fica perto de onde dois grandes rios se encontram, Schwartz?

– Não consigo... sim... sim... sim.

– Quando, Schwartz, quando? Quando vão detoná-los?

– Não consigo ver o dia, mas é em breve... em breve. Na mente dele há uma explosão de pensamentos sobre isso... Vai acontecer logo. – Sua própria cabeça parecia estar explodindo por conta do esforço.

Arvardan estava esgotado e febril quando conseguiu por fim ficar de quatro, apoiando-se nas mãos e nos joelhos, que bambeavam e cediam.

– Ele está vindo?

– Sim. Está do outro lado da porta.

Sua voz diminuiu e parou quando o secretário entrou.

– Dr. Arvardan! – Balkis falou em um tom de frio escárnio enquanto inundava a sala com sua sensação de sucesso e triunfo. – Não seria melhor voltar ao seu lugar?

Arvardan olhou para ele, consciente da cruel indignidade de sua própria posição, mas não havia resposta a dar, e ele não deu nenhuma. Aos poucos permitiu que seus membros doloridos baixassem seu corpo até o chão. Ele esperou ali, respirando com dificuldade. Se seus membros voltassem a funcionar um pouco melhor, se conseguisse realizar uma última investida, se pudesse de algum modo tomar as armas do outro...

Aquilo que se dependurava com tanta leveza do cinto de flexiplástico de suave brilho, que mantinha as vestes do secretário no lugar, não era um chicote neurônico. Era um desintegrador que podia reduzir um homem a átomos em um ponto instantâneo do tempo.

O secretário observava os quatro que estavam à sua frente com um descontrolado senso de satisfação. Ele tendia a ignorar a garota, mas aos outros dispensava uma observação minuciosa. Ali estava o terráqueo traidor, lá o agente imperial e mais adiante a misteriosa criatura que eles vigiaram por dois meses. Haveria outros?

Na verdade, ainda havia Ennius e o Império. Os braços, representados por aqueles espiões, estavam amarrados, mas restava um cérebro ativo em algum lugar... talvez para mandar outros braços.

O secretário estava comodamente parado, as mãos entrelaçadas em uma desdenhosa indiferença quanto à possível necessidade de ter de pegar a arma rapidamente.

– Agora é preciso esclarecer totalmente as coisas – disse ele em voz baixa e suave. – Existe uma guerra entre a Terra e a Galáxia... ainda não declarada, mas, não obstante, uma guerra. Vocês são nossos prisioneiros e serão tratados do modo como é necessário nessas circunstâncias. Naturalmente, a punição conhecida para espiões e traidores é a morte...

– Apenas em caso de guerra legal e declarada – interrompeu Arvardan de forma impetuosa.

– Guerra legal? – questionou o secretário com algo mais do que um incipiente sorriso de escárnio. – O que é uma guerra *legal*? A Terra *sempre* esteve em guerra com a Galáxia, quer façamos uma menção educada sobre o fato ou não.

– Não dê importância a ele – disse Pola em um tom suave para Arvardan. – Deixe-o falar e acabar logo com isso.

Arvardan deu um sorriso em sua direção. Um sorriso estranho e espasmódico, pois foi com um grande esforço que ele se pôs de pé, cambaleante, e permaneceu assim, ofegando.

Balkis deu uma leve risada. Com passos vagarosos, encurtou a distância entre ele e o arqueólogo sirianense até chegar bem perto. Em um gesto igualmente vagaroso, colocou uma das macias mãos no peito largo de Arvardan e deu um empurrão.

Com braços fracos e que não respondiam aos seus comandos, como se os ossos estivessem estilhaçados, e com músculos estagnados que não podiam ajustar o equilíbrio do corpo, para se proteger Arvardan tombou em uma velocidade pouco maior que a de uma lesma.

Pola arquejou. Lutando contra sua carne e seus ossos rebeldes, ela desceu da bancada devagar... devagar.

Balkis deixou que ela se arrastasse na direção de Arvardan.

– Seu amante – disse Balkis. – Seu forte amante forasteiro. Corra para ele, garota! Por que está esperando? Dê um abraço apertado no seu herói e, em seus braços, esqueça que ele está impregnado do suor e do sangue de um bilhão de mártires terráqueos. E ali está ele, ousado e corajoso... levado ao chão pelo ligeiro empurrão da mão de um terráqueo.

Logo Pola estava de joelhos ao lado dele, passando os dedos pelo seu cabelo em busca de sangue ou daquela maciez mortal de um osso esmagado. Os olhos de Arvardan se abriram e ele gesticulou um "deixe pra lá" sem pronunciar as palavras.

– Ele é um covarde que luta com um homem paralisado e se gaba da vitória – disse Pola. – Acredite em mim, querido, são poucos os terráqueos assim.

– Eu sei, caso contrário você não seria uma mulher terráquea.

O secretário se retesou.

– Como eu disse, todas as vidas aqui estão condenadas, mas, não obstante, podem ser compradas. Estão interessados no preço?

– Em nosso caso, o interessado é você. Disso eu sei – disse Pola com orgulho.

– Shh, Pola. – Arvardan ainda não havia recuperado de todo o fôlego. – O que propõe?

– Ah, você está disposto a se vender? – perguntou Balkis. – Como eu estaria, por exemplo? Eu, um desprezível terráqueo?

– Você sabe muito bem o que é – retrucou Arvardan. – Quanto ao resto, não vou me vender; vou comprá-la.

– Eu me recuso a ser comprada – replicou Pola.

– Comovente – resmungou o secretário. – Ele desce ao nível das nossas mulheres, nossas nativas... e ainda consegue fingir fazer um sacrifício.

– O que você propõe? – indagou Arvardan.

– Isto. Obviamente, a notícia sobre os nossos planos vazou. Para mim, não é difícil entender como ela chegou aos ouvidos do dr. Shekt, mas como chegou aos ouvidos do Império é uma incógnita. Portanto, gostaríamos de saber o que exatamente o Império sabe. Não o que você descobriu, Arvardan, mas o que o Império sabe.

– Sou um arqueólogo e não um espião – disse Arvardan. – Não sei nada sobre o que o Império sabe... mas espero que saibam muito.

– É o que eu imagino. Bem, talvez vocês mudem de ideia. Pensem, todos vocês.

Durante o tempo todo, Schwartz não contribuíra em nada com a conversa, nem levantara os olhos.

O secretário esperou, e depois disse, talvez de forma um tanto brutal:

– Então vou resumir o que sua não cooperação lhes trará. Não será apenas a morte, uma vez que tenho certeza de que todos vocês estão preparados para esse desagradável e inevitável fim. O dr. Shekt e a garota, sua filha, que infelizmente está muito implicada nessa história, são cidadãos da Terra. Nessas circunstâncias, o mais apropriado seria que ambos fossem submetidos ao Sinapsificador. Entendeu, dr. Shekt?

Os olhos do físico se arregalaram de puro pavor.

– Sim, eu vejo que entendeu – comentou Balkis. – Claro que é possível permitir que o Sinapsificador danifique suficiente tecido cerebral para criar um imbecil acéfalo. É um estado muito repulsivo: um estado em que terão de ser alimentados, ou passarão fome; ser limpos, ou viverão em meio às fezes; ser enclausurados, ou serão para sempre uma imagem de horror para todos que os virem. Pode ser uma lição para os outros, no grande dia que está chegando. E quanto a você – o secretário virou-se para Arvardan – e ao seu amigo Schwartz, ambos são cidadãos imperiais e, portanto, adequados para um experimento interessante. Nunca experimentamos nosso vírus concentrado da febre em vocês, cachorros galácticos. Seria interessante uma demonstração de que nossos cálculos estão corretos. A doença pode chegar ao inevitável em um período de uma semana, se diluirmos a injeção o bastante. Será muito doloroso.

E então ele fez uma pausa e os observou com um olhar maldoso.

– Tudo isso é uma alternativa a umas poucas palavras bem escolhidas agora – disse ele. – Quanto o Império sabe?

Eles têm outros agentes ativos neste momento? Quais são seus planos de combate, se é que eles têm um?

– Como saberemos que não vai mandar nos matar de qualquer forma quando tiver conseguido o que quer de nós? – murmurou Shekt.

– Eu garanto a vocês que morrerão de um modo horrível caso se recusem a cooperar. Terão de arriscar a outra opção. O que me dizem?

– Não pode nos dar mais tempo?

– Não é isso que estou dando a vocês? Dez minutos se passaram desde que entrei, e ainda estou ouvindo... Bem, vocês têm algo a dizer? O quê, nada? Devem perceber que o tempo não dura para sempre. Arvardan, você ainda tem câimbra nos músculos. Pensa que talvez possa me alcançar antes que eu seja capaz de sacar o meu desintegrador. Bem, e se puder? Há centenas de homens lá fora, e meus planos continuarão sem mim. Mesmo suas diferentes formas de punição continuarão sem mim. Ou talvez você, Schwartz. Você matou nosso agente. Foi você, não foi? Talvez creia que pode me matar?

Pela primeira vez, Schwartz olhou para Balkis.

– Eu posso, mas não vou – disse ele com frieza.

– É muita gentileza sua.

– De maneira alguma. É muito cruel da minha parte. Você mesmo disse que há coisas piores do que uma simples morte.

Arvardan se viu de repente olhando para Schwartz com grande esperança.

DUELO!

A mente de Schwartz girava. De um modo estranho e agitado, ele se sentia à vontade. Havia uma parte dele que parecia ter controle absoluto da situação, e outra que não conseguia acreditar. Haviam-no paralisado depois dos outros. Até mesmo o dr. Shekt estava se sentando, enquanto ele próprio conseguia mexer um dos braços e pouco mais que isso.

E, encarando a mente mal-intencionada do secretário, infinitamente sórdida e infinitamente má, começou seu duelo.

– No começo, eu estava do seu lado, apesar de você estar se preparando para me matar – disse ele. – Pensei que entendia seus sentimentos e suas intenções... Mas as mentes destes outros aqui são relativamente inocentes e puras, e a sua está além de qualquer descrição. Não é nem pelos terráqueos que você luta, mas pelo poder pessoal. Não vejo em você uma Terra livre, mas uma Terra escravizada de novo. Não vejo a interrupção do poder imperial, mas sua substituição por uma ditadura pessoal.

– Você vê tudo isso, é mesmo? – retrucou Balkis. – Bem, veja o que quiser. Afinal de contas, não preciso que me dê informação, sabe? Não a ponto de ter de suportar sua insolência. Ao que parece, estamos adiantando a hora do ataque. Vocês esperavam por *isso*? É incrível o que a pressão faz, mesmo sobre aqueles que juram que é impossível ser mais rápido. Você viu isso, meu dramático leitor de pensamentos?

– Não, não vi – respondeu Schwartz. – Não estava procurando por esse detalhe, e ele passou despercebido... Mas posso procurar agora. Dois dias... Menos... Vejamos... Terça-feira... seis da manhã... horário de Chica.

Por fim, o desintegrador estava na mão do secretário. Ele avançou com passos abruptos e largos, parando ereto diante da figura desfalecida de Schwartz.

– *Como ficou sabendo disso?*

Schwartz retesou-se. Em algum lugar, tentáculos mentais se projetavam e se agarravam a algo. Fisicamente, os músculos da mandíbula estavam cerrados com vigor e as sobrancelhas franzidas, mas isso era irrelevante... reflexos involuntários do verdadeiro esforço. Dentro de seu cérebro, havia aquela coisa que se expandia e se prendia com força ao Toque Mental do outro.

Para Arvardan, durante preciosos e desgastantes segundos, a cena não teve sentido; o súbito silêncio imóvel do secretário não era significativo.

– Eu o peguei... – murmurou Schwartz, ofegante. – Tirem a arma dele. Não consigo manter... – as palavras desvaneceram em um balbucio.

E então Arvardan entendeu. Com dificuldade, ele ficou de quatro. Depois, vagarosa e laboriosamente, ergueu-se mais uma vez, à pura força, até ficar em posição instável, porém ereta. Pola tentou se levantar junto com ele, mas não conseguiu. Shekt esgueirou-se pela bancada, caindo de joelhos. Apenas Schwartz permanecia lá, o rosto extenuado.

O secretário parecia ter sido atingido pelo olhar de Medusa. Gotículas de perspiração começavam a se formar aos poucos na testa lisa e sem rugas, e seu rosto inexpressivo não transparecia nenhuma emoção. Só aquela mão direita segurando o desintegrador mostrava algum sinal de vida. Observada com atenção, talvez se percebesse que ela estremecia muito de leve; talvez se percebesse também a curiosa pressão sobre o botão de gatilho: uma ligeira pressão, não suficiente para causar dano, mas que voltava e voltava...

– Contenha-o com firmeza – Arvardan ofegou com intensa alegria. Ele se firmou no encosto de uma cadeira e tentou tomar fôlego. – Deixe-me chegar até ele.

Seus pés se arrastavam. Ele estava em um pesadelo, caminhando com dificuldade como se estivesse atolado em melaço, nadando em meio ao piche, fazendo força com músculos despedaçados, tão devagar... tão devagar.

Ele não tinha consciência – não era capaz de saber – do formidável duelo que ocorria à sua frente.

O secretário tinha apenas um objetivo: imprimir um mínimo de força no polegar... 85 gramas, para ser exato, uma vez que essa era a pressão constante exigida para o funcionamento do desintegrador. Para fazer isso, sua mente só precisava instruir um tendão tremulamente equilibrado, já meio contraído, a... a...

Schwartz tinha apenas um objetivo: frear essa pressão... mas, em toda aquela massa incipiente de emoção que lhe era apresentada pelo Toque Mental do outro, ele não conseguia saber qual área em particular estava relacionada ao polegar. Foi assim que ele dedicou seus esforços à produção de um estado de impotência, uma impotência total...

O Toque Mental do secretário rebelava-se e agitava-se contra a contenção. Era uma mente rápida e inteligente ao extremo, que confrontava o controle não treinado de Schwartz.

Para Schwartz, era como se ele tivesse contido um golpe de luta que precisava segurar a qualquer custo, embora seu oponente o lançasse freneticamente de um lado para o outro.

Mas nada disso era visível. Apenas o nervoso contrair e relaxar da mandíbula de Schwartz, os lábios trêmulos, ensanguentados em razão das mordidas... e aquele ocasional movimento suave por parte do polegar do secretário, forçando... forçando.

Arvardan fez uma pausa para descansar. Ele não queria parar. Mas precisava. Seu dedo esticado só tocou o tecido da túnica do secretário e então ele sentiu que não conseguia mais se mexer. Seus pulmões torturados não conseguiam bombear o alento de que seus membros precisavam. Seu olhar estava borrado pelas lágrimas produzidas pelo esforço, sua mente estava atordoada por conta da dor.

– Só mais alguns minutos, Schwartz – disse ele, ofegante. – Segure-o, segure-o...

Devagar, muito devagar, Schwartz chacoalhou a cabeça.

– Não consigo... não consigo...

E, de fato, para Schwartz, o mundo inteiro estava escapando-lhe e transformando-se em um caos tedioso e indistinto. Os tentáculos de sua mente estavam se tornando rígidos e perdendo sua resistência.

O polegar do secretário forçou outra vez o contato. O dedo não relaxou. A pressão aumentava em minúsculas etapas.

Schwartz podia sentir os próprios globos oculares inchando, as veias em sua testa se expandindo. Podia perceber a terrível noção de vitória que se acumulava na mente do outro...

Então Arvardan investiu. Seu corpo rígido e rebelde tombou para a frente, as mãos estendidas e prontas para arranhar.

O secretário, sem condições de resistir e com a mente controlada, tombou com ele. O desintegrador caiu de lado, quicando pelo chão duro.

A mente do secretário se retorceu e se libertou quase no mesmo instante, e Schwartz despencou, seu próprio crânio em estado de confusão.

Balkis lutava violentamente debaixo do peso morto do corpo de Arvardan. Ele acertou a virilha do arqueólogo com força enquanto seu punho cerrado golpeava a maçã do rosto do outro. Ele soergueu e empurrou... e Arvardan rolou de cima dele em um confuso estado de agonia.

Cambaleando, o secretário se levantou, ofegante e desalinhado, e parou de novo.

Diante dele estava Shekt, meio reclinado. Sua mão direita, apoiada de maneira vacilante pela esquerda, segurava o desintegrador e, embora tremesse, a boca da arma apontava para o secretário.

– Bando de tolos – disse o secretário em um tom de voz estridente, repleto de emoção. – O que esperam obter? Tudo o que eu tenho que fazer é erguer a voz...

– E você, pelo menos, vai morrer – respondeu Shekt em um tom fraco.

– Não vão conseguir nada me matando – disse o secretário com amargura –, e vocês sabem disso. Não vão salvar o Império em nome do qual vocês nos traíram... e não salvariam nem a si mesmos. Dê-me essa arma e você será solto.

Ele estendeu uma das mãos, mas Shekt riu com melancolia.

– Não sou louco o bastante para acreditar nisso.

– Talvez não, mas está meio paralisado. – E o secretário fez um movimento brusco para a direita, muito mais rápido do que o débil pulso do físico conseguia virar o desintegrador.

Mas então, conforme ele se retesava para a última investida, a mente de Balkis estava focada total e absolutamente no desintegrador que ele estava evitando. Schwartz estendeu sua mente outra vez em um golpe final, e o secretário tropeçou e caiu com violência, como se houvesse sido golpeado.

Arvardan havia se levantado de forma dolorosa. Sua bochecha estava vermelha e inchada, e ele mancava ao andar.

– Consegue se mexer, Schwartz? – perguntou ele.

– Um pouco – foi a resposta cansada. Schwartz escorregou para fora de seu assento.

– Mais alguém está vindo para cá?

– Não que eu possa detectar.

Arvardan sorriu sombriamente para Pola. Sua mão repousava no cabelo castanho da moça e ela olhava para ele com os olhos marejados. Várias vezes nas últimas duas horas ele tivera certeza de que nunca, nunca mais sentiria seu cabelo ou veria seus olhos outra vez.

– Talvez haja um "depois" afinal, Pola.

E ela conseguiu apenas chacoalhar a cabeça e dizer:

– Não há tempo suficiente. Temos somente até as 6h00 da terça-feira.

– Não há tempo suficiente? Bem, vamos ver. – Arvardan se inclinou em direção ao Ancião, que estava de bruços, e puxou sua cabeça para trás sem muita delicadeza. – Ele está vivo? – O arqueólogo tentou inutilmente sentir o pulso com as pontas dos dedos ainda dormentes e então colocou a mão por baixo da vestimenta verde. – Bom, o coração está batendo... –

disse. – Você tem um poder perigoso, Schwartz. Por que não fez isso logo no começo?

– Porque eu queria mantê-lo estático. – Schwartz mostrava claros sinais dos efeitos de seu suplício. – Pensei que, se pudesse contê-lo, nós seríamos capazes de fazê-lo sair daqui, usá-lo como isca e nos esconder na cola dele.

– Talvez possamos – disse Shekt, em um súbito estado de animação. – A tropa imperial do Forte Dibburn está a menos de 800 metros daqui. Uma vez chegando lá, estamos a salvo e podemos dar a notícia a Ennius.

– Chegando lá?! Deve haver uma centena de guardas aí fora, e mais centenas entre este lugar e o forte... O que podemos fazer com um peso morto em vestes verdes? Carregá-lo? Usar rodinhas para empurrá-lo? – Arvardan riu sem achar graça.

– Além do mais, eu não conseguiria contê-lo por muito tempo – acrescentou Schwartz. – Vocês viram... eu fracassei.

– Porque não está acostumado com isso – disse Shekt em um tom sério. – Agora escute, Schwartz, tenho uma noção do que você faz com sua mente. É uma estação receptora para os campos eletromagnéticos do cérebro. Acho que você pode transmitir também. Entende?

Schwartz parecia cheio de dúvidas.

– Você precisa entender – insistiu Shekt. – Terá de se concentrar no que quer que ele faça... Primeiro, vamos devolver o desintegrador para ele.

– *O quê?* – A exclamação indignada viera de três fontes diferentes, em uníssono.

Shekt ergueu a voz.

– Ele precisa nos tirar daqui. Caso contrário, não podemos sair, não é mesmo? E como isso poderia parecer menos suspeito do que permitindo que ele esteja obviamente armado?

– Mas eu não conseguiria contê-lo. Estou lhe dizendo que não poderia. – Schwartz flexionava os braços, dava-lhes tapinhas, tentava voltar a ter uma sensação de normalidade. – Não me importo quais sejam as suas teorias, dr. Shekt. Você não sabe o que acontece. É uma coisa escorregadia, dolorosa, e não é fácil.

– Eu sei, mas é um risco que vamos correr. Tente fazer isso agora, Schwartz. Faça-o mexer o braço quando acordar – a voz de Shekt tinha um tom de súplica.

O secretário soltou um gemido enquanto estava no chão, e Schwartz sentiu o Toque Mental renascer. Silenciosamente, quase que de forma temerosa, ele sentiu o Toque se fortalecer... e então falou com ele. Era uma conversa que não incluía palavras; era a comunicação silenciosa que se envia aos braços quando alguém quer que eles se mexam, uma mensagem tão silenciosa que a pessoa nem se dá conta dela.

E o braço de Schwartz não se mexeu; foi o do secretário que o fez. O terráqueo vindo do passado levantou o olhar com um sorriso escancarado, mas os outros tinham olhos apenas para Balkis... Balkis, aquela figura reclinada levantando a cabeça, os olhos perdendo aquele aspecto vítreo de inconsciência e um braço se estendendo para o lado desajeitada e repentinamente, em um ângulo de 90 graus.

Schwartz entregou-se à sua tarefa.

O secretário se levantou quase de maneira disforme, mas não exatamente, se desequilibrando. E então, de modo estranho e involuntário, ele dançou.

Faltava ritmo, faltava beleza, mas, para os três que observavam o corpo, e para Schwartz, que acompanhava tanto o corpo como a mente, era uma coisa que causava um assombro indescritível. Pois, naquele momento, o corpo do secretário estava sob o controle de uma mente que não estava materialmente ligada a ele.

Aos poucos, com cautela, Shekt se aproximou do secretário, que mais parecia um robô, e, não sem hesitar, estendeu a mão. Na palma aberta estava o desintegrador, a coronha voltada para seu oponente.

– Deixe que ele a pegue, Schwartz – disse Shekt.

Balkis estirou a mão e pegou a arma de maneira desajeitada. Por um instante, viu-se um nítido e ávido brilho em seus olhos, que logo desapareceu. Bem devagar, o secretário colocou o desintegrador em seu lugar no cinto, e largou a mão.

Schwartz deu uma risada aguda.

– Ele quase escapou nesse instante. – Mas estava pálido quando disse isso.

– Bem? Consegue contê-lo?

– Ele está lutando como um diabo. Mas não tanto quanto antes.

– É porque você sabe o que está fazendo – disse Shekt com um encorajamento que não sentia de todo. – Transmita agora. Não tente dominá-lo! Apenas finja que é você mesmo quem está fazendo essas ações.

– Pode fazê-lo falar? – interrompeu Arvardan.

Houve uma pausa, depois um rosnado baixo e irritante vindo do secretário. Outra pausa; outro som estridente.

– Isso é tudo – disse Schwartz, arfando.

– Mas por que não funciona? – perguntou Pola. Ela parecia preocupada.

Shekt encolheu os ombros.

– Alguns músculos muito delicados e complicados estão envolvidos. Não é como puxar os longos músculos dos membros. Deixe pra lá, Schwartz. Podemos nos virar sem isso.

* * *

A lembrança das duas horas seguintes era algo que nenhum daqueles que participaram dessa estranha odisseia conseguiriam reproduzir com fidelidade. O dr. Shekt, por exemplo, adquirira uma rigidez incomum; todos os seus medos foram abafados, dando lugar a um sentimento ofegante e impotente de simpatia por Schwartz, engajado em uma luta interior. O tempo todo, ele só tinha olhos para aquele rosto redondo à medida que ele franzia aos poucos a testa e se contorcia por conta do esforço. Ele mal tinha tempo para uma rápida olhadela em direção aos outros.

Os guardas do lado de fora da porta saudaram bruscamente o secretário quando ele surgiu, com suas vestimentas verdes exalando oficialismo e poder. O secretário os saudou de volta de um modo atrapalhado e insípido. Eles passaram sem ser perturbados.

Só quando haviam deixado o grande Edifício é que Arvardan percebeu a loucura que tudo aquilo representava. O grande e inimaginável perigo que a Galáxia corria e a insignificante corda de segurança que, talvez, cruzasse o abismo. Contudo, mesmo naquele momento, *mesmo naquele momento*, Arvardan se sentia afogar nos olhos de Pola. Se era a vida que lhe estava sendo arrebatada, o futuro que estava sendo destruído ao seu redor, a eterna indisponibilidade da doçura que havia provado... não importava o que fosse, ninguém jamais lhe parecera tão completa e devastadoramente desejável.

Tempos depois, ela era a soma de suas lembranças. Só a garota...

E o brilho ensolarado da manhã recaía sobre Pola de modo que o rosto de Arvardan, voltado para baixo, era um borrão diante dela. Ela sorriu para ele, ciente da presença daquele braço forte e vigoroso no qual o seu próprio repousava com tanta leveza. Essa foi a lembrança que ficou dali em diante. Um músculo firme estendido ligeiramente coberto por um tecido plástico de textura lustrosa, macio e gelado em contato com o pulso dela...

Schwartz estava em uma situação de sofrimento extenuante. O acesso recurvado que levava para fora da entrada lateral, através da qual eles saíram, estava em grande parte vazio. Ele estava imensamente grato por isso.

Só Schwartz tinha total conhecimento do preço do fracasso. Na Mente inimiga que ele controlava, podia sentir a humilhação insuportável, o ódio inigualável, as resoluções absolutamente horríveis. Ele tinha que buscar, naquela Mente, as informações que o orientavam... a posição do veículo terrestre, o caminho apropriado a pegar... E, ao fazer essas buscas, ele também vivenciou a amargura irritante da vingança determinada que recairia sobre eles caso seu controle vacilasse por um décimo de segundo que fosse.

A secreta rapidez da Mente que ele era obrigado a inspecionar continuou como sua possessão pessoal para sempre. Tempos depois, vieram pálidas horas cinzentas de muitas alvoradas inocentes durante as quais ele outra vez guiava os passos de um louco pelos perigosos corredores de uma fortaleza inimiga.

Schwartz soltou algumas palavras, ofegante, quando chegaram ao veículo terrestre. Ele não ousava relaxar o bastante para murmurar frases conexas. Pronunciou rápidas expressões com voz estrangulada:

– Não consigo... dirigir carro... não consigo... fazer ele... dirigir... complicado... não posso...

Shekt o acalmou fazendo um som suave com a boca. Ele não ousava tocá-lo, não ousava falar do modo costumeiro, não ousava distrair a mente de Schwartz nem por um segundo.

– Apenas faça-o entrar no banco de trás, Schwartz. Eu dirijo. Sei como fazer isso. De agora em diante, só mantenha-o imóvel, e eu vou tirar o desintegrador dele.

O veículo terrestre do secretário era um modelo especial. Por ser especial, era diferente. Chamava a atenção. Seus faróis verdes viravam para a direita e para a esquerda em movimentos ritmados conforme a intensidade da luz diminuía e aumentava em lampejos cor de esmeralda. Os homens paravam para ver. Veículos terrestres indo em direção oposta abriam caminho, apressados, em sinal de respeito.

Se o carro fosse menos notado, se fosse menos indiscreto, o transeunte ocasional talvez houvesse tido tempo de notar o pálido e imóvel Ancião no banco de trás... talvez houvesse pensado naquilo... talvez houvesse sentido o perigo...

Mas notaram somente o carro, e assim o tempo passou...

Um soldado barrava a entrada nos reluzentes portões de crômio que se levantavam absolutos no caminho amplo e descomunal, marcando todas as estruturas imperiais, em contraste com a maciça, atarracada e taciturna arquitetura da Terra. Ele estendeu sua enorme arma em um gesto para barrar o acesso, e o carro parou.

Arvardan se inclinou sobre a janela do veículo.

– Sou um cidadão do Império, soldado. Gostaria de ver seu comandante.

– Preciso ver sua identificação, senhor.

– Ela foi confiscada. Sou Bel Arvardan de Baronn, Sirius. O que vim fazer aqui é de interesse do procurador e estou com pressa.

O soldado levou o pulso até a altura da boca e falou em voz baixa por meio de um transmissor. Houve uma pausa enquanto ele esperava uma resposta, e depois ele abaixou o rifle e deu um passo para o lado. Lentamente, o portão se abriu.

O PRAZO QUE SE APROXIMAVA

As horas seguintes viram o surgimento de tumultos dentro e fora do Forte Dibburn. E, talvez até em maior grau, na própria cidade de Chica.

Foi à meia-noite que o grão-ministro em Washenn inquiriu sobre seu secretário por meio de um comuni-onda, e a busca por ele não deu resultado. O grão-ministro ficou insatisfeito; os funcionários de menor hierarquia do Edifício de Correção ficaram perturbados.

Depois ocorreu um interrogatório. Os guardas do lado de fora da sala de reunião sabiam com certeza que ele partira com os prisioneiros às 10h30 da manhã... Não, ele não havia deixado instruções. Não sabiam dizer aonde ele estava indo; não era de sua alçada perguntar.

Outro grupo de guardas não tinha, nem sabia, dar informações. Uma atmosfera geral de ansiedade instalou-se e formou um turbilhão.

Às 14h00, chegou o primeiro relato de que o veículo terrestre do secretário fora visto naquela manhã... ninguém notara se o secretário estava lá dentro... alguns pensavam que ele estava dirigindo, mas era apenas uma suposição, como ficou provado...

Em torno das 14h30 certificaram-se de que o carro entrara no Forte Dibburn.

Ainda não eram 15h00 quando decidiram, por fim, fazer uma ligação para o comandante do forte. Um tenente atendeu.

Souberam que era impossível, naquele momento, que informações sobre o assunto fossem fornecidas. Entretanto, os oficiais de sua majestade imperial solicitaram que, por ora, se mantivesse a ordem. Solicitaram ainda que a notícia da ausência de um membro da Sociedade dos Anciãos não fosse largamente divulgada até novo aviso.

Mas isso foi o suficiente para resultar no completo oposto dos anseios imperiais.

Homens engajados em atos de traição não podem correr riscos quando um dos principais membros da conspiração está nas mãos do inimigo, faltando 48 horas para o lançamento do plano. Aquilo só podia significar que haviam sido descobertos ou traídos, condições que eram apenas os dois lados de uma mesma moeda. Qualquer uma das alternativas significava a morte.

Então a notícia se espalhou...

E a população de Chica se agitou...

Os demagogos profissionais estavam nas esquinas das ruas. Os arsenais secretos foram abertos e as mãos que eram capazes pegaram em armas. Um fluxo sinuoso se dirigiu ao forte e, às 6h00, uma nova mensagem foi entregue ao comandante, desta vez por um enviado pessoal.

Enquanto isso, essa atividade correspondia, em menor escala, a acontecimentos dentro do forte. Eles haviam começado de forma dramática quando o jovem oficial que encontrou o veículo terrestre no caminho estendeu uma das mãos para pegar o desintegrador do secretário.

– Eu fico com isso – disse ele em poucas palavras.

– Deixe que ele a pegue, Schwartz – Shekt falou.

A mão do secretário levantou o desintegrador e o estendeu; a arma saiu de sua mão e foi levada embora... e Schwartz, com um agitado soluço que indicava uma ruptura na tensão, soltou-a.

Arvardan estava pronto. Quando o secretário atacou com violência como se fosse uma insana mola de aço que deixou de ser comprimida, o arqueólogo lançou-se sobre ele, esmurrando-o com força.

Os oficiais deram ordens. Soldados correram. Quando mãos rudes pegaram o colarinho da camisa de Arvardan e o arrastaram, o secretário ficou jogado no assento do carro, inerte. Um fio de sangue escuro escorria debilmente do canto de sua boca. A bochecha machucada de Arvardan tinha um corte aberto e sangrava.

Ele arrumou o cabelo com as mãos trêmulas. Depois, apontando o dedo em riste, declarou com firmeza:

– Acuso este homem de conspirar para destituir o governo imperial. Preciso conversar com o comandante imediatamente.

– Teremos que verificar essa possibilidade, senhor – disse o oficial de forma cortês. – Se não se importarem, terão de me seguir... todos vocês.

E a situação ficou nesse pé durante horas. O alojamento era privativo e razoavelmente limpo. Pela primeira vez em doze horas, eles tiveram a chance de comer, o que fizeram, apesar das considerações, com rapidez e eficiência. Tiveram até mesmo a oportunidade de cuidar daquela necessidade adicional da civilização: o banho.

No entanto, o cômodo era vigiado e, conforme as horas se passaram, Arvardan enfim perdeu a calma e gritou:

– Mas nós apenas trocamos de prisão.

A rotina entediante e sem sentido de um quartel do exército vagava ao redor deles, ignorando-os. Schwartz estava dormindo e Arvardan olhou para ele. Shekt chacoalhou a cabeça.

– Não podemos – declarou ele. – É humanamente impossível. Este homem está exausto. Deixe-o dormir.

– Mas só restam 39 horas.

– Eu sei... mas espere.

Uma voz fria e ligeiramente sardônica fez-se ouvir.

– Qual de vocês alega ser um cidadão do Império?

Arvardan deu um passo à frente.

– Eu. Eu sou...

E sua voz falhou quando ele reconheceu o interlocutor. Este deu um sorrisinho. Ele mantinha o braço esquerdo de modo um tanto rígido, como uma recordação do último encontro entre eles.

A voz de Pola soou em um tom fraco, vindo de trás de Arvardan.

– Bel, é o oficial... aquele da loja de departamento.

– Aquele cujo braço ele quebrou – veio o brusco acréscimo. – Meu nome é tenente Claudy e, sim, você é o mesmo homem. Então é membro dos mundos sirianenses, não é? E, no entanto, você se associa com esses aí. Pela Galáxia, a que ponto um homem pode chegar! E você ainda tem a garota ao seu lado. – Ele esperou e depois disse lenta e deliberadamente: – A nativa!

Arvardan se irritou, depois se acalmou. Ele não podia... ainda não...

Forçou-se a imprimir um tom humilde à sua voz.

– Posso ver o coronel, tenente?

– Receio que o coronel não esteja em serviço agora.

– Quer dizer que ele não está na cidade?

– Não disse isso. Podemos entrar em contato com ele... se o problema for urgente o bastante.

– E é... Posso ver o oficial em comando hoje?

– No momento, eu sou o oficial em comando.

– Então chame o coronel.

E o tenente chacoalhou a cabeça devagar.

– Eu não poderia fazer isso sem estar convencido da gravidade da situação.

A impaciência fazia Arvardan tremer.

– Pela Galáxia, deixe de rodeios! É uma questão de vida ou morte.

– É mesmo? – O tenente Claudy girou um pequeno bastão com a afetação de um dândi. – Você pode pedir uma audiência comigo.

– Certo... Bem, estou esperando.

– Eu disse... você pode *suplicar* uma.

– Pode me conceder uma audiência, tenente?

Mas não havia sorriso algum no rosto do tenente.

– Eu disse *suplicar* diante da garota. Com humildade.

Arvardan engoliu em seco e se afastou. A mão de Pola tocou na manga de sua camisa.

– Por favor, Bel. Você não deve deixá-lo irritado.

– Bel Arvardan, de Sirius, humildemente suplica uma audiência com o oficial em comando hoje – resmungou o arqueólogo com voz rouca.

– Isso depende – retrucou o tenente Claudy.

Ele deu um passo em direção ao arqueólogo e, em um movimento rápido e traiçoeiro, desferiu um golpe com a palma da mão sobre a bandagem que cobria o corte na bochecha de Arvardan.

Ele arfou e sufocou um grito.

– Você ficou ressentido com isso uma vez. Não se ressente agora? – perguntou o tenente.

Arvardan não respondeu.

– Audiência concedida – disse o tenente.

Quatro soldados se enfileiraram à frente e atrás de Arvardan. O tenente Claudy conduziu o caminho.

Shekt e Pola ficaram sozinhos com Schwartz, que dormia.

– Não *o* estou ouvindo mais, você está? – perguntou Shekt.

Pola chacoalhou a cabeça.

– Eu também não, já faz algum tempo. Mas, pai, acha que ele vai fazer alguma coisa com Bel?

– E como ele poderia fazer? – disse o velho em um tom suave. – Você se esqueceu de que ele não é um de nós? Ele é um cidadão do Império e não pode ser importunado com facilidade... Você está *apaixonada* por ele, não está?

– Oh, terrivelmente, pai. É bobagem, eu sei.

– Claro que é. – Shekt deu um sorriso amargurado. – Ele é honesto. Não digo que não seja. Mas o que ele pode fazer? Será que consegue viver conosco aqui *neste* mundo? Será que pode levá-la para casa? Apresentar uma terráquea aos seus amigos? À sua família?

– Eu sei – ela disse, chorando. – Mas talvez não haja um depois.

E Shekt se pôs de pé outra vez, como se esta última expressão o fizesse lembrar-se de algo.

– Não estou ouvindo-o – disse ele de novo.

Ele se referia ao secretário. Balkis fora colocado em uma sala contígua, onde seus passos de leão enjaulado eram clara e ominosamente audíveis. Mas agora não era possível ouvi-los.

Tratava-se de um pontinho, mas a mente e o corpo do secretário haviam concentrado e simbolizado, de algum modo, toda a força sinistra da doença e da destruição que estava sendo liberada na gigantesca rede de estrelas vivas. Shekt sacudiu Schwartz de leve.

– Acorde – disse ele.

Schwartz se mexeu.

– O que foi? – Ele não se sentia descansado. Seu cansaço se entranhava cada vez mais, chegando tão fundo a ponto de trespassá-lo, projetando-se como raios dentados.

– Onde está Balkis? – Shekt apressou-se em perguntar.

– Ah... ah, sim. – Schwartz olhou ao redor com ferocidade e depois se lembrou de que não era com os olhos que ele procurava e via com mais clareza. Estendeu os tentáculos de sua mente e eles se moveram em círculos, procurando pela Mente que conheciam tão bem.

Ele a encontrou e evitou Tocá-la. A longa imersão dentro dela não aumentara seu gosto pela qualidade pegajosa de sua vileza doentia.

– Ele está em outro andar. Está conversando com alguém – murmurou Schwartz.

– Com quem?

– Ninguém cuja mente eu tenha Tocado antes. Esperem... deixem-me ouvir. Talvez o secretário vá... Sim, ele o chama de coronel.

Shekt e Pola se entreolharam rapidamente.

– Não pode ser um ato de traição, pode? – sussurrou Pola. – Quero dizer, com certeza um oficial do Império não tramaria com um terráqueo contra o Imperador, não é?

– Não sei – respondeu Shekt com tristeza. – Estou pronto para acreditar em qualquer coisa.

* * *

O tenente Claudy sorria. Ele estava atrás de uma mesa, com um desintegrador ao alcance dos dedos e os quatro soldados atrás de si. Falava com a autoridade que tal situação lhe conferia.

– Não gosto de terráqueos – começou ele. – Jamais gostei. Eles são a escória da Galáxia. São cheios de doenças, superstições e preguiça. São degenerados e estúpidos. Mas, pelas Estrelas, a maioria deles sabe o seu lugar. De certo modo, eu os entendo. É o jeito como nasceram e não podem evitar. Claro que eu não suportaria o que o Imperador suporta por parte deles... quero dizer, seus malditos costumes e tradições... se *eu* fosse o Imperador. Mas tudo bem. Algum dia aprenderemos...

Arvardan explodiu.

– Escute aqui. Não vim para ouvir...

– Você vai ouvir, porque não terminei. Eu estava prestes a dizer que o que *não consigo* entender é o funcionamento da mente de um amante de terráqueos. Quando um homem... um homem *de verdade*, supostamente... consegue chegar tão baixo a ponto de rastejar entre eles e procurar suas mulheres, não tenho respeito por ele. É pior do que os nativos...

– Então para o Espaço com você e seu arremedo de mente! – disse o arqueólogo em um tom impetuoso. – Você sabe que há uma traição contra o Império em andamento? Tem ideia de como a situação é perigosa? Cada minuto que você atrasa coloca em perigo todos os quatrilhões de vidas da Galáxia...

– Ah, eu não sei, dr. Arvardan. *É* doutor, não é? Não devo esquecer seu título. Sabe, tenho uma teoria. Você é um deles. Talvez tenha nascido em Sirius, mas tem o coração maculado de um terráqueo, e está usando sua cidadania galáctica para promover a causa deles. Você sequestrou um dos oficiais deles, esse Ancião. (Uma coisa boa em si, a propósito, e eu não me importaria em esmagar aquela garganta com as minhas próprias mãos.) *Mas* os terráqueos já estão procurando por ele. Mandaram uma mensagem para o forte.

– Mandaram? Já? Então por que estamos aqui conversando? *Preciso* ver o coronel se eu for...

– Você está esperando um tumulto, algum tipo de problema? Talvez até tenha planejado um como primeiro passo em uma revolta organizada, hein?

– Ficou louco? Por que eu ia querer fazer uma coisa dessas?

– Bem, então não se importaria se soltássemos o Ancião?

– Não podem fazer isso. – Arvardan se pôs de pé e, por um instante, pareceu pronto a passar sobre a mesa e se atirar no tenente.

Mas o desintegrador já estava na mão de Claudy.

– Ah, não podemos? Escute aqui. Eu me vinguei. Bati em você e o fiz rastejar diante dos seus companheiros terráqueos. Eu o fiz se sentar aqui enquanto dizia na sua cara o verme abjeto que você é. E eu adoraria ter uma desculpa para desintegrar o seu braço pelo que fez com o meu. Agora, ouse fazer outro movimento.

Arvardan ficou paralisado.

O tenente Claudy riu e guardou o desintegrador.

– É uma pena que eu tenha de poupá-lo para o coronel. Ele vai vê-lo às 17h15.

– Você sabia disso... sabia disso o tempo todo. – A frustração deixou sua voz rouca e áspera como uma lixa.

– Claro.

– Se o tempo que perdemos significar que a questão está terminada, tenente Claudy, então nenhum de nós terá muito tempo para viver – ele falava com uma frieza que distorcia sua voz, transformando-a em algo horrível. – Mas você vai morrer primeiro, porque eu vou passar os meus últimos minutos fazendo a sua cara virar um monte de osso estilhaçado e cérebro esmagado.

– Estarei esperando por você, amante de terráqueos. Quando quiser!

O oficial em comando no Forte Dibburn tornara-se insensível a serviço do Império. Na profunda paz das últimas gerações, havia pouco que um oficial pudesse fazer no sentido de alcançar a "glória", e o coronel, como os outros, não conquistou nenhuma. Mas, na longa e lenta ascensão desde a posição de cadete militar, servira em todas as partes da Galáxia... de modo que mesmo uma tropa no neurótico planeta Terra, para ele, não passava de uma tarefa adicional. Ele queria apenas a pacífica rotina do trabalho normal. Não pedia nada além disso e, para alcançá-la, estava disposto a se sujeitar, até quando fosse necessário, a pedir desculpas a uma garota terráquea.

Ele parecia cansado quando Arvardan entrou. A gola de sua camisa estava aberta e sua túnica, com sua reluzente e amarela Espaçonave e Sol do Império, passando por cima do encosto da cadeira, dependurava-se frouxamente. Ele estalava as juntas da mão direita com um ar distraído enquanto lançava um olhar solene a Arvardan.

– Isso tudo é uma história muito confusa – disse ele –, muito confusa. Eu me lembro bem de você, meu jovem. É Bel Arvardan, de Baronn, e o responsável por um momento anterior de considerável constrangimento. Você não consegue se manter longe de problemas?

– Não sou só eu que estou com problemas, coronel, mas todo o resto da Galáxia também.

– Sim, eu sei – retrucou o militar um tanto impaciente. – Ou pelo menos sei que isso é o que alega. Disseram-me que você não tem mais documentos de identificação.

– Foram confiscados, mas me conhecem em Everest. O próprio procurador pode me identificar, e vai fazê-lo, espero, antes que a noite caia.

– Veremos. – O coronel cruzou os braços e se recostou na cadeira de novo. – E se você me contar o seu lado da história?

– Fiquei sabendo de uma perigosa conspiração por parte de um pequeno grupo de terráqueos para destituir o governo imperial à força, o qual, se não for levado ao conhecimento das autoridades apropriadas de imediato, pode acabar conseguindo destruir tanto o governo como boa parte do próprio Império.

–Você está indo longe demais, meu jovem, em uma declaração muito precipitada e mirabolante. Que os homens da Terra possam organizar tumultos irritantes, sitiar este forte, fazer um estrago considerável, estou preparado para admitir... mas não consigo admitir, nem por um momento, que sejam capazes de chegar a expulsar as forças imperiais deste planeta, muito menos a destruir o governo imperial. No entanto, vou ouvir os detalhes dessa... ahn... trama.

– Infelizmente, a seriedade da questão é tanta que creio ser vital que os detalhes sejam contados ao procurador em pessoa. Portanto, solicito que me coloque em contato com ele agora, se não se importar.

– Hmm... Não sejamos tão apressados. Tem consciência de que o homem que trouxe é o secretário do grão-ministro da Terra, um de seus Anciãos e um homem muito importante para eles?

– Perfeitamente!

– E, não obstante, você diz que ele é o principal agente nessa conspiração que mencionou.

– Ele é.

– Que provas você tem?

– Estou certo de que o senhor vai entender quando eu disser que não posso discutir isso com ninguém a não ser o procurador.

O coronel franziu as sobrancelhas e olhou para as unhas.

– Você duvida da minha competência para este caso?

– De maneira alguma, senhor. É que apenas o procurador tem a autoridade para uma ação decisiva nesta situação.

– A que ação decisiva você se refere?

– Certo edifício da Terra deve ser bombardeado e totalmente destruído dentro de trinta horas, ou a vida da maioria dos habitantes do Império, ou de todos eles, será perdida.

– Que edifício? – perguntou o coronel em um tom cansado.

– O senhor pode me colocar em contato com o procurador, por favor? – retorquiu Arvardan sem demora.

Seguiu-se uma pausa que indicava um impasse.

– Você percebe que o sequestro de um terráqueo à força implica julgamento e punição pelas autoridades terrestres? Em ocasiões normais, o governo protege seus cidadãos por uma questão de princípios e insiste em um julgamento galáctico. Contudo, as questões na Terra são delicadas e recebi instruções rigorosas para não arriscar um conflito evitável. Portanto, a menos que responda minhas perguntas de forma completa, serei forçado a entregar você e seus companheiros para a polícia local – disse o coronel com frieza.

– Mas isso seria uma sentença de morte! Para o senhor também!... Coronel, sou um cidadão do Império e exijo uma audiência com o pro...

Um sinal sonoro na mesa do coronel o interrompeu. Ele se virou para o aparelho, fechando um contato.

– Sim?

– Senhor – ouviu-se uma voz clara –, um grupo de nativos cercou o forte. Acredita-se que estejam armados.

– Houve algum ato de violência?

– Não, senhor.

Não havia nenhum sinal de emoção no rosto do coronel. Afinal, ele era treinado para isso.

– Devem preparar a artilharia e os aviões... todos os homens em seus postos de batalha. Não atirem a não ser em legítima defesa. Entendido?

– Sim, senhor. Um terráqueo com uma bandeira de trégua deseja uma audiência.

– Mande-o entrar. Traga também o secretário do grão-ministro aqui de novo.

E agora o coronel olhou friamente para o arqueólogo.

– Espero que esteja ciente da natureza aterradora do que você causou.

– Exijo estar presente durante a conversa – gritou Arvardan, quase incoerente em razão de um acesso de fúria –, e exijo ainda saber o motivo pelo qual o senhor me deixa apodrecer aqui, sob vigilância e por horas a fio, enquanto se fecha em uma sala com um traidor nativo. Estou lhe dizendo que sei que o senhor conversou com ele antes de falar comigo.

– Está fazendo alguma acusação? – indagou o coronel, aumentando o tom da voz. – Se estiver, seja claro.

– Não estou fazendo nenhuma acusação. Mas devo lembrá-lo de que será responsável por suas ações de agora em diante e que poderá muito bem ficar conhecido no futuro, se o senhor tiver um futuro, como o destruidor do seu povo, por conta de sua teimosia.

– Silêncio! Afinal, não tenho de prestar contas a você. De agora em diante, conduziremos esta questão do modo como *eu* escolher, entendeu?

O secretário passou pela porta que um soldado segurava aberta.

Em seus lábios inchados e roxos havia um vestígio de sorriso frio. Ele fez uma mesura para o coronel e, para todas as aparências, pareceu não perceber a presença de Arvardan em absoluto.

– Senhor, comuniquei ao grão-ministro os detalhes de sua presença aqui e a maneira como ela ocorreu – o coronel informou ao terráqueo. – Claro que sua detenção aqui é inteiramente... hmm... heterodoxa, e é meu objetivo soltá-lo assim que possível. Contudo, tenho um cavalheiro que, como deve saber, fez uma acusação muito grave contra o senhor; uma acusação que, nas atuais circunstâncias, devemos investigar...

– Entendo, coronel – disse o secretário em um tom calmo. – No entanto, como já lhe expliquei, este homem está na Terra, creio, há uns dois meses, mais ou menos, de modo que seu conhecimento sobre a nossa política interna é inexistente. Na verdade, é uma base fraca para uma acusação.

– Sou arqueólogo por profissão e recentemente fiz uma especialização sobre a Terra e seus costumes – redarguiu Arvardan com raiva. – Meu conhecimento sobre política está bem longe de ser inexistente. E, em todo caso, não sou o único que faz acusações.

O secretário não olhou para o arqueólogo, nem nesse momento nem depois. Ele falava exclusivamente com o coronel.

– Um dos nossos cientistas locais está envolvido nisso; um cientista que, aproximando-se do fim dos seus 60 anos normais de vida, está tendo ilusões de perseguição – disse ele. – Então, além dele, há outro homem com antecedentes desconhecidos e um histórico de problemas mentais. Os três juntos não conseguiriam construir uma acusação respeitável entre si.

Arvardan levantou-se de um salto.

– Exijo ser ouvido...

– Sente-se – disse o coronel em um tom frio e indiferente. – Você se recusou a discutir a questão comigo. Que a recusa seja mantida. Traga o homem com a bandeira de trégua.

Era outro membro da Sociedade dos Anciãos. Nem uma piscada de olhos revelava qualquer emoção da parte dele ao ver o secretário. O coronel levantou-se da cadeira e disse:

– Você fala em nome dos que estão lá fora?

– Falo, senhor.

– Então presumo que essa reunião turbulenta e ilegal tenha como base uma exigência para que devolvamos seu compatriota aqui.

– Sim, senhor. Ele deve ser libertado de imediato.

– De fato! Não obstante, o interesse da lei e da ordem e o respeito devido aos representantes de sua majestade imperial neste mundo fazem com que esta questão não possa ser discutida enquanto houver homens reunidos em uma rebelião armada contra nós. Devem dispersar seus homens.

– O coronel está perfeitamente correto – falou o secretário em um tom agradável. – Irmão Cori, por favor, acalme a situação. Estou em perfeita segurança aqui, e não há perigo... para ninguém. Entende? Para ninguém. Dou minha palavra como um Ancião.

– Muito bem, irmão. Estou agradecido que esteja bem.

Ele foi conduzido para a saída.

– Vamos nos certificar de que o senhor saia em segurança assim que as coisas na cidade tenham voltado ao normal. Obrigado pela sua colaboração neste assunto que acabamos de concluir – disse o coronel de súbito.

Arvardan se pôs de pé outra vez.

– Eu proíbo isso. O senhor vai soltar esse pretenso assassino da raça humana enquanto não me permite ter uma conversa com o procurador quando tal entrevista simplesmente estaria de acordo com os meus direitos como cidadão galáctico. – Depois acrescentou, em um paroxismo de frustração: – Vai demonstrar mais consideração por um cão terráqueo do que por mim?

A voz do secretário ressoou, cobrindo aquele último acesso quase incoerente de raiva.

– Coronel, eu permaneço aqui com muito prazer até que o meu caso seja ouvido pelo procurador, se é isso o que esse homem quer. Uma acusação de traição é coisa séria, e a suspeita de algo assim, por mais improvável que seja, pode ser suficiente para arruinar minha utilidade para o meu povo. Eu realmente agradeceria a oportunidade de provar ao procurador que ninguém é mais leal ao Império do que eu.

– Admiro seus sentimentos, senhor, e admito espontaneamente que, caso eu estivesse em seu lugar, minha atitude seria bem diferente – disse o coronel com formalidade. – O senhor é motivo de orgulho para a sua raça. Vou tentar contatar o procurador.

Arvardan não disse mais nada até que o levassem de volta à sua cela.

Ele evitou os olhares dos demais. Por um longo período, ficou sentado e imóvel, mordendo uma das juntas da mão, até Shekt perguntar:

– E aí?

Arvardan chacoalhou a cabeça.

– Eu estraguei tudo.

– O que você fez?

– Perdi a calma, ofendi o coronel e não cheguei a lugar algum... Não sou nenhum diplomata, Shekt.

Ele se sentiu dividido por conta do súbito impulso de se defender.

– O que eu poderia fazer? – gritou ele. – Balkis já havia falado com o coronel, então eu não podia confiar nele. E se tivessem lhe oferecido poupar sua vida? E se ele fizesse parte dessa trama desde o princípio? Sei que é uma ideia louca, mas não podia correr o risco. Era suspeito demais. Eu queria ver Ennius em pessoa.

O físico se levantou, as enrugadas mãos cruzadas atrás das costas.

– Bem, então... Ennius vai vir?

– Suponho que sim. Mas apenas porque Balkis pediu, e eu não entendo.

– Balkis pediu? Nesse caso, Schwartz está certo.

– Está? O que Schwartz disse?

O terráqueo gorducho estava sentado em sua cama. Encolheu os ombros quando os olhares se voltaram para ele e estendeu os braços em um gesto de impotência.

– Percebi o Toque Mental do secretário quando passaram com ele pela nossa porta agora há pouco. Ele definitivamente teve uma longa conversa com o oficial com quem você conversou.

– Eu sei.

– Mas não há traição na mente desse oficial.

– Bem, então pensei errado – acrescentou ele com tristeza. – Vou tomar a maior bronca quando Ennius chegar. E quanto a Balkis?

– Não há preocupação ou medo em sua mente; só ódio. E agora é, em grande parte, ódio por nós, por capturá-lo, por arrastá-lo até aqui. Nós ferimos terrivelmente sua vaidade, e ele pretende ajustar as contas conosco. Vi pequenas imagens de devaneio em sua mente. De si mesmo, sozinho, evitando que a Galáxia inteira fizesse qualquer coisa para impedi-lo; mesmo enquanto nós, com o conhecimento que temos, trabalhamos contra ele. Ele vai nos dar uma chance, vai nos dar um trunfo, e então vai nos esmagar e nos vencer.

– Quer dizer que ele vai arriscar seus planos, seus sonhos imperiais, apenas para expressar um pouco de despeito por nós? Isso é loucura.

– Eu sei – disse Schwartz com determinação. – Ele é *louco*.

– E ele acha que vai conseguir?

– Isso mesmo.

– Então precisamos de você, Schwartz. Precisaremos de sua mente. Ouça-me...

Mas Shekt estava chacoalhando a cabeça.

– Não, Arvardan, não poderíamos pôr algo assim em prática. Eu acordei Schwartz quando você saiu e nós discutimos o assunto. Os poderes mentais dele, que só podem ser descritos de maneira vaga, obviamente não estão em perfeito controle. Ele consegue atordoar um homem, ou paralisá-lo, ou mesmo matá-lo. Melhor ainda, pode controlar os músculos voluntários maiores mesmo contra a vontade do indivíduo, mas não mais do que isso. No caso do secretário, ele não poderia fazer o homem falar; os pequenos músculos em torno das cordas vocais estão além do seu alcance. Ele não conseguiu coordenar o movimento bem o suficiente para fazer o secretário dirigir um carro; ele conseguiu equilibrá-lo enquanto o fazia andar, mas com dificuldade. Então, é evidente que não poderíamos controlar Ennius, por exemplo, a ponto de fazê-lo dar uma ordem, ou escrever uma. Pensei nisso, sabe... – Shekt chacoalhou a cabeça enquanto sua voz foi desaparecendo.

Arvardan sentiu a desolação da futilidade cair sobre ele. Depois, com uma repentina pontada de ansiedade, perguntou:

– Onde está Pola?

– Ela está dormindo na alcova.

Ele teria desejado acordá-la... desejou... Ah, desejou muitas coisas.

Arvardan olhou para o relógio. Era quase meia-noite, e faltavam somente trinta horas.

Depois disso, ele dormiu um pouco, então acordou por um instante, quando clareou de novo. Ninguém se aproximava, e a própria alma de um homem ficava abatida e pálida.

Ele olhou ao seu redor, aturdido e desesperançoso. Agora todos estavam ali... até o procurador, enfim. Pola estava perto dele, com os dedinhos quentes em seu pulso e aquele ar de medo e exaustão no rosto que, mais do que qualquer outra coisa, deixava-o furioso com a Galáxia toda.

Talvez todos eles merecessem morrer, os estúpidos, estúpidos... estúpidos...

Ele mal podia ver Shekt e Schwartz. Eles estavam sentados à sua esquerda. E ali estava Balkis, o maldito Balkis, com os lábios ainda inchados e uma bochecha roxa, de modo que devia estar doendo muito para falar... e os lábios de Arvardan formaram um furioso e doloroso sorriso ao pensar nisso; seu punho se cerrou e se contorceu. Sua própria bochecha coberta por uma bandagem doía menos em razão desse pensamento.

Diante de todos eles estava Ennius, com a testa franzida e ar de dúvida, quase ridículo, vestido do jeito como estava com aquelas pesadas e disformes roupas impregnadas de chumbo.

E ele, também, era estúpido. Arvardan sentiu seu corpo estremecer de ódio ao pensar nesses galácticos temerários que só queriam paz e tranquilidade. Onde estavam os conquistadores de três séculos atrás? Onde...?

Faltavam seis horas...

Ennius recebera a ligação da tropa de Chica cerca de dezoito horas antes e cruzara meio planeta em virtude daquele chamado. Os motivos que o levaram a fazer isso eram obscuros, mas ainda assim contundentes. Em essência, ele disse a si mesmo, não havia nada de mais naquela questão a não ser o lamentável sequestro de uma daquelas curiosidades com vestimentas verdes da supersticiosa e perturbada Terra. Isso, e essas loucas acusações sem evidências. Com certeza, não era nada com que o coronel que estava naquele local não pudesse lidar.

E, no entanto, havia Shekt... Shekt estava metido nisso... E não como acusado, mas como acusador. Isso era confuso.

Agora ele estava sentado diante deles, pensando, bastante consciente de que sua decisão nesse caso poderia antecipar uma rebelião, talvez enfraquecer sua posição na corte, arruinar suas chances de ser promovido... Quanto à longa fala de Arvardan há pouco sobre linhagens de vírus e epidemias desenfreadas, até que ponto poderia levá-las a sério? Afinal de contas, se ele tomasse uma atitude com base nisso, será que essa questão soaria crível aos ouvidos dos seus superiores?

E, contudo, Arvardan era um arqueólogo importante.

Então ele adiou o problema em sua cabeça dizendo ao secretário:

– Com certeza, o senhor tem algo a dizer sobre esse assunto.

– Surpreendentemente pouco – respondeu o secretário com uma confiança tranquila. – Gostaria de perguntar que evidência existe para sustentar essa acusação.

– Vossa excelência – interveio Arvardan com uma paciência impertinente –, eu já lhe disse que ele próprio admitiu isso com todos os detalhes quando fomos mantidos prisioneiros anteontem.

– Talvez o senhor escolha acreditar nessa afirmação, vossa excelência – disse o secretário –, mas é só mais uma declaração adicional não provada. Na verdade, os únicos fatos que os forasteiros podem atestar são o de que *eu* fui capturado de forma violenta, não eles, e o de que *minha* vida estava em perigo, não a deles. Agora eu gostaria que meu acusador explicasse como foi capaz de descobrir tudo isso nas nove semanas em que esteve neste planeta, enquanto o senhor, o procurador, em anos de serviço aqui, não descobriu nada que me desabone?

– Há lógica no que o Irmão diz – admitiu Ennius em um tom sério. – Como *você* sabe?

– Antes da confissão do acusado, fui informado da conspiração pelo dr. Shekt – replicou Arvardan com frieza.

– É verdade, dr. Shekt? – O olhar do procurador passou para o físico.

– É verdade, vossa excelência.

– E como o senhor descobriu?

– O dr. Arvardan foi admiravelmente minucioso e preciso em sua descrição do uso dado ao Sinapsificador e em seus comentários referentes às declarações do bacteriologista à beira da morte, F. Smitko – disse Shekt. – Esse tal Smitko participava da conspiração. Os comentários dele e a gravação estão disponíveis.

– Mas, dr. Shekt, é sabido que as declarações de um moribundo em estado delirante, se o que o dr. Arvardan diz é verdade, não pode ter grande peso. O senhor não tem mais nada?

Arvardan interrompeu batendo o pulso no braço da cadeira e vociferando:

– Isto é um tribunal de justiça? Alguém foi culpado por violar uma regulamentação de trânsito? Não temos tempo para pesar as evidências em uma balança analítica ou para medi-las com um micrômetro. Estou lhe dizendo que temos até as 6h00, ou seja, cinco horas e meia, para aniquilar essa grande ameaça... O senhor já conhecia o dr. Shekt, vossa excelência. Que o senhor saiba, ele é um mentiroso?

– Ninguém acusou o dr. Shekt de mentir de forma deliberada, vossa excelência – interpôs o secretário instantaneamente. – Acontece que o bom doutor está envelhecendo e tem estado muito preocupado, nos últimos tempos, com a chegada do sexagésimo aniversário. Receio que uma combinação de idade e medo tenha levado a ligeiras tendências paranoicas, que são bastante comuns aqui na Terra... Olhe para ele! Parece-lhe estar no seu normal?

Ele não parecia, claro. Estava abatido e tenso, exausto pelo que havia acontecido e pelo que estava por vir.

No entanto, Shekt forçou sua voz a fluir em tons normais, até mesmo a transparecer calma.

– Eu poderia dizer que, nestes últimos dois meses, tenho estado sob vigília constante dos Anciãos, que minhas cartas foram abertas e minhas respostas censuradas. Mas é óbvio que essas reclamações seriam atribuídas à paranoia mencionada. Contudo, tenho aqui Joseph Schwartz, o homem que se apresentou como cobaia para o Sinapsificador naquele dia em que o senhor estava me visitando no Instituto.

– Eu me lembro. – Houve uma débil gratidão na mente de Ennius pelo fato de que o assunto havia, de momento, mudado. – É esse o homem?

– Sim.

– Ele não parece estar pior por conta da experiência.

– Ele está muito melhor. A exposição ao Sinapsificador foi extraordinariamente bem-sucedida, uma vez que ele tinha uma memória fotográfica desde o princípio, algo que eu desconhecia na época. Seja como for, ele agora tem uma mente que é sensível aos pensamentos dos outros.

Ennius se inclinou para a frente na cadeira e gritou, assombrado:

– O quê? Está me dizendo que ele lê mentes?

– Isso pode ser demonstrado, vossa excelência. Mas acho que o Irmão confirmará essa declaração.

O secretário lançou um rápido olhar de ódio a Schwartz, fervente de intensidade e veloz como um raio ao passar por seu rosto. Ele disse, com um tremor quase imperceptível na voz:

– É verdade, vossa excelência. Esse homem que eles aqui apresentam possui certas faculdades hipnóticas, embora eu não saiba se isso se deve ao Sinapsificador ou não. Devo acrescentar que a sujeição desse homem ao Sinapsificador não foi registrada, uma questão que o senhor concordará ser altamente suspeita.

– Não foi registrada de acordo com a ordem vigente que recebi do grão-ministro – retrucou Shekt em voz baixa. Mas o secretário apenas deu de ombros ao ouvir isso.

– Vamos continuar com o assunto e evitar essa altercação insignificante... – disse Ennius peremptoriamente. – E quanto a esse tal de Schwartz? O que seus poderes de ler mentes, ou talentos hipnóticos, ou o que quer que sejam, têm a ver com o caso?

– Shekt pretende dizer que Schwartz é capaz de ler a minha mente – declarou o secretário.

– Isso é verdade? Bem, e no que ele está pensando? – perguntou o procurador, falando com Schwartz pela primeira vez.

– Ele está pensando que nós não temos como convencê-lo de que estamos do lado da verdade, nisso que o senhor chama de caso – respondeu Schwartz.

– É verdade, embora essa dedução não exija um grande poder mental – debochou o secretário.

– E também que o senhor é um pobre tolo com medo de agir, desejando apenas a paz, esperando conquistar os homens da Terra com a sua justiça e imparcialidade, e mais tolo ainda por ter esperanças quanto a isso – continuou Schwartz.

O secretário enrubesceu.

– Eu nego tudo o que ele disse. É uma nítida tentativa de influenciá-lo, vossa excelência.

– Não sou influenciado com tanta facilidade – redarguiu Ennius. E depois, voltando-se para Schwartz, indagou: – Em que *eu* estou pensando?

– Que, mesmo que eu pudesse ver com clareza dentro do cérebro de um homem, não precisaria necessariamente contar a verdade sobre o que vejo – replicou Schwartz.

O procurador franziu as sobrancelhas, surpreso.

– Você está correto, bastante correto. Você sustenta a veracidade das declarações apresentadas pelos drs. Arvardan e Shekt?

– De cada palavra.

– Pois bem! Entretanto, a menos que se possa encontrar outro como você, alguém que não esteja envolvido nesta questão, sua evidência não seria válida segundo a lei mesmo que pudéssemos conseguir que se acreditasse, de forma generalizada, que você é um telepata.

– Mas não é uma questão relativa à lei, mas à segurança da Galáxia! – gritou Arvardan.

– Vossa excelência – o secretário se levantou de sua cadeira –, tenho um pedido a fazer. Gostaria que esse Schwartz fosse tirado desta sala.

– Por quê?

– Este homem, além de ler mentes, tem certos poderes de força mental. Fui capturado por meio de uma paralisia induzida por Schwartz. É em razão de meu medo de que ele possa tentar algo do tipo contra mim agora, ou mesmo contra vossa excelência, que peço isso.

Arvardan se levantou, mas a voz do secretário se sobrepôs e ele disse:

– Nenhuma audiência pode ser justa com a presença de um homem que poderia influenciar sutilmente a mente do juiz por meio de dons mentais, se admitirmos sua existência.

Ennius tomou uma decisão rapidamente. Um assistente entrou e Joseph Schwartz, sem oferecer resistência nem mostrar o menor sinal de perturbação em seu rosto redondo, foi levado embora.

Para Arvardan, esse foi o golpe final.

Quanto ao secretário, ele se levantou de imediato e, por um instante, ficou de pé... uma figura atarracada e sombria trajando verde, forte em sua autoconfiança.

– Vossa excelência, todas as crenças e declarações do dr. Arvardan baseiam-se no testemunho do dr. Shekt – começou ele de forma séria, em um estilo formal. – As crenças do dr. Shekt, por sua vez, baseiam-se no delírio de um moribundo. E tudo isso, vossa excelência, *tudo isso* de algum modo nunca foi revelado até que Joseph Schwartz foi submetido ao Sinapsificador. Então, quem é Joseph Schwartz? Até ele aparecer em cena, o dr. Shekt era um homem normal e despreocupado. O senhor mesmo, vossa excelência, passou uma tarde com ele no dia em que Schwartz foi levado para fazer o tratamento. Ele estava anormal naquele momento? Ele o informou sobre um ato de traição contra o Império? De certa tagarelice por parte de um bioquímico moribundo? Ele parecia ao menos preocupado? Ou desconfiado? Agora ele diz que foi instruído pelo grão-ministro a falsificar os resultados dos testes com o Sinapsificador, a não registrar os nomes daqueles que passaram pelo procedimento. Ele lhe disse isso naquela época? Ou apenas hoje, *depois* daquele dia em que Schwartz apareceu? Outra vez pergunto: quem é Joseph Schwartz? Ele não falava nenhum idioma conhecido quando foi tratado. Descobrimos tudo isso por conta própria mais tarde, quando começamos a desconfiar da estabilidade da saúde mental do dr. Shekt. Ele foi trazido por um lavrador que não sabia nada sobre sua identidade ou, na verdade, não conhecia qualquer fato sobre ele. Nem se descobriu nada desde então. No entanto, esse homem tem estranhos poderes mentais. Ele consegue atordoar uma pessoa a cerca de 90 metros, só com o pensamento... consegue matar, estando mais perto. Eu mesmo fui paralisado por ele; meus braços e pernas foram manipulados por ele; minha mente poderia ter sido manipulada se ele quisesse. Acredito, com certeza, que Schwartz manipulou a mente desses outros. Eles dizem que eu os capturei, que os ameacei de morte, que confessei um ato de traição e a aspiração ao Império... No entanto, faça-lhes uma pergunta, vossa excelência. Será que eles não foram exaustivamente expostos à influência de Schwartz, isto é, de um homem capaz de controlar suas mentes? Será que Schwartz não pode ser um traidor? Se não for, quem *é* Schwartz?

O secretário se sentou, calmo, quase afável.

Arvardan sentiu como se seu cérebro houvesse subido em um cíclotron e estivesse girando para fora em revoluções cada vez mais rápidas.

Qual resposta podia oferecer? Que Schwartz viera do passado? Qual evidência existia para comprovar isso? Que o homem falava um idioma genuinamente primitivo? Mas apenas ele mesmo, Arvardan, poderia atestar esse fato. E ele, Arvardan, poderia muito bem ter a mente manipulada. Afinal, como poderia distinguir se sua mente não havia sido manipulada? Quem *era* Schwartz? O que o convencera desse grande plano de conquista da Galáxia?

Ele pensou de novo. De onde vinha sua convicção quanto à veracidade da conspiração? Ele era arqueólogo, inclinado a duvidar, mas agora... Havia sido a palavra de um homem? O beijo de uma garota? Ou Joseph Schwartz?

Ele não conseguia pensar! *Não conseguia pensar!*

– Bem? – Ennius parecia impaciente. – Tem algo a dizer, dr. Shekt? Ou você, dr. Arvardan?

Mas a voz de Pola de repente rompeu o silêncio.

– Por que pergunta a eles? Não consegue ver que é tudo uma mentira? Não percebe que ele está nos amarrando com suas palavras falsas? Oh, nós vamos morrer, e eu não me importo mais... mas podíamos impedir isso, podíamos impedir isso... E em vez de agir, nós simplesmente ficamos aqui sentados e... e... *conversando*... – Ela caiu em prantos.

– Então tudo se reduz a gritos de uma garota histérica... Vossa excelência, tenho uma proposta. Meus acusadores dizem que tudo isso, o suposto vírus e qualquer outra coisa que tenham em mente, está programado para um horário específico... seis da manhã, creio. Eu me ofereço para permanecer sob custódia durante uma semana. Se o que eles dizem for verdade, notícias sobre uma epidemia na Galáxia devem chegar à Terra dentro de alguns dias. Se isso ocorrer, as forças imperiais ainda controlarão este planeta – disse o secretário.

– De fato, a Terra é uma ótima moeda para trocar por uma Galáxia inteira de humanos – murmurou o pálido Shekt.

– Eu valorizo minha vida e a do meu povo. Somos reféns de nossa inocência e, neste instante, estou preparado para informar a Sociedade dos Anciãos que vou ficar aqui pelo intervalo de uma semana, de minha própria vontade, e evitar qualquer perturbação que poderia, de outra forma, ocorrer.

Ele cruzou os braços.

Ennius levantou os olhos, a preocupação estampada no rosto.

– Não vejo culpa neste homem...

Arvardan não foi capaz de suportar aquilo. Com uma silenciosa e mortal ferocidade, ele se levantou e avançou em direção ao procurador com passadas largas. O que ele ponderou, nunca se soube. Mais tarde, nem ele mesmo conseguia se lembrar. Em todo caso, não fazia diferença. Ennius tinha um chicote neurônico e o usou.

Pela terceira vez desde que aterrissara na Terra, tudo ao redor de Arvardan foi tomado pela dor, rodopiou e desvaneceu.

Nas horas durante as quais Arvardan ficou inconsciente, o horário marcado das 6h00 chegou...

O PRAZO QUE PASSOU

E passou!

Luz...

Uma luz ofuscante e sombras nebulosas... derretendo e rodopiando, e então ficando nítidas.

Um rosto... Olhos sobre seu...

– Pola! – As coisas ficaram distintas e claras para Arvardan em um simples pulo.

Seus dedos seguravam com força o pulso da moça, de modo que ela recuou involuntariamente.

– Já passou das 11h00 – murmurou ela. – Já passou do horário marcado.

Ele olhou ao redor, descontrolado, a começar pela cama onde estava deitado, desconsiderando a ardência que sentia nas juntas. Shekt, sua figura magra encolhida em uma cadeira, levantou a cabeça para confirmar em um breve sinal de pesar.

– Acabou, Arvardan.

– Então Ennius...

– Ennius não correu o risco – disse Shekt. – Não é estranho? – Ele deu uma risada esquisita, entrecortada e rouca. –

Nós três descobrimos por conta própria uma enorme conspiração contra a humanidade, capturamos o líder nós mesmos e o entregamos à justiça. É como um visidrama, não é, com os grandes heróis vencedores voando em direção à vitória na última hora? É nesse ponto que costumam terminar. Só que, no nosso caso, a história continuou e descobrimos que ninguém acreditou em nós. Isso não acontece nos visidramas, não é? Neles as coisas terminam bem, não terminam? É engraçado... – As palavras se tornaram soluços ásperos e secos.

Arvardan desviou o olhar, enojado. Os olhos de Pola eram universos sombrios, úmidos e marejados de lágrimas. De algum modo, por um instante, o arqueólogo se perdeu neles... eles *eram* universos, cravejados de estrelas. E em direção a essas estrelas corriam como raios pequenos invólucros de metal reluzente, cruzando anos-luz a toda velocidade em mortais trajetórias calculadas. Logo se aproximariam, penetrariam nas atmosferas, se desfariam em uma chuva invisível de vírus...

Bem, estava tudo acabado.

Não podia mais ser evitado.

– Onde está Schwartz? – perguntou ele em um fraco tom de voz.

Mas Pola apenas chacoalhou a cabeça.

– Eles nunca o trouxeram de volta.

A porta se abriu, e Arvardan não havia se entregado tanto à ideia de morte a ponto de não olhar com o rosto momentaneamente tomado de esperança.

Mas era Ennius; as feições de Arvardan se endureceram e ele se virou.

Ennius se aproximou e olhou para pai e filha por um instante. Mas mesmo agora Shekt e Pola eram fundamentalmente criaturas da Terra e não podiam dizer nada ao procurador, apesar de saberem que, por mais curto e violento que fosse o futuro de suas vidas, o do procurador seria ainda mais curto e violento.

Ele deu um tapinha no ombro de Arvardan.

– Dr. Arvardan?

– Vossa excelência? – respondeu Arvardan em uma imitação crua e amarga da entonação do outro.

– Já passou das 6h00. – Ennius não havia dormido aquela noite. Com sua absolvição oficial de Balkis viera a certeza absoluta de que os acusadores estavam completamente loucos... ou sob o controle mental de alguém. Ele observara o desalmado cronômetro escoar a vida da Galáxia.

– Sim – redarguiu Arvardan. – Já passou das 6h00 e as estrelas ainda estão brilhando.

– Mas você ainda acha que está certo?

– Vossa excelência, as primeiras vítimas morrerão em uma questão de horas. Elas passarão despercebidas. Seres humanos morrem todos os dias. Em uma semana, centenas de milhares terão morrido. A porcentagem de recuperação será próxima de zero. Nenhum medicamento conhecido será eficaz. Vários planetas mandarão chamados de emergência pedindo auxílio contra a epidemia. Em duas semanas, muitos planetas terão se juntado a esse chamado e estados de emergência serão declarados em setores mais próximos. Em um mês, a Galáxia será um conglomerado doente. Em dois meses, não restarão vinte planetas intocados. Em seis meses, a Galáxia estará morta... E o que *o senhor* vai fazer quando chegarem esses primeiros relatos? Deixe-me fazer uma previsão a esse respeito também. O senhor enviará comunicados de que a epidemia começou na Terra. Isso não salvará nenhuma vida. O senhor declarará guerra contra os Anciãos da Terra. Isso não salvará nenhuma vida. O senhor fará os terráqueos desaparecerem da face deste planeta. Isso não salvará nenhuma vida... Ou então o senhor agirá como intermediário entre o seu amigo Balkis e o Conselho Galáctico, ou o que sobreviver dele. O senhor poderá então ter a honra de entregar os restos miseráveis das migalhas do Império para Balkis em troca de antitoxina, que pode chegar ou não a mundos suficientes e em quantidades suficientes em tempo hábil para salvar um único ser humano.

Ennius sorriu sem convicção.

– O senhor não acha que está sendo ridiculamente dramático?

– Oh, sim. Sou um homem morto e o senhor, um cadáver. Mas vejamos os fatos por uma perspectiva diabolicamente fria e imperial, não é?

– Você está ressentido pelo uso do chicote neurônico...

– De forma alguma – retrucou com ironia. – Estou acostumado. Quase não o sinto mais.

– Então vou explicar as coisas da maneira mais lógica que consigo. Tudo isto foi uma tremenda confusão. Seria difícil fazer um comunicado sensato e, no entanto, difícil de suprimir sem motivo. E os outros acusadores envolvidos são terráqueos; a sua voz é a única que teria influência. E se assinar uma declaração dizendo que a acusação foi feita em um momento em que você não estava em seu... Bem, pensaremos em alguma expressão que dê conta disso sem passar a ideia de controle mental.

– Isso seria simples. É só dizer que eu estava louco, bêbado, hipnotizado ou drogado. Qualquer coisa serve.

– Por favor, seja razoável. Mas olhe, estou lhe dizendo que *mexeram* com a sua cabeça – ele sussurrava de maneira tensa. – Você é um homem de Sirius. Por que se apaixonou por uma garota terráquea?

– O quê?

– Não grite. Quero dizer... no seu estado normal, você teria se tornado um nativo? Teria considerado esse tipo de coisa? – Ele acenou com a cabeça de forma quase imperceptível na direção de Pola.

Por um instante, Arvardan olhou para ele, surpreso. Depois, estendeu rapidamente a mão e agarrou o pescoço da maior autoridade imperial na Terra. As mãos de Ennius davam puxões violentos e inúteis, tentando livrar-se das garras do outro.

– Esse tipo de coisa, hein? – disse ele. – Está se referindo à srta. Shekt? Se estiver, quero ouvir o respeito apropriado, ouviu? Ah, vá embora. De qualquer modo, você já está morto.

– Dr. Arvardan, considere-se pres... – declarou Ennius, ofegante.

A porta se abriu outra vez, e o coronel apareceu de maneira inesperada.

– Vossa excelência, a turba de terráqueos voltou.

– O quê? Esse tal de Balkis não falou com os funcionários dele? Não ia providenciar uma estadia de uma semana?

– Ele falou e ainda está aqui. Mas a turba também. Estamos prontos para atirar contra eles, e meu conselho na qualidade de comandante militar é que façamos isso. Vossa excelência tem alguma sugestão?

– Não dispare até eu falar com Balkis. Traga-o aqui. – Ele se virou. – Dr. Arvardan, cuido do senhor mais tarde.

Trouxeram Balkis, que estava sorrindo. Ele fez uma mesura formal para Ennius, o qual não lhe devolveu sequer um aceno em troca.

– Veja bem – disse o procurador bruscamente –, fui informado de que seus homens estão se posicionando nos acessos ao Forte Dibburn. Isso não fazia parte do nosso acordo... Bem, nós não queremos causar nenhum derramamento de sangue, mas a nossa paciência não é inesgotável. O senhor pode dispersá-los de forma pacífica?

– Se eu quiser, vossa excelência.

– Se quiser? É bom querer. E sem demora.

– De modo algum, vossa excelência! – E então o secretário deu um sorriso e estendeu um dos braços. Sua voz era uma provocação desvairada que ele segurara por tempo demais e agora soltava com prazer. – Tolo! Esperou tanto e pode morrer por isso! Ou viver como escravo, se preferir... mas lembre-se de que não será uma vida fácil.

A impetuosidade e o ardor da declaração tiveram um efeito arrasador em Ennius. Mesmo ali, no que era sem dúvida o golpe mais profundo na carreira do procurador, a impassibilidade de um diplomata de carreira imperial não o abandonou. Apenas o aspecto sombrio e o cansaço marcado pelos olhos fundos se intensificaram.

– Então perdi tanto assim com a minha cautela? A história sobre o vírus... era verdadeira? – Havia um assombro quase abstrato e indiferente em sua voz. – Mas a Terra e mesmo o senhor... todos são meus reféns.

– De forma alguma – foi o grito instantâneo e vitorioso. – O senhor e os seus concidadãos é que são *meus* reféns. O vírus que está se espalhando agora pelo Universo não deixou o planeta incólume. Uma quantidade suficiente já está saturando a atmosfera de cada fortaleza do planeta, inclusive de Everest. Nós da Terra somos imunes, mas como *o senhor* se sente, procurador? Fraco? Sua garganta está seca? Sua cabeça está febril? Não vai demorar muito, sabe. E nós somos os únicos de quem o senhor pode obter o antídoto.

Por um demorado instante, Ennius não disse nada; seu rosto magro ficou de súbito incrivelmente altivo.

Então ele se voltou para Arvardan e, em um tom frio e refinado, disse:

– Dr. Arvardan, acho que devo pedir perdão por ter duvidado da sua palavra. Dr. Shekt, srta. Shekt... minhas desculpas.

Arvardan arreganhou os dentes.

– Obrigado pelas suas desculpas. Elas serão de grande ajuda a todos.

– Eu mereço o seu sarcasmo – disse o procurador. – Se me der licença, voltarei a Everest para morrer com a minha família. Qualquer menção a um acordo com este... homem está fora de questão, é claro. Estou certo de que meus soldados da Procuradoria Imperial da Terra vão se portar de maneira apropriada perante a morte, e um número considerável de terráqueos sem dúvida terá tempo para iluminar o nosso caminho pelas sendas da morte... Adeus.

– Espere. Espere. Não vá.

Devagar, muito devagar, Ennius levantou os olhos em busca da nova voz.

Devagar, muito devagar, Joseph Schwartz, franzindo levemente a testa, cambaleando um pouco em sinal de cansaço, passou pelo batente da porta.

O secretário ficou tenso e saltou para trás. Com uma repentina e cautelosa desconfiança, ele encarou o homem que veio do passado.

– Não – disse ele, rangendo os dentes –, você não será capaz de obter de mim o segredo do antídoto. Apenas alguns homens o conhecem, e apenas alguns outros homens foram treinados para aplicá-lo de maneira adequada. Todos eles estão seguramente fora do seu alcance durante o tempo que levará para a toxina agir.

– Eles estão fora do meu alcance – admitiu Schwartz –, mas não pelo período que levaria para a toxina agir. Não existe nenhuma toxina e nenhum vírus para erradicar, você entende?

Os demais não compreenderam a declaração. Arvardan sentiu vir à sua mente um pensamento sufocante. Será que *haviam* mexido com a sua cabeça? Teria sido tudo isso uma enorme armação, uma que incluíra o secretário e ele próprio? Se esse era o caso, por quê?

Mas Ennius falou.

– Rápido, homem. Explique o que quis dizer.

– Não é complicado – disse Schwartz. – Quando nos reunimos aqui ontem à noite, eu sabia que não poderia fazer nada se ficasse apenas sentado e ouvindo. Então trabalhei cuidadosamente com a mente do secretário por um longo tempo... Eu não podia ousar ser detectado. E então, por fim, ele pediu que me tirassem da sala. Era o que eu queria, claro, e o resto foi fácil. Deixei meu guarda atordoado e fui para a pista de decolagem. O forte estava em estado de alerta 24 horas. A aeronave estava abastecida, armada e pronta para voar. Os pilotos estavam esperando. Eu escolhi um e fui até Senloo.

Talvez o secretário tivesse sentido vontade de dizer algo. Ele contorceu os maxilares sem nenhum ruído.

Foi Shekt quem falou.

– Mas você não poderia forçar ninguém a pilotar um avião, Schwartz. O máximo que conseguia era fazer um homem andar.

– Sim, quando era algo contra a sua vontade. Mas, com base na mente do dr. Arvardan, eu sabia como os sirianenses odiavam os terráqueos... então procurei um piloto nascido no Setor Sirius e encontrei o tenente Claudy.

– O tenente Claudy? – exclamou Arvardan.

– Sim... ah, você o conhece. Sim, isso está bastante claro em sua mente.

– Aposto que sim... Continue, Schwartz.

– Esse oficial *odiava* os terráqueos com uma força que é difícil de entender, até para mim, e eu estava dentro de sua mente. Ele *queria* bombardeá-los. Ele *queria* destruí-los. Só a disciplina o prendia e o impedia de pegar um avião naquele exato instante. Esse tipo de mente é diferente. Apenas uma pequena sugestão, um empurrãozinho, e a disciplina não seria suficiente para segurá-lo. Acho que ele nem percebeu que eu subi no avião com ele.

– Como encontrou Senloo? – murmurou Shekt.

– Na minha época – respondeu Schwartz –, havia uma cidade chamada St. Louis. Ela ficava no ponto de encontro entre dois grandes rios... Nós encontramos Senloo. Era noite, mas havia um trecho escuro em um mar de radioatividade... e o dr. Shekt havia dito que o Templo ficava em um oásis isolado de solo normal. Soltamos um sinalizador (pelo menos essa foi a minha sugestão mental) e havia um edifício de cinco pontas abaixo de nós. Coincidia com a imagem que eu havia percebido na mente do secretário... Agora só existe um buraco de uns 30 metros de profundidade no lugar onde estava tal construção. Isso aconteceu às 3h00. Nenhum vírus foi enviado e o Universo está livre.

Um uivo animalesco saiu da boca do secretário... o guincho sobrenatural de um demônio. Ele parecia estar se preparando para dar um salto, e então... desmaiou.

Um fio de saliva escorreu lentamente de seu lábio inferior.

– Nem cheguei a Tocá-lo – disse Schwartz em voz baixa. Depois acrescentou, observando, pensativo, a figura caída: – Voltei antes das 6h00, mas sabia que teria de esperar o prazo passar. Balkis *teria* de se gabar. Soube disso por meio de sua mente, e era somente pela sua boca que eu poderia condená--lo... Agora ali está ele.

O MELHOR NÃO DEMORA

Havia se passado trinta dias desde que Joseph Schwartz decolara de uma pista de aeroporto em uma noite dedicada à destruição galáctica, com campainhas de alarme soando loucamente e ordens para voltar percorrendo o éter em sua direção.

Ele não voltara; pelo menos não até ter destruído o Templo de Senloo.

O heroísmo por fim se tornara oficial. Em seu bolso ele carregava uma faixa da Ordem da Espaçonave e Sol, Primeira Classe. Apenas duas outras pessoas em toda a Galáxia haviam obtido tal homenagem em vida.

Era uma grande coisa para um alfaiate aposentado.

Claro que ninguém, a não ser os mais altos oficiais da esfera oficial, sabia exatamente o que ele havia feito, mas isso não importava. Algum dia, nos livros de história, tudo se tornaria parte de um registro luminoso e indelével.

Agora, ele estava andando em uma noite tranquila em direção à casa do dr. Shekt. A cidade estava em paz, tão pacífica quanto o brilho estrelado que se via no alto. Em lugares isolados da Terra, grupos de Zelotes ainda causavam problemas, mas seus líderes estavam mortos ou presos e os próprios terráqueos moderados podiam tomar conta do resto.

Os primeiros grandes comboios de solo normal já estavam a caminho. Ennius havia feito outra vez sua proposta original de que a população da Terra fosse transferida a outro planeta, mas isso estava fora de questão. A caridade não era desejada. Deixe que os terráqueos tenham uma chance de refazer seu próprio planeta. Deixe que reconstruam o lar de seus pais, o mundo nativo dos homens. Deixe que trabalhem com suas mãos, retirando o solo doente e substituindo-o com um saudável, testemunhando o verde crescer onde tudo estivera morto e permitindo que o deserto florescesse de novo.

Era uma tarefa imensa; poderia levar um século... mas e daí? Deixe que a Galáxia empreste maquinário, deixe que a Galáxia envie comida, deixe que a Galáxia forneça solo. Levando em conta seus recursos incalculáveis, isso representaria uma quantia insignificante... e seria reembolsada.

E algum dia os terráqueos voltariam a ser um povo entre os povos, vivendo em um planeta entre os planetas, olhando nos olhos de todos os seres humanos com dignidade e igualdade.

O coração de Schwartz batia ao pensar em tudo isso enquanto subia os degraus da porta da frente. Na semana seguinte, ele partiria com Arvardan para os grandes Mundos Centrais da Galáxia. Que outras pessoas de sua geração haviam saído da Terra?

E momentaneamente ele pensou na antiga Terra, *sua* Terra. Morta há tanto tempo. Morta há tanto tempo.

No entanto, três meses e meio haviam se passado...

Ele fez uma pausa, sua mão posicionada para tocar a campainha, quando palavras de lá de dentro ressoaram em sua mente. Com que clareza ele ouvia os pensamentos agora, como sinos diminutos.

Era Arvardan, claro, com mais coisas em sua mente do que as palavras em si poderiam dar conta.

– Pola, eu esperei e pensei, e pensei e esperei. Não vou mais fazer isso. Você vem comigo.

E Pola, com uma mente tão ansiosa quanto a dele, mas com palavras de pura relutância, retrucou:

– Eu não poderia, Bel. É impossível. Meu jeito e meu comportamento simplório... Eu me sentiria *tola* nesses grandes mundos por aí. E, além disso, sou apenas uma terr...

– Não diga isso. Você é minha esposa, e isso é tudo. Se alguém perguntar o que e quem é, você é nativa da Terra e cidadã do Império. Se quiserem mais detalhes, você é minha esposa.

– Bem, e depois que você fizer esse discurso em Trantor para a sua sociedade arqueológica, o que vamos fazer?

– O que vamos fazer? Bem, primeiro vamos tirar um ano de folga e ver todos os principais mundos da Galáxia. Não vamos pular nenhum, nem que tenhamos que chegar e partir em uma nave do correio. Você vai se impressionar com a Galáxia e com a melhor lua de mel que o dinheiro público pode comprar.

– E depois...

– E depois de volta à Terra, e vamos nos voluntariar nos batalhões de trabalho e passar os próximos quarenta anos da nossa vida carregando terra para substituir as áreas radioativas.

– Mas por que vamos fazer isso?

– Porque – a essa altura, houve o indício de um respirar fundo no Toque Mental de Arvardan –, eu a amo e é o que você quer, e porque sou um terráqueo patriota e tenho um título honorário de cidadão naturalizado para provar isso.

– Tudo bem...

E nesse ponto a conversa parou.

Mas é claro que os Toques Mentais não, e Schwartz, plenamente satisfeito e um pouco encabulado, afastou-se. Ele podia esperar. Haveria tempo suficiente para atrapalhá-los quando as coisas se acalmassem mais.

Ele esperou na rua, com o brilho das estrelas frias... uma Galáxia inteira delas, tanto visíveis como invisíveis.

E para si mesmo, para a nova Terra e para todos aqueles milhões de planetas tão distantes, Schwartz repetiu mais uma vez com suavidade aquele antigo poema que agora só ele, entre tantos quatrilhões, conhecia:

Envelheçamos agora
O melhor não demora
Para o fim da vida se fez o início...

POSFÁCIO

Pedra no céu foi escrito em 1949 e publicado pela primeira vez em 1950. Naquela época, apenas quatro anos depois de Hiroshima, eu (e, creio, o mundo em geral) subestimava os efeitos dos baixos níveis de radioatividade em tecidos vivos. Naquele momento, pensei tratar-se de uma especulação legítima que a Terra pudesse ser inteiramente radioativa e que a vida humana fosse capaz, não obstante, de sobreviver.

Já não penso que isso possa acontecer, mas é impossível mudar o livro, uma vez que a radioatividade da Terra é uma parte essencial do enredo. Só posso pedir ao leitor que coloque sua descrença nesse aspecto em suspensão e aprecie a história (supondo que a aprecie) em seus próprios termos.

Isaac Asimov

Novembro de 1982

TIPOGRAFIA:
Bembo [texto]
Circular [entretítulos]

PAPEL:
Pólen Natural Soft 80g/m² [miolo]
Cartão Supremo 250g/m² [capa]

IMPRESSÃO:
Rettec Artes Gráficas e Editora Ltda. [julho de 2022]
1ª edição: junho de 2016 [4 reimpressões]